# みみそぎ



三津田信三

角川ホラー文庫
24470

# 目次

# 序　章

僕が『のぞきめ』を角川書店（現KADOKAWA）から上梓《じょうし》したのは二〇一二年十一月だった。刊行後すぐに重版が掛かり、一五年三月に角川ホラー文庫に入ってからも版を重ねている。一六年四月には同書を原作とする映画も公開されており、一冊の作品が辿《たど》る道程《みちのり》としては恵まれていると思う。

ただし同書を無事に脱稿するまでには、少なくない時間と労力と運が費やされた。その端緒は僕が関西で編集者をしていた時代に仕事を通じて知り合った、O大学付属T小学校の教師である利倉成留《とくらしげる》の体験談だった。彼は昭和が終わろうとする学生時代の一夏、M地方の貸別荘地でアルバイトをしたのだが、そこで身の毛の弥立《よだ》つ恐ろしい目に遭う。三人のバイト仲間と共に、非常に気味の悪い出来事に巻き込まれた。

当時「実話怪談」を趣味で蒐集《しゅうしゅう》していた僕は、すぐに利倉の体験談を記録して残した。そのときつけたタイトルが「覗《のぞ》き屋敷の怪」である。彼との付き合いはその後も続いたが、この体験談について二人が再び話題にすることは、まずなかったと記憶している。

それから歳月が流れて、僕はホラーミステリ作家になった。今では各社の文学賞パーティにすっかりご無沙汰《ぶさた》しているが、デビューから数年は物珍しさもあって頻繁に出席した。そんなとき某文学賞のパーティで、ミステリ評論家の千街晶之《せんがいあきゆき》に紹介されたのが、広義のミステリーネタを専門とするライターの南雲桂喜《なぐもけいき》である。この「ミステリー」という表記は、小説以外の分野まで含めた意味を持つ。

南雲は途轍《とてつ》もなく癖のある人物で、そのため彼との間には色々と確執が生まれるのだが、ここでは関係ないので省略する。僕にとって一番の問題は彼を通じて、市井の民俗学者だった四十澤想一《あいざわそういち》が学生時代に記した大学ノートの存在を知ったことである。そこには四十澤が昭和十年代の前半に、梳裂《すくざ》山地の侶磊《ともらい》村で遭遇した何とも忌まわしい体験が記録されていた。このノートが紆余《うよ》曲折を経て、なんと僕のところに届いたのである。

四十澤想一の記録を一読して驚嘆した。利倉成留の体験談の言わば「前日談」とも言える内容だったからだ。いや、そんな軽い話ではない。むしろ「因縁談」と呼ぶべきだろう。僕は大学ノートの記録に「終《しま》い屋敷の凶」というタイトルをつけた。

時を跨《また》いだ二つの体験談が、如何にして僕の手元に集まったのか。その経緯を記した「序章」を最初に配して、次に「第一部　覗き屋敷の怪」と「第二部　終い屋敷の凶」を据え、最後に「第一部」と「第二部」の現象に対する僕なりの解釈を下した「終章」で結ぶ構成を取ったのが、先に紹介した『のぞきめ』である。

同書を刊行したとき、担当編集者は女性のNだったが、その後に人事異動があって男性のNに代わった。僕は冗談半分で、彼に「五感シリーズにしようか」と言ってみた。つまり『のぞきめ』を「視覚」に当て、あとの四つ「聴覚」「触覚」「嗅覚《きゅうかく》」「味覚」に纏《まつ》わる長篇ホラーを書こうか、という企画の提案である。

Nは乗り気になってくれたが、僕は半分以上が冗談の心算《つもり》だった。なぜなら実現の可能性が、極めて低いと思ったからだ。理由は二つある。一つは『のぞきめ』を構成する二つの体験談のようなテキストが、おいそれと入手できるわけではないこと。もう一つは「五感」のうちの「嗅覚」と「味覚」が、ホラー小説のテーマとしては難しいこと。恐らく「嗅覚」では腐敗臭などの厭《いや》な臭いを、「味覚」では悪食や食人などを扱う必要が出てくる。しかし僕は昔から、生理的な嫌悪感に因る恐怖が好きになれない。

読者を怖がらせるためなら、ホラー作家は何をしても良いと思う。むしろやるべきだろう。とはいえ最も理想的なのは「正体の分からない未知の何かに覚える圧倒的な怖さ」を、読者に否応《いやおう》なく喚起させることではないか。そう僕は信じている。

だが「五感」シリーズの「嗅覚」と「味覚」は、この僕の創作姿勢から残念ながら外れそうな気がした。五つのうち二つも使えないとなれば、もうシリーズにはならない。また「聴覚」はともかく「触覚」も扱いが大変そうに感じられた。

だから乗り気のNには申し訳なかったが、僕は「もし書いたとしても『ききみみ』というタイトルくらいかな」と、やはり冗談半分に応《こた》えたことを覚えている。

しかし繰り返しになるが、それも「聴覚」に相応《ふさわ》しい「誰かの体験談」が手に入り、小説の体裁で発表しても問題ない――という状況に恵まれる必要があった。

ここで突然、他社の話になる。

僕は中央公論新社から二〇一四年八月に『どこの家にも怖いものはいる』を、一七年七月に『わざと忌み家を建てて棲《す》む』を、二〇年七月に『そこに無い家に呼ばれる』を上梓した。Yという編集者が担当した三冊は、「幽霊屋敷」シリーズと呼ばれている。この原稿を書いている時点で、最初の二冊は中公文庫に入っており、三冊目も文庫になる予定がある。

角川ホラー文庫の『禍家《まがや》』『凶宅《きょうたく》』『魔邸《まてい》』の「家」シリーズと何が違うのか。そんな突っ込みがあるかもしれないが、あちらは純粋な創作で、こちらはメタフィクションである——という点が大きな差異だろう。先の『のぞきめ』の成立に利倉成留と四十澤想一の協力が不可欠だったように、この「幽霊屋敷」シリーズにも同様の人物が存在する。河漢《かかん》社の編集者である三《み》間坂《まさか》秋《しゅう》蔵《ぞう》だ。

　三間坂は中学生のとき、僕のデビュー作『ホラー作家の棲む家』（講談社ノベルス／講談社文庫に入る際に『忌館《いかん》　ホラー作家の棲む家』と改題）をリアルタイムで読んで以来、拙作の愛読者になった。大学を卒業後は某分野の専門出版社である河漢社に入社して、本人の希望通り編集部に配属される。だが同社は専門とする分野以外の書籍は扱っておらず、まして文芸書には手を出していない。にも拘《かかわ》らず彼は「編集者」の肩書きで僕に手紙を寄越《よこ》したのだから、なかなか度胸があるではないか。

　もっとも手紙の内容は、拙作の熱烈な愛読者が書いたファンレターと何ら変わりなかった。ただし違っていたのは、プロの評論家の批評に匹敵するレベルの感想が記されていたことである。おまけに怪談が大好きだという。

　僕は少し迷いつつも、三間坂の願い「一度お会いしたい」を受け入れた。その結果、互いに怪談を語り続ける楽しい一時を過ごせた。このとき二人で「頭三会《とうさんかい》」を結成した。僕も彼も名字の最初に「三」の漢字があるためだ。何をするかというと、酒を飲みながら怪談を語り合う。ただそれだけの会である。

ちなみに三間坂は初対面で、いきなり『忌館　ホラー作家の棲む家』の冒頭に当たる文章――

『百物語という名の物語』という私の作品らしい小説が、日本ホラー小説大賞に応募されていると祖父江耕介《そふえこうすけ》に知らされたのは、早くも夏の火照《ほて》りが治まりかけた九月の半ばだった。暑さに弱いため、早々と夏の気配が去ったことを喜びながら、それでもすぐにぶり返しがくるのだろうと、取り留めもない思いに耽《ふけ》っていたある夜、彼からその奇妙な連絡があった。

――を滔々《とうとう》と暗唱してみせて、それはもう僕の度肝を抜いた。しかも彼は文庫版のカバーが二種類ある（マットPP加工のものと、ただのPP加工のもの）ことに気づき、どちらも購入していたのだから恐れ入る。

祖父江耕介とは関西に在住する「怪異」専門のライターで、素人探偵の飛鳥信一郎《あすかしんいちろう》と共に、僕の親友である。当時の彼は日本ホラー小説大賞の応募原稿の下読みをしており、この奇っ怪な出来事に遭遇したわけだが、その詳細は『忌館』に譲りたい。

ここで断っておくが、本書に登場する固有名詞は実名と仮名が混在している。実名では差し障りがあると少しでも危惧《きぐ》される場合は、躊躇《ためら》わず仮名を使うことにした。拙作の多くが同じ方法を取っているが、改めて記しておく。

さて、この三間坂秋蔵だが、本人が拙作の良き理解者にして怪談好きという以上に、僕にとっては非常に重要な意味を持つ青年だった。といっても本人ではなく――失礼な表現だけど――彼の祖父の萬造《まんぞう》こそが、拙作に多大な影響を与えることになる。

三間坂家は関東の某地方の旧家で、広い敷地には素封家らしく大きな蔵があった。そこには様々なお宝が仕舞われているが、彼が最も興味を覚えたのは祖父の厖大《ぼうだい》な蔵書だった。

彼の祖父である萬造は、昔から怪しげなものが大好きで、その手の活動によく首を突っ込んでいたらしい。肝試しや百物語の会、幽霊屋敷の探索、狐狗狸《こっくり》さんや降霊術の実践、心霊写真や心霊動画の撮影など、とにかく「怪奇的なるもの」を大いに好んだという。

三間坂萬造は立派な「猟奇者」だった。

そのため蔵には、古典から現代までの怪奇小説、悪魔や魔術に関する研究書、心霊学を扱った学術雑誌など、古今東西の怪異に纏わる厖大な蔵書があった。これだけでも怪奇を愛する好事家《こうずか》を狂喜させる充実振りと言えるのだが、さらに物凄《ものすご》い収集物が存在した。

実際に奇っ怪な目に遭った体験者の「記録」である。

割れ女と呼ばれる得体の知れぬ何かに追い掛けられた少年、人死にがあった家屋の一部を継ぎ接《は》ぎして建てた家で暮らした人々、空き地に忽然《こつぜん》と現れる謎の一軒家に入った男など、とにかく奇々怪々な体験をした者たちが残した「生の声」まで、なんと萬造は集めていた。

これらの貴重な記録に加えて、僕の資料部屋にあった某人物の私家版、ネットで拾った実話系の怪談、三間坂秋蔵の伝手《つて》で入手した某体験者の未発表原稿、彼の伯母《おば》から齎《もたら》された曰《いわ》くのある日記などを基に構成したのが、先の「幽霊屋敷」シリーズになる。僕や秋蔵の貢献も一応はあるが、萬造が収集した記録に負うところが大きいのは間違いない。

いつしか二人は三間坂家の蔵を、畏敬の念を込めて「魔物蔵」「魔蔵《まくら》」「魔っ蔵」と呼ぶようになる。最終的には「魔物蔵」に落ち着いたが、あと二つの呼称には得も言われぬ愛嬌《あいきょう》があって、未《いま》だに捨て難いと思っている。

斯様《かよう》に三間坂家には世話になったのだが、この「幽霊屋敷」シリーズを上梓したせいで、秋蔵との間が何となく気まずくなったのも事実である。ここで理由を詳述するのは控えたいが、お陰で頭三会も間遠になった。そんなときに起きたのがコロナ禍である。あのウイルスが彼との関係をさらに引き裂いたのは言うまでもない。

ところが、昨年（二〇二二）の初冬のこと。三間坂秋蔵から大判の封書が届いた。その中には無沙汰を詫《わ》びる手紙と、かなり年季の入った一冊の分厚いノートが入っていた。

三間坂家の魔物蔵には夥《おびただ》しい蔵書と例の記録類の他に、如何にも危なげな封印がなされた箱や壺《つぼ》、葛籠《つづら》や柳行李《やなぎごうり》、大小の金庫などがある。そもそも問題の記録も、そういった入れ物に保管されている場合が多い。よって秋蔵も実家に帰った折には、せっせと開封していた。よく考えると恐ろしい光景である。ただし曰く因縁が強く感じられる封印については、彼も最初から放置を決め込んでいた。

そんな入れ物の中で最も厄介なのが、やはり金庫だという。最低でも符号錠を解く数字の「鍵《かぎ》」が必要になるからだ。物によっては符号錠が複数と、おまけに鍵穴もある。それらの「鍵」がすべて揃わない限り、どんな金庫でも開けることはできない。しかし魔物蔵の乱雑振りからも予想できる通り、萬造は大切な「鍵」の管理など少しも気にしていなかった。ごろんと一本の錆《さ》びた鍵が蔵の床上に落ちているかと思えば、蔵書の一冊に「右三、左七、右四」と記された紙片が挟まれている場合もあって、一つの金庫の全部の「鍵」を見つけるのは至難の業だった。

昨年の晩秋の某日、三間坂秋蔵は魔物蔵から持ち出した『GHOST STORIES』を読んでいて、一枚の古びた紙片を見つけた。祖父の萬造は蔵書の頁途中に、新聞紙の切り抜きやメモや手紙の類《たぐい》を挟み込む癖があった。その本に関連する内容が多かったが、時折まったく何の関係もない紙片も出てくる。このときは明らかに後者で、金庫の符号錠用と思《おぼ》しき「左右」の漢字と数字の組み合わせが書かれていた。

秋蔵は紙片の発見に喜んだ。祖父の蔵書を読む楽しみの一つが、本の内容とは別に、こうした新たな手掛かりとの出会いにあったからだ。彼は次の帰省の際に、符号錠だけの金庫に試してみようと考えた。

そんなとき伯母から、妙に嵩張《かさば》った封書が届いた。この伯母という人がまた変わっているため、ちょっと秋蔵は身構えた。本人は怪談などに何の興味もなく、その手の体験も皆無だというのに、なぜか怪異に絡む話や品物が彼女の下に集まってくる。という特異な「体質」の持ち主だった。これも萬造の遺伝のようなものか。

とはいえ伯母は少しの関心もないため、それを怪談好きの甥《おい》に話して聞かせる、または品物であれば送りつけてくる。そういう奇妙な関係が、いつしか二人の間にできていた。よって彼としても伯母からの連絡には、つい用心する癖がついていた。

封書が嵩張っていたのは緩衝材のせいで、肝心の中身はメモ書きと一本の鍵だった。要は伯母が嫁入りのときに実家から持参した簞笥《たんす》の中から、こんな鍵が出てきたので送る——ということらしい。自分が持っているよりも甥に渡した方が、きっと役に立つと思ったのだろう。別の言い方をすれば厄介払いである。

それにしても伯母の結婚は、もう何十年も前になる。よく今日まで鍵の存在を知らずに来たものだ、と彼は大いに呆《あき》れた。

だが秋蔵は次の瞬間、はっと息を呑《の》んだ。自分が発見した紙片と伯母が見つけた鍵と、この二つは関係あるのではないか。まったく都合の良い解釈だったが、この手の共時性は「怪異」に関わっていると偶《たま》に起こることがある。

ある作家が『四谷《よつや》怪談』のお岩《いわ》様について原稿を書いていると、本棚から一冊の書籍が落ちた。拾ってみると、偶然にも『四谷怪談』に纏わる本だった。しかし作家は原稿を書く前に、それを読んでいたわけではない。そもそも蔵書にあることさえ忘れており、もう長らく手に取っていなかった。にも拘らず本棚から書籍は落ちた。

偶々に過ぎないと言えばそれまでだが、こういう「偶然」が重なることが、なぜか「怪異」に関連する場合には結構ある。それを彼は経験から知っていた。

秋蔵は早速、週末を待って実家へ行った。そして鍵穴と符号錠が一つずつある金庫を探して、問題の鍵と紙片の書き込みを試した。すると一番小さな金庫が開き、その中に仕舞われている一冊のノートを見つけた。

表紙には「記録」とのみ記されている。

通常のノートよりも厚みがあって、表紙と背と裏表紙には丈夫な厚紙が使ってある。だが年季の入った外回りの一部は変色しており、かなり傷んでいた。同じことは中の頁にも言えた。全体的に黄ばんでおり、それなりの劣化が見られる。ただし綴《と》じに関してはまだしっかりしているようで、頁を捲《めく》ってもバラバラになる心配はない。

ノートは一頁目から最終頁まで、ぎっしりと手書き文字で埋まっていた。

その様を目にした秋蔵は、どんな怪異の記録が残されているのか、このノートを祖父は如何にして手に入れたのか――と、逸《はや》る気持ちを抑えるのに苦労した。

魔物蔵の中で読みはじめると、時間を忘れそうで怖い。いや、もっと恐ろしいのは祖父が収集した「記録」に目を通すことで、それを読んだ者に降り掛かるかもしれない「障り」である。もしも魔物蔵でそういう現象に見舞われたら……と想像するだけで彼は震えた。ここには曰く因縁を持つ品物が多くある。「記録」によって齎された「怪異」が、それらの「忌物」に何らかの影響を与えないとも限らない。

秋蔵はノートを持ち帰ることにした。

彼は河漢社に新卒で入社して以来、都内某所の集合住宅「Iメゾン」の二〇五号室を借りている。実家で夕食を摂《と》ったあと。祖父に纏わる奇っ怪な逸話を祖母から聞き出していたため、その部屋に帰ったのは夜の遅い時間だった。

明日《あした》は月曜日で会社がはじまる。あまり夜更かしもできない。だからノートの最初にだけ目を通す心算で、彼は頁を開いて愕然《がくぜん》とした。

このノートの記述者は、祖父自身ではないのか。

猟奇者だった三間坂萬造は、故に自身も奇々怪々な体験をしているらしい。あくまでも推測なのは、そういう話を祖母から聞いているに過ぎないからだ。いくら魔物蔵を探しても、肝心の「本人による記録」が一向に見つからない。

自身の体験に関しては無頓着《むとんちゃく》だったのか。

一時は秋蔵も諦《あきら》めていたが、ここまで「怪異」に拘《こだわ》る収集を行なっていた人物なのに……と腑《ふ》に落ちない思いはどうしても残った。むしろ祖父なら詳細な「記録」を取るのではないか。それを確実に保管するのではなかろうか。

そのため彼はノートを貪《むさぼ》るように読みはじめた。ついに祖父の体験に触れられると、それはもう興奮しながら。

ところが少し先まで読み続けて、再び彼は愕然とした。

何なんだ、これは……。

その理由については読者も、僕と同じように「実物」に目を通すことで確かめて欲しい。ただし本書に収録したのは「実物」といっても、当然ノートに記された文章を活字化したものになる。

ちなみに三間坂秋蔵の手紙に書かれていたのは、無沙汰を詫びる挨拶《あいさつ》と、このノートを発見した経緯だった。それと最後に注意喚起がなされていた。問題のノートに目を通すことで、僕が見舞われるかもしれない「怪異」に対する警告である。

先の「幽霊屋敷」シリーズでも、僕たちはテキストから少なからぬ影響を受けた。それを小説化するにあたり、ノンフィクション作家ではない僕は大いに誇張した。その事実は認めるが、何らかの障りがあったのは間違いない。

同じ恐れがあると、三間坂秋蔵は忠告していた。現に自分は体験してしまったと、彼は手紙にはっきりと書いている。その具体例まで記さなかったのは、こちらに要らぬ予断を与えないためだろう。

これまでと同様か、それ以上に、僕はノートを前に躊躇《ちゅうちょ》を覚えた。だが結局、好奇心に負けてノートを読み出したのも、これまでと同じだった。三間坂萬造にも、孫の秋蔵にも、そして僕にも、間違いなく猟奇者の血が流れているからだ。それも多量に……。

一読して驚嘆した。それから戦慄《せんりつ》して、最後に畏怖《いふ》を覚えた。ただし多分に、この反応には個人的な事情があった。作家生活二十年を思わず振り返ってしまう、そんな「まさか」に僕は震えた。

当然ながら読者は、これに当て嵌《は》まらない。あくまでも僕の個人的な問題である。でも、だからと言って安心できるとは限らない。

僕は『のぞきめ』の「序章」で読者に対して、「怪談奇談を欲して求めた段階で、その人は責任を負っている」「その手のものを希求して、わざわざ耳を欹《そばだ》てたり目に留めたりしたことで、その人は自ら怪異を招いている」「その怪異に対する責任が、本人にはある」と書いたうえで、二つのテキスト「覗き屋敷の怪」「終い屋敷の凶」を紹介した。

同じ注意喚起は言葉を変えて、ちゃんと「幽霊屋敷」シリーズでも行なっている。かなり似た作品構成を持つ『怪談のテープ起こし』集英社文庫でも、やはり読者に呼び掛けていた。

それでも読者の一部は、何らかの「怪異」に遭ったらしい。もっとも「信じられない場所から視線を感じた」「これこれの隙間から何かに覗かれた」「ベランダに小石の落ちるような音がした」「屋根の上に何かが立っていた」「誰も入っていないトイレに妙な気配があった」「インターホンが鳴ったのに誰もいなかった」という程度のものであり、ほとんどが気のせいと思われる。少なくとも出版社に届いた読者の便りを読む限り、そう解釈できると僕は考えた。

また『のぞきめ』と「幽霊屋敷」シリーズに於《お》いて、僕は一応「謎解き」を試みている。これは一種の「祓《はら》い」と言えるのではないか。「怪異」の多くは「正体」を見破った途端、その影響力が霧散する場合がある。僕の「謎解き」が正解かどうか、それは分からない。ただ読者自身がそれを受け入れることで、自然に「祓い」の役目を果たしている。気休めかもしれないが、そんな風に僕は認識していた。

だったら今回も同じ手が使えるだろう。きっと読者はそう思うに違いない。

しかし残念ながら、それは無理そうである。なぜなら先のテキスト類とは異なり、このノートはあらゆる解釈を撥《は》ねつけて拒む内容を持つからだ。

どういう意味なのか。それは実際に読んで確かめてもらうしかない。ノートをある箇所まで読み進めれば、三間坂秋蔵が見舞われたのと同じ驚きを、恐らく読者も受けるだろう。

一体このノートは何なのか。

あまりの得体の知れなさに戸惑うと共に、ノートの「正体」が気になる。だが僕と同様、それを考えようとしても無駄だと悟る。どんな解釈も通用しないことを、はっきりと認めさせられる羽目になる。

では一切の「祓い」が不可能なのかと言えば、そうでもない。

僕はノートを読みながらも、これまでの経験を踏まえて慎重に探った。完全な防御は無理としても、対症療法的な手段があるのではないか……と。

そして僥倖《ぎょうこう》にも見つけた、と思っている。だから僕なりの備えをしてから、再びノートを読み出した。その対症療法とは何なのか。ここには書かない。いや書けない。別に意地悪をしているわけではなく、読者自身が気づかないと意味がないからだ。

天は自ら助くる者を助く。

この諺《ことわざ》は「怪異」の多くに当て嵌まるのかもしれない。それに対峙《たいじ》したとき、我々は如何なる態度を取るべきなのか。たとえ相手が人間の理性の及ばぬ何かだとしても、大事なのは思考停止に陥らないことである。

以下に三間坂萬造が残したノートの一部を載せる。なぜ全部ではないのか。最後まで読めば分かるだろう。もちろん途中で止める自由が読者にはある。

本当ならノートの複写を掲載したいところだが、三間坂秋蔵だけでなく編集者のN・とも相談して諦めた。それでも「実物」に近づける努力はしたので、その点は汲《く》み取って欲しい。

最後に念を押しておくが、今回は先行作品の如く「終章」に於ける「謎解き」も「解釈」も一切ない。それによって恐怖を祓いたいと読者が願っても、僕は何の手助けもできない。これだけは肝に銘じておいて欲しい。

しかし安心材料が何もないわけではない。そんな読者とほぼ同じ立場で、三間坂秋蔵もノートを読んだということである。

# 記録

「三間坂萬造のノート」より

あの聞いたことを心の底から後悔するしかない、なんとも悍《おぞ》ましい「みみ[redacted]」の話を私が知ったのは、何処かの寺の本堂だった。それは間違いない。本来であれば須《しゅ》弥《み》壇《だん》に安置された仏像に見守られている……そんな安心感を少しは覚える筈《はず》なのに、一本の太い百目蠟燭《ろうそく》に照らされた堂内は只管《ひたすら》に無気味で、まるで廃寺に居るかの如き錯覚に陥りそうだった。そういう特異な場に少なくとも八、九人は車座になっていたので、恐らく怪談会のような催しに参加していたのだろう。

ぱらぱらぱらっ。

という微《かす》かな雨音が、いつしか耳朶《じだ》を打っていた。然《しか》し怪談語りの夜に相応《ふさわ》しい適度な陰気さを、しとしと雨に感じる余裕など更々なく、ただただ陰々滅々とした気分に私は襲われた。尤《もっと》もその落ち込みも束の間だった。何故なら開かれた板戸の向こうに目をやった途端、いきなり訳の分からなさに囚《とら》われたからだ。

……雨など降っていない。

幾ら野外の暗がりを見透かしても、漆黒の闇があるばかりだった。妙だなと思って目を凝らすのだが、僅《わず》かの雨足も認められない。

先程から場の空気が明らかに変わり始めて、かなり異様な雰囲気になっている。怪談とは重ねれば重ねる程、語り手と聞き手を取り巻く環境を劇的な変化に導いて仕舞う。それを私は経験上よく知っていた。よって普段なら「如何《いか》にも怪談会らしい」と寧《むし》ろ喜んだに違いない。

私は真の猟奇者だった。仮に人として身の危険を察したとしても、猟奇者としての己は愉《たの》しんでいる。そういう体験を幾つもしてきた。

ところが、このときは勝手が違う気がした。心の片隅で「きっと今に不味《まず》い事態になるぞ」という警鐘が鳴っている。いつもの私なら「望むところ」だったに違いないが、とてもそうは考えられない自分がいる。

ここまで記して、こういう細部の記憶を呼び起こせるのは、あの場に私が居た紛《まご》うこと無き証拠ではないかと改めて思った。もしも他人の体験談を聞いただけなら、これ程までに堂内の空気感を描写できるわけがない。

とはいえ私は十代の頃から、その手の集まりには頻繁に顔を出している。これまで特に数えたことはないが、それこそ夥《おびただ》しい回数になるだろう。よって参加した会の個々の記憶など、殆《ほと》ど有って無いようなものだった。だから問題の会合が一体いつ頃、誰の主催によって、如何なる理由で、何処の何という寺で行なわれたのか。と幾ら考え込んでも、どうしても思い出せない。あの忌まわしい話を耳にした場の記憶は鮮明に残っているのに、それ以外は綺麗《きれい》に欠落して仕舞っている。

年齢の所為《せい》かと考えたが、最近の出来事は早々と失念するのに、遠い過去の体験はきっちりと覚えているのが老人ではないか。しかも私は自分が見聞きした怪談奇談を、手近にある紙片に無闇矢鱈《やたら》と記録しておく癖が昔からある。にも拘《かかわ》らず問題の話は、どのメモ帳にも、ノートにも、綴《つづ》りにも、原稿にも、反古《ほご》にも、全く何処からも見つからない。決して整理整頓《せいとん》が得意とは言えないが、あれ程の話なら絶対に何かに書き留めておいて、それが記録として残るように心懸けた筈である。

だが、どれだけ蔵の中を探しても駄目だった。怪談奇談を蒐集《しゅうしゅう》した書き物は次から次へと出てくるというのに、どれにも肝心の話が載っていない。記録物に片っ端から目を通しても、あの禍々《まがまが》しい話には何故か出会《でくわ》さない。

もしかすると本能的に忌避したのか。

そう柄にもなく思った。長年に亘《わた》って怪談奇談の蒐集を生き甲斐《がい》にしてきた猟奇者なのに、肝心の話に余りにも恐怖したがために、その記録を意図的に残さなかったのかもしれない。そう考えた。

……いや、有り得ない。

然し私に限って、それはないと即座に強く否定した。だったら「沐野好《もくのよしみ》」の活動を調べた報告書も、「光子《みつこ》の家」に滞在した元信者の証言録も、「畸形鬼欠《きぎょうきけつ》」の複数の著作物も、「烏合邸《うごう》」に住んだ入居者の提出書類も、「怪談を語る家族」に関わった者の体験談も、「存在しない家」に纏《まつ》わる本人の記述録も、疾《と》っくに処分していなければならない。大事を取って封印した記録はあるが、破棄した物は皆無だと胸を張って言える。

どうにも腑《ふ》に落ちないが、あの話が何処にも書き留められていないのは間違いなさそうだった。だから今ここに記しておくことにした。まだ頭が鮮明で惚《ぼ》けないうちに、しっかりと思い出して認《したた》めておきたいと思う。

あれは一人の女性の体験談の後だった。

「旅行先で見つけた骨董屋《こっとう》さんで、全身が映る姿見を一目で気に入って、衝動的に買って家まで配達して貰《もら》いました」

この彼女の話はよく覚えているので、序《つい》でに記録しておく。

「自分の部屋に鏡台はありますが、出掛ける前に着熟《きこな》しをもう一度ちゃんと確かめたいなと、前から思っていました。それに合う姿見に出会えたので、普段はもっと慎重な性格なのに、つい購入したのです。この縦に長細い姿見は、玄関近くに置きました。私の部屋は一階だったので、玄関へ行くためには長い廊下を通ります。上着などはそこで着る癖があったので、廊下が終わって玄関に出る所に鏡があるのは、正に打ってつけでした」

彼女は間取りの説明をしたあと、本題に入った。

「ところが、この姿見を使い出してから、どうも変なんです。実際の私と鏡に映る私の姿が、まるで少しズレているような、そんな気がします。これがブレる感じだったら、目が可怪《おか》しくなったのかと心配したと思います。でも、そうではなくてズレている……ように感じられるのです。それが軈《やが》て衣服の乱れとなって現れました。ポケットが裏返っている、釦《ボタン》を一つずつ掛け違える、襟が内側に折れたまま着て仕舞う。最も酷《ひど》かったのは、上着が裏返しになっていたことです。けど出掛ける前に、ちゃんと鏡で確かめています。そのとき異状は何処にもありません。それなのに家を出たあとで、何処かしら着熟しが変なことに、漸《よう》く気づくのです。姿見に映っていないと絶対に可怪しいはずなのに……」

そう語る彼女自身の顔が、何故かズレているように見えた。百目蠟燭の炎が夜風で揺らいで、そんな風に映っただけに過ぎないと思う。然し私はいつの間にか、語り手に対して薄気味悪さを覚えていた。

「……姿見が信用できない。そういう莫迦《ばか》な思いに囚われました。それなのに出掛ける前に鏡を見ることを、どうしても止められません。素通りしようと思っても、つい自分の姿を映して仕舞うのです。そうこうしているうちに今度は、こっ、こっ……という微かな物音が聞こえるようになりました。最初は何処で鳴ってるのか、さっぱり分かりませんでしたが、それが鏡から聞こえている気がしてきて……。姿見の裏側を何かが叩《たた》いている。そんな風に思えたので、そっと背面を覗《のぞ》きました。でも虫一匹いません。それなのに鏡の前に立つと、こっ、こっ、こっ……と必ず鳴るのです。しかも妙な音は、こっ、こっ……から次第に、かつ、かつ、かつ……へと変わり出しました。まるで鏡の中から鏡面の裏に、爪の先を打ちつけているような、そういう音でした」

彼女が自分の爪先で、こつこつこつこつ……と頻《しき》りに床を叩いていたのは、飽くまでも無意識の行為だったのか。

「その物音が、がり、がりぃ、がりりぃ……と更に変化したところで、鏡の中に潜んでいるものの姿が、ぱっと脳裏に映りました。それが近いうちに鏡面から、こちらへ出て来るだろうことも、何故か分かったのです。だから慌てて他の店に、姿見を売り払いました」

一旦《いったん》ここで彼女は話を終え掛けたみたいだが、結局こう続けた。

「そのとき脳裏に映ったのは、まるで手足の生えた〓〓のようでした」

ここで私の二の腕に、ぞわっと鳥肌が立った。それなのに肝心の「〓〓のよう」という喩《たと》えの部分を完全に失念している。一体どんなものに手足が生えていると想像したら、あそこまで慄《おのの》けるのか。未《いま》だに分からない。

兎《と》に角《かく》この女性の次に喋《しゃべ》った和服姿の初老の男性が、わざわざ妙な断りを入れたのが、全ての始まりだった。

「実は本日の会の最後まで、この話は取っておく心算《つもり》でした。つまり百物語で言うなら、その百話目として披露するのに相応しいと、僕は思っていたのです」

ほうっ……と感心するような、期待する空気が、その場に満ちた。

「でも、何だか怖くなりました」

「どういう意味ですか」

誰かが尋ねると、男は本当に怯《おび》えた顔つきで、

「百物語では百話目を語って、最後に残った灯心を消した後、本物の怪異が起きるとされていることは、ここに居られる方なら無論ご存じでしょう」

月が細くて暗い新月の夜、明かりのない一室に七、八人程が集まって、全員が内側を向いて円座を組み、一人ずつ怪談を語りながら、一つの話が終わる度に、別室に用意した百本の灯心を一本ずつ消してゆく……のが百物語である。

語りの部屋と行灯《あんどん》を置いた別室の間には、矢張り明かりのない真っ暗な次の間を挟まなければならない。この三室が東北地方の曲り屋のように、鉤《かぎ》の手の間取りになっているのが理想とされるが、それが無理なら直線に並んでいても構わない。大切なのは二つの部屋の間に必ず次の間を入れて、また三つの部屋の襖《ふすま》や障子を開けておくことである。

怪談を一つ語った者は静かに席を立ち、真っ暗な中を手探りで進み、次の間を通り抜けて行灯の部屋まで行く。青白い紙を貼った行灯の中では、灯油皿の中で放射状に並べられた百本の灯心が燃えているので、そのうちの一本だけを引き抜いて消す。そして行灯の横に置かれた鏡を覗き込み、自分の顔を見る。本人が映るような代物であれば、鏡の代わりに水を張った桶《おけ》でも良い。

こうして一人が行灯の部屋まで行って戻るまでの間も、他の参加者たちによって怪談は途切れることなく話し続けられる。それを邪魔せずに静かに元の席へ座る。因《ちな》みに席を立っている間に、もし何か変なものを見聞きしたとしても、百物語が終わるまで決して喋ってはいけない。それを怪談の一つとして話すことも禁じられている。解禁となるのは本会が終了した後になる。なお事前の注意として、三つの部屋から刃物類は必ず遠ざけておくこと。これを怠ってはならない。

以上が本式の作法と言われるが、新月の夜ではなく、しとしと雨の降る晩に、または月の出ていない闇夜こそ、百物語に相応しいと記す文献もある。どれが正しくて何が間違いということは、恐らくないのだろう。

一話ずつ怪談が重なる度に、行灯の明かりも少しずつ暗くなっていく。恐ろしい話が一つ積もる毎に、その暗がりが徐々に蔓延《はびこ》り始める。軈て最後の話が終わり、微かに細く点《とも》る百本目の灯心が消されるとき、真の暗黒が訪れると共に、本物の怪異が顔を出す……のが百物語であることは間違いない。

この「百物語」の起源は中世にまで遡《さかのぼ》る。当初は武士たちが所謂《いわゆる》「肝試し」として鍛錬のために行なったが、近世以降は一種の戯事《ざれごと》になったらしい。江戸《えど》時代には庶民の間で大いに流行《はや》って、それが大奥にも伝わったという。ただ余りにも血腥《ちなまぐさ》い事件が起こったため、いつしか取り止めになったと言われている。

そんな流行の影響か、この時期に多くの怪談物語集が編まれた。標題に「百物語」を冠したものだけでも、『諸国百物語』、『古今百物語評判』、『諸国新百物語』、『御伽《おとぎ》百物語』、『太平百物語』、『万世百物語』、『新説百物語』、『近代百物語』などがある。

では、そもそも「百物語」とは何なのか。名称から考えて「物語が百話ある」ことは自明だろう。然し何故それが怪談になるのか。

物語とは本来「物」が語る話を意味する。そして「物」とは物《もの》の怪《け》を指す。つまり「物の怪が語る話」なので「怪」談となる。それが百話あるため「百物語」と呼ばれた。

とんだ脱線をした。話を戻そう。

初老の男の妙な断りに対して、誰かが好奇心も露《あら》わに確かめた。

「つまり今からお話しされる心算の怪談を、この会のトリに持って来た場合、余りにも危険だと考えられたわけですね」

男が重々しく頷《うなず》くと、別の誰かが躊躇《ためら》いがちに、

「それ程のお話なら、いつ話されたとしても不味いのでは……」

「いやいや逆に、寧ろトリを取って貰ってはどうだろう」

別の誰かが怪談会の出席者らしい意見を述べたが、それに呼応する者は一人もいない。全員が怖い話を欲して参加している筈なのに、何故か殆どの人が尻込《しりご》みをしているらしい。問題の話が齎《もたら》すかもしれない何かを、まるで今から憂いているかのように。

それだけ初老の男の発言が、矢張り異様で変だったからか。

「お手持ちの怪談を語るか止めるか、また順番はどうするか、ご本人に全てお任せしますので、どうぞご自由に判断して下さい」

この会の主催者と思《おぼ》しき禿頭《とくとう》の人物が――この寺の僧侶《そうりよ》だろうか――口を開いて、一応その場は収まった。

私は猟奇者として男の話を是非とも聞きたいと思いながら、別のことに気を取られる余り自分の意見を述べる機会を逸していた。何故なら初老の男の背後の暗がりに、ちょこんと幼い男の子が座っていたからだ。

一体いつから居たのか。会の始まりからか。ずっと男の後ろに控えていたのか。それなのに私は少しも気づかなかったのか。この男が連れて来たのか。この男の息子か。または孫か。それ以外の関係か。あるいは寺の子だろうか。他の人たちも承知なのか。

どうして誰も何も言わないのか。そもそも男の子は怪談を聞いているのか。

……いや、そうではない。

その子は今、両手で両耳を塞《ふさ》いでいた。両の眼《まなこ》は閉じられ、心持ち項《うな》垂《だ》れた恰好《かっこう》で、身動き一つしない。

「矢張りここで、この話はして仕舞いましょう」

ところが、男が決心した途端、男の子は顔を上げると両目と口を目一杯に開いて、声にならない絶叫を発した……ように見えた。

思わず私は逃げ出し掛けたが、初老の男の話が始まって仕舞った。

「あの酷く気色が悪くて、だから忘れたいのに決して無理で、いつまでも記憶に残る厭《いや》な話を僕が聞かされたのは、心身の療養のために――

――ある湯治場を訪れたときです。

僕はデザイン関係の仕事をしていて、当時は多忙を極めていました。特に企業相手の仕事は大変で、向こうの都合で何度も変更が入るのに、最初に決められた納期は絶対に動かないため、その皺《しわ》寄《よ》せが全てデザイナーに来てしまいます。

先方の意見に納得できるのであれば、まだ良いのですが、所詮《しょせん》は素人のその場の思いっきに過ぎず、大抵は酷いものでした。とはいえ相手は依頼主なので、一応は意向を汲《く》み取る必要があります。そうしたと思わせる程度の変更を、嘘でも加えなければなりません。

デザインの質は落とさずに、こういう不必要な手間を掛けるわけですから、心身共にどっと疲れます。それなのに、なかなか自覚できません。ある取引先の羽場《ばば》という人に「しばらく休んだ方がいい」と真顔で忠告されて、ようやく察する有様です。

彼が勧めてくれたのが、「古い油」と書いて「ことう」と読む湯治場でした。湯治など初体験だった僕は、二泊三日くらいで済むと高を括《くく》っていたのですが、それでは効果など望めないと笑われたため、当時は独り者で貯金も少しはあったので、一ヵ月ほど休養することにしました。本当は「三ヵ月の滞在が必要だ」と言われたものの、あと一ヵ月半ほどで向こうは冬季となり、湯治場自体が閉められてしまうため、自動的に一ヵ月となったわけです。

この古油に行くまでが、それは大変でした。羽場によると鉄道路線図と周辺の地図で確かめる限り、東北本線の犬甘《いぬかい》で降りて横黒《おうこく》線に乗り換え、男庭《おにわ》まで乗って下車して、あとはバスか徒歩で向かうのが最も近道に思えるけれども、実際は違うというのです。

古油の最寄り駅が男庭であるのは間違いないが、その間にバスは走っておらず、そもそも人が歩くのがやっとの細い山道しかないらしい。かといって犬甘からバスに乗って終点で降りても、そこから古油まで四時間は歩くというのですから。

僕が住む地域では晩秋の頃、向こうは初冬でした。犬甘で降りると、ぴりっとした痛いほどの空気に包まれ、ぞくっと背筋に震えが走りました。

そこからバスに乗って、周囲の緑が次第に深く濃くなる土道を走り、ひたすら古油川を遡ったのですが、一時間ほど走ったところで、なんとも殺風景な村で降ろされてしまい、僕と他の乗客たちは途方に暮れました。といっても柴田《しばた》と篠崎《しのざき》という二人連れだけで、あとは歩くしかないのかと、かなり絶望したわけです。

すると柴田が、近くに停まっていた小型トラックの運転手と、かなり方言に苦労しながらも交渉を始めました。その結果、三人が運賃を出し合って、途中まで乗せてもらう話がついたのです。どうして途中かというと、その地の最奥の村までトラックは日用品を運ぶものの、そこから先は山道となるため馬しか通れない。そんな説明を受けました。

トラックに落ち着いて安堵《あんど》したのも束の間、すぐに凹凸《おうとつ》の激しい道を走り出したので、とにかく乗り心地は最悪でした。運転手によると最近まで営林署のトロッコ道だったのを、軌道のレールを外して車道にしたため、これほど揺れるらしいのです。元から乗り物に強くない僕など、たちまち酔ってしまいました。篠崎もかなり具合が悪そうで、当初は運転手と喋っていた柴田も、そのうち黙り込んだほどです。

どうにか我慢していたものの、その酔いが突然かなり酷くなったので、仕方なく僕は弱々しい声で「ちょっと停めて下さい」と言いました。でも聞こえなかったのか、相変わらずトラックは悪路を走っています。それどころか運転手は、逆に速度を上げる始末でした。柴田が「どういうことですか」と怒ったのですが、完全に無視されました。

こうなると僕たちも、ガタゴトと煩《うるさ》いまでに響く騒音と物凄《ものすご》い揺れとに、ひたすら耐えるしかありません。

ところが急にトラックの速度が落ちたと思ったら、運転手が口を開きました。さっき停まらなかったのは、あの近くに元炭焼き小屋があったからで、僕の気分が悪くなった原因も、それの障りだというのです。もしも僕たちが歩いて湯治場に向かっていたら、その小屋の辺りでいきなり日暮れに遭って、そこで一泊せざるを得ない状態になったかもしれない。そうも言いました。柴田が「日没まで時間が大分あるでしょ」と返しても、実際の時間は関係なくて、問題の小屋の側を通った場合、そういう目に遭うことがあるらしいのです。

「そこに泊まったら、一体どうなるんですか」

ずっと黙ったままだった篠崎が尋ねたところ、[redacted]が歌いながら夜中にやって来る、という意味の言葉を運転手が返しました。ただし方言のせいで、よく聞き取れません。僕が訊《き》き返しても同じでした。柴田も同じ問い掛けをしたところ、湯治場で養生したくらいでは治らない厄介な病に罹《かか》る……と言われたのです。これは僕の想像ですが、過去に問題の小屋に泊まったがために、頭が変になった人でもいたのかもしれません。

そんな出来事もあったせいか、目的の村にトラックが着いたとき、僕と篠崎は完全に疲労困憊《こんぱい》の状態でした。幸い村外れに休憩小屋があったので、しばらく二人で横になりました。その間に柴田は村人に、湯治場までの道を確認していたようです。もし彼がいなかったらバスを降りた地点で、まだ僕は愚図愚図していたことでしょう。

少し休んだとはいえ、休憩小屋から古油までの一時間の徒歩は正直きつかったです。細くて足場の悪い山道だけでなく、途中からは渓流沿いの岩場を伝い歩いて、その先で古油川が分岐している地点では、相当に不安定な橋も渡りました。湯治場には似合わない白い建物が、前方に茂る樹木越しに見えてきたときは、どれほど安堵したことでしょう。でも、それが営林署だと分かった途端、僕と篠崎はその場にへたり込んだのです。

柴田に尻を叩かれながら、僕と篠崎は先へ進みました。この男がいなければ、とても古油には辿《たど》り着けなかったと思います。

なおも頑張って歩き続けていると、いきなり農家のような湯治場の宿が現れました。でも僕は、古油ではなく別の場所に迷い出てしまったのではないか、と我が目を疑いました。ここまで苦労しなければ行けない湯治場なのだから、さぞ閑散としているだろうと無意識に決めつけていたのが、まったく違っていたのです。こちらを好奇心丸出しで見詰める何人もが、ずらっと宿の縁側に座っている眺めがあって、それはもう驚きました。

宿に着いて少し休んだあと、三人で湯に浸《つ》かりに行きました。温泉は谷間に湧き出しており、それが三箇所あります。粗末な板塀で囲まれた二箇所は男女別で、もう一箇所が何の囲いもない混浴の露天でした。

せっかくなので僕たちは露天を選びましたが、浸かっている人たちの身体つきを目にして、ようやく合点がいったのです。ほとんどが近隣の農家の人たちでした。実際に話してみると、彼らにとって古油は普段の過酷な農作業から解放される唯一の息抜きの場であり、かつ怪我をしたときや病気になったときに頼りとする、要は病院代わりでもあると分かりました。

彼らと表現しましたが、もちろん女性もいます。しかし不思議と好色な気持ちなど起きません。さすがに若い人は少なかったのですが、その身体に覚えるのは淫靡《いんび》さではなく健康美でした。そして年老いた人の多くは、見事に腰から身体が曲っています。

長年に亘る重労働のせいでしょう。

「俺たち三人だけ、ここでは浮いてるな」

篠崎が小声で言った通り、僕たちは明らかに異質でした。羽場によると湯治場としては有名らしいので、他所《よそ》から訪れて滞在する者も結構いたはずなのですが、このときは違っていたみたいです。

地元民たちとの触れ合いに積極的だったのは、もっぱら柴田でした。相手の言葉を理解できなくても、どんどん会話を進めていきます。もっとも農民たちは大人しくて、こちらに関わってくることはなく、僕も篠崎も助かりました。それに柴田のお陰で一応は、この湯治場では部外者とも言える我々も、あまり肩身の狭い思いをせずにすみそうでした。

ところが、湯から上がって宿に戻ってみると、地元の人ではない一人の青年がいました。特に病弱にも見えませんが、農民たちの解放感に溢《あふ》れた逞《たくま》しさに比べると、どこか影のあるいかにも都会人という印象です。そんな若者が完全に周りからは浮いた様子で、縁側の隅に独りで座っていました。

僕たちは驚きつつも、当然のように柴田が声をかけて、互いに自己紹介をしました。しかし「出発」の「出」に「目の玉」の「目」と書いて「いずめ」と読む珍しい名字と、ここには気分転換で来ていること以外、彼は何も話しませんでした。

もっとも年上のこちらに対して、出目は横柄な口の利き方をしたので、柴田と篠崎は気分を害したようです。それ以上は、もう関わろうとしませんでした。向こうも柴田と篠崎には素っ気ないのに、なぜか僕には興味を示したらしく、そこが妙に引っ掛かりました。理由が分かったのは、その日の夜です。

日中は物静かというより覇気のなかった地元民たちですが、夕食の終わったあとで酒席を設けた途端「飲めや歌え」の大騒ぎが始まりました。その変わりように僕たちが度肝を抜かれていると、露天で柴田と話していた年輩の男が、我々を誘いに来たのです。

すぐさま柴田が応じたため、彼の連れである篠崎も付き合う羽目になりました。でも僕は下戸のうえに音痴だったので、疲れているからと断ったのです。柴田はあっさり了解したのに、篠崎は執拗《しつよう》に僕を誘いました。きっと仲間が欲しかったのでしょう。しかし僕が頑《かたく》なな態度を取り続けると、ようやく諦《あきら》めてくれました。

賑《にぎ》やかさを通り越して煩いくらいの宴会に背を向けて、僕は持って来た本を読み始めました。そんな状況で集中できるか心配でしたが、湯治場という日常から掛け離れた場にいたせいか、案外すんなりと没頭できたのです。

数時間は読書をしたのに、宴会は相変わらず続いています。道理で地元民たちが日中は大人しいわけです。

まだ当分は終わりそうにもないので、僕は湯に入りに行きました。すると出目が、まるで待っていたかのように現れて、こう言うのです。

「夜中に独りで湯に浸かるのは、あまりお勧めできない」

「どうして？」

怪訝《けげん》に思って尋ねると、

「人ではないものが入りに来るから」

当たり前のように答えて、何の断りもなく同行しました。

正直ちょっと鬱陶《うっとう》しいと感じたものの、人ではないものが入りに来る……などと言われたら、やっぱり少し怖くなります。出目のような者でも、いないよりは増しだろうと考えました。

けれど、まったくの思い違いでした。見事なほど裏目に出ました。男湯に入ってすぐさま、当たり障りのない世間話などは素っ飛ばして、いきなり出目が怪談を語り出したからです。それも自分が恐ろしい目に遭った過去の体験談を、滔々《とうとう》と話し始めました。

「そんな話を、なぜ今ここでする？」

慌てて僕が止めようとしたら、彼は不審そうな口調で、

「だってあなたは、こういう話に理解があるだろ」

実は出目の言う通りでした。僕自身も不可思議な体験は、昔から多々しております。元炭焼き小屋の側を通ったとき余計に酔いが悪くなったのも、きっと僕の体質のせいでしょう。

それを一目で見抜いた出目に、たちまち畏怖《いふ》の念を持ちました。それで僕は仕方なく、彼の話を大人しく聞く羽目になったのです。

男湯は露天と違って板塀で囲まれており、天井から裸電球が吊《つ》られていたものの、圧倒的に光量が足りておらず、ねっとりとした深い暗がりに、ほぼ我々は取り巻かれているような状態でした。

そんな中で出目の、ぼそぼそとした声だけが聞こえます。最初は湯に浸かりながら聞いていましたが、逆上《のぼ》せそうになって出ました。でも彼の話に耳を傾けていると、また寒くなってくる。それで再び湯に入って、という繰り返しでした。

「幼稚園に通っていた頃、近所に年上のお姉さんがいて、随分と遊んでもらった。うちの家にもよく来たので、いつも母親がお八つを出していた。でも俺が向こうの家に行くことはなかった。彼女は呼んでくれるのに、なぜか母親が絶対に許可しない。途中に大きな通りがあって、車が危ないからが理由だったけど、明らかに可怪しかった。本当は先方の家で俺が粗相をするのではないかと、見栄《みえ》っ張りの母親が心配していたからみたい。俺が大きくなって、ようやく知った莫迦らしい理由だよ。でも当時は分からないし、お姉さんの誘いも次第に強くなっていったので、遂《つい》に俺は母親には内緒で、彼女の家へ行くことにした」

それまでは視線を外していた彼が、急に繁々と僕を眺めながら、

「お姉さんの家は大きくて立派な洋風で、子供心にお金持ちだと分かった。どんな玩《おも》具《ちゃ》を持ってるのか、どんなお八つが出るのか、もう俺は期待に胸を膨らませるばかりだった。それなのに家へ上がって通されたのが、かなり妙な部屋で。ドアの内側を除く壁に段々の棚があって、ずらっと人形が並んでいる。日本人形やフランス人形の本格的なものから、色々な動物の可愛い縫いぐるみ、郷土玩具《がんぐ》の小芥子《こけし》や木彫りの動物などが、びっしりと部屋中に犇《ひし》めいていた。まさに埋め尽くしている感じだった。もちろん女の子が遊ぶ着せ替え人形もあったけど、あくまでも一部に過ぎない。また綺麗に並べられているわけでもなく、かなり雑然と無造作に置かれている状態だった。そんな部屋にいきなり案内されて、その中央に俺は座らされた」

あたかも周囲にある人形たちを眺めるように、彼は暗がりに沈んだ板壁の四方を盛んに見回したあとで、

「かなり長い間、そこに放っておかれた気がする。最初は何が起こるのかと楽しむ気持ちもあったけど、すぐに帰りたくなった。人形たちに見られてるように感じ出してからは、余計にそうだった。確かめたわけじゃない。むしろ俺は周りを目にしないよ

うに、自然に俯《うつむ》いていたから。でも視線を覚える。気持ち悪いほど。するとドアが開いて、お姉さんが写真を撮り始めた。俺にカメラを向いて笑うように言いつつ、何枚も撮り続けた。あとは部屋から追い立てられ、家からも放り出されるような恰好で帰らされた。でも腹が立つよりも先に、あの気持ちの悪い部屋から出られたことに、ほっとした。それから彼女は、ぱたっと俺と遊ばなくなった。外で見掛けても、当たり前のように無視された。数日後、家の郵便受けに写真が入っていた。見つけたのは母親で、俺は大いに怒られた。彼女の家に黙って行ったからだけど、写真を目にしているうちに母親は黙り込んでしまった。あの部屋にあった人形の全部が、強張《こわば》った笑みを浮かべる俺の方を向いていて、その光景が物凄く不自然に見えたからだと思う。さっき言った通り、人形たちの向きはバラバラだった。もちろん母親は知らなかったわけだけど、それでも何か変だと感じるほど写真は可怪しかった」

出目は両の掌《てのひら》で両目を押さえたあと、次に両手で両耳を塞ぐ仕草をしながら、

「その写真が届いて以来、俺は家の中で視線を感じるようになった。常にじゃないけれど、ふと気づくと何かに見詰められている。いいや、何かじゃない。あの人形たちだった。しかも微かな話し声まで、ひそひそと聞こえ出した。人形たちが俺を覗き見しながら、こそこそと内緒話をしている。そんなイメージが頭に浮かんだ」

宿から離れているうえに板塀があるにも拘らず、非常に小さな歌声が聞こえること

に、このとき僕は気づきました。それが人形たちの話し声と重なるように思えて、何とも言えぬ気味悪さを覚えました。

「そのままを母親に訴えると、すぐさま伯母《おば》の家に連れて行かれた。この伯母さんは俺と同様、何かと不思議な体験をする人だった。だから母親は相談するつもりで、あの写真を見せたに違いない。伯母の判断は素早かった。とにかく写真は燃やして、お姉さんとの付き合いを断ち切りなさい。と強く言ったあとで、いきなり伯母が悲鳴を上げた。なぜなら写真に写っていた人形たちが、一斉に伯母さんの方を向いたからだった」

　唐突に口を閉じた彼に、僕は「それから？」と先を促した。

「その場で写真を焼いたら、翌日からお姉さんがまた話し掛けてくるようになって、再び家に呼ばれた。でも俺が逃げ続けていると、そのうち諦めたみたい。ただし母親によると、彼女が別の子供と遊んでいる姿を見たという。あとは知らない。俺が小学校の低学年のとき、お姉さんの家が引っ越したのは覚えてるけど」

「伯母さんのお陰で助かったわけだ」

　僕は素直な感想を述べただけですが、出目は急に皮肉な口調になって、

「恩人の伯母は、俺が中学生のとき病死した。何の病気だったのか知らない。けど変な相談ばかり受けるから寿命を縮めたに違いない。そんな風に母親は言っていた。俺

の写真も変な相談の一つだろって返したら、身内はいいのよだってさ。でも伯母の葬儀のあと、母親が夢に伯母さんが出て来るって言い出した。しきりに自分を手招きして、一緒に写真を撮ろうって誘うらしい。この伯母さんて俺の父親の姉だから、母親にすると義理の姉になる。特に二人が親しかったわけではない。むしろ母親は、父方の親戚《しんせき》とは距離を置いてるところがあった。それなのに毎夜、母親の夢に現れる。そして手招きして、自分と写真を撮ろうと誘う。どうしたのって母親に訊いたら、嫌だ撮りたくないって応《こた》えたって。それでも家族写真だからって執拗に呼ぶものだから、母親は言ったらしい。お義姉《ねえ》さん、順番が違うんじゃないですかってね。そしたら俺の夢に、伯母が出て来た」

出目の話に引き込まれながらも、僕は男湯まで伝わって来る朧《おぼろ》な歌声を、なぜか両耳で探っていました。

「母親が口にした順番って、暗に父方の祖父母を指してたことは、俺にも分かった。それなのに伯母は、なぜか母親の息子である俺の夢に現れた。だから俺は必死で、この順番の説明をした。そしたら伯母の初七日の夜、父方の祖父が亡くなった。その後は母親と俺の夢に、もう伯母は出て来なくなった」

死んだ者が近しい人を連れて行こうとする典型的な体験談でしたが、彼の語りには妙な迫力がありました。

「まさか俺の話に、怖くなったとか」

それなのに僕は出目にそう言われるくらい、どこか上の空でした。相変わらず板塀の外の歌声を気にしていたからです。

「あれ、聞こえるよね」

出目に尋ねると、耳をすます仕草を見せてから、

「地元民たちが宴会してるんだろ。あんたのお仲間たちも、まだ加わってるんじゃないか」

「ここは宿から離れていて、しかも板塀で囲まれてる」

「それほど煩く騒いでるから」

と言い掛けたところで、出目が再び耳をすましたので、僕は指摘しました。

「歌声が聞こえているのは、宿とは反対の方向のような気がしないか」

「まさか……」

「それによく聞くと歌声ではなくて、あれは」

ぶるっと身体を震わせたあと、ざぶっと半ば飛び込むように、出目が湯に入りました。その様を目にした途端、僕も寒気を覚えて湯に浸かったのです。

ざあっ、ざあっ、ざあっと出目が両手でしきりに湯を掻《か》き回したのは、間違いなく板塀の向こうから聞こえてくる声を消すためでした。それに僕も倣おうと思いながら、

逆に耳をすます自分がいました。まだ聞こえているのかを確かめるために。その声が何と喋っているのかを知ろうとして。

いつしか出目の両手は止まっており、こちらを凝《じ》っと見詰めています。

「俺が臆病風《おくびょう》に吹かれたと、そう思ってるんだろ」

彼自身は必死に湯を掻き立てていたのに、僕が何もしなかったため、どうやら莫迦にされたと思ったようです。

「それは違う。ただ外の様子を」

だから誤解だと説明しようとしたのですが、出目は聞く耳を持たないどころか、可怪しなことを言い出したのです。

「もっと怖い話がある」

「えっ……」

「ただの怪談じゃない。聞いて終わりではすまない」

最初は意地の悪い、邪悪な表情を彼はしていましたが、ふと腑に落ちたような、そんな顔つきに変わって、

「そうだよ。あんたのような人にこそ、これは聞いて欲しい話かもしれない」

勝手に自分だけで納得すると、こちらの意向などお構いなしに、すぐさま彼は話し始めました。

「あの身の毛もよだつ話を、そもそも俺が知ってしまったのは――
――三叉岳《みつまただけ》の爺《や》腸平《わたたいら》の奥にある阿弥陀湯《あみだゆ》という鄙《ひな》びた温泉宿に、そのときの気分でふらっと寄ったせいだった。

俺は中学生の頃から、もう温泉巡りをはじめてた。年寄り臭い趣味だと思うだろうが、実際は違う。死んだ伯母が夢に出てきた例の件が原因となって、それまで以上に厭なものを見るようになってな。

それまでも変な体験は色々してたけど、俺自身が何かを目にすることは、まずなかった。例の人形部屋の写真のように、実は怖い目に遭ってるのに、それを自覚するまでには達してなかったというか……。

ところが、死んだ伯母が夢に現れて以来、どうも異様なものを感じ取れるようになったらしい。あまりにも時期が合ってるから、そうに違いないと俺は睨《にら》んでる。

ひょいひょいっと電信柱の陰から顔を出し続ける気味の悪い少女とか、だらぁーんと歩道橋の橋桁《はしげた》から逆様にぶら下がってる真っ赤な顔の中年の男とか、走ってる車の助手席側のドアの外にしがみついてる物凄い形相の若い女とか、その家の風呂《ふろ》場の窓に取りついて中を覗いてる化物のような婆さんとか、公園の隅のベンチの裏側から顔を半分だけ出してる白目の男の子とか、電線の上に正座してる和服姿の爺《じい》さんとか、とにかく変なものを見るようになってしまった。

最初は本当にそういう人がいるんだって驚いてたけど、そのうち違うって分かった。下手に見詰めて、こちらの存在に気づかれるのが不味いことも、すぐに悟れた。だから知らん振りしたけど、つい反応してしまうこともあって、なかなか大変だった。迷惑この上ないと伯母を恨んだ。でも、その伯母が結果的に助けてくれることになった。なんとも皮肉だよな。

伯母は生前、そういう効能がある種の温泉にはあるのよって、どうやら言ってたらしい。つまり恐ろしいものを見えなくさせる効き目ってことだな。何度も聞かされてた母親が、それを覚えてた。もちろん信じてなかったけど、俺が無気味なものを見てると知って、藁《わら》にも縋《すが》る気持ちになったんだろう。

母親は週末になると、近場の温泉に俺を連れてくようになった。はじめは何の効果もなかったんだけど、ふと気づくと変なものを見る頻度が明らかに減り出してた。けど完全にはなくならない。もっと効く湯があるはずだって、母親は泊まりがけでしか行けない地方の温泉にまで、俺を連れ出すようになった。

お陰で高校生の頃には、ほとんど目にしなくなり助かった。その代わり俺は十代で、すっかり温泉好きになってた。もっとも母親がいないと、小遣いだけでは行ける所が限られる。本格的に回り出したのは、バイトができるようになった大学生からだ。温泉と言っても観光地じゃなくて、あまり誰も行かないというか、訪れるのに苦労する山の中とか、そういう場所を俺は好んだ。人付き合いが苦手なんでね。

けど、ここのように誤算も結構あった。あんなに地元民が入りに来ようとは、まったく考えてもいなかった。今回は完全に下調べ不足だった。

ただ、いくら事前に調べても、絶対に分からない湯もある。

……何がって、ここのように夜中に独りで浸かってると、人でないものが入って来るような、そんな所だよ。

誰もいなくなるから、俺は夜の露天が好きなんだ。あのとき訪れてた温泉でも、わざわざ遅い時間に入りに行ったんだけど、生憎《あいにく》なことに先客がいた。まだ湯まで距離のある地点から、ざぶざぶと掻き混ぜてる音が聞こえてきて、俺はがっかりした。

それでも一応は確かめようと、露天が覗ける板塀の前まで行ってみた。すると湯煙のせいで年恰好は分からないけど、恐らく男と思しき人物が、ざぶぁざぶぁと音を立てながら、露天の端から端へ歩いてる光景が見えた。別に泳いでるわけではなくて、両手で交互に湯を掻きながら、ずっと動いてる。

変な奴だなぁ……と思いながら、しばらく俺は眺めてた。そのうち湯から上がるんじゃないかって、ちょっと期待したせいもあってな。

でも一向に、そんな気配が見られない。何度も何度も露天の端から端まで、その男は往復するばかりだった。

俺は諦めて戻ろうとしかけて、えっ……って振り返った。そいつの変さに、ようやく気づいたからだよ。

……スケールが可怪しい。

俺に近い側の露天の端から、遠い側の向こうの端まで、そいつは行ったり来たりを繰り返してるのに、なぜか大きさが変わらない。湯までは距離があって、かつ夜だったから、すぐには分からなかったけど、明らかにスケールが変なんだ。そんな奴が露天の中を止まることなく、しきりに動き回ってる。その訳の分からなさに俺がぞっとしてると、そいつが湯の真ん中で急に、ぴたっと動かなくなった。こっちに背中を向けた恰好で……。

それが振り返る前に、もちろん急いで逃げ出した。

こんな怖い目に遭いながらも、俺は温泉巡りを続けた。好きだったのが一番だけど、しばらく入らないと、また厭なものが見えてしまう。そういう体質にすっかりなってた。だから湯に入る理由はあったわけだ。

肝心の阿弥陀湯の話をしないとな。この名称から非常に霊験あらたかな有り難い温泉に思えるだろうけど、元々は網棚の「網」に「蛇」と書いた「網蛇湯」だった。なぜなら周囲に蝮《まむし》が棲息《せいそく》していて、よく湯に入って来て困るので、網を張って防いだ。それが由来で「網の蛇」と書く網蛇湯になったものの、いくら何でも印象が悪過ぎるから、同じ音の阿弥陀様を当てて今の表記にしたらしい。

俺が訪れたときは、蝮の数も昔に比べるとかなり少なくなって、もう網も張ってなくて安心して湯に浸かれた。ただし温泉自体はかなり廃れてて、藁葺《わらぶ》きの宿も半ば廃屋のような有様だった。

宿の主人によると、かつては爺腸平の山々に登る経路の一つに、この阿弥陀湯で一泊するルートがあって、それなりに賑わってた。でもバスが山の麓《ふもと》まで通ったせいで、こちらを通る登山客がめっきり減ってしまったと、ぼやいてたな。

それでも秘湯好きな者たちが、たまにやって来る。お陰で完全には廃れない。ただ、この宿に顔を出してるのに、わざわざ「阿弥陀湯は、もっと奥ですか」と尋ねる者も多かった。つまり寂れた所を趣味とする秘湯好きな者たちから見ても、そこは廃れ過ぎてるように思えたわけだ。もう終わってるように映る場所だった。

もっとも俺には好都合と言えた。他に滞在客は一人もおらず、心配してた蝮も出ない。ゆっくりのんびり湯に入れた。

それに宿の主人から、三叉岳に伝わる怪異な伝承も教えてもらえた。自分に降りかかって来るのは勘弁だけど、その手の話を聞くのは嫌いじゃない。しかも阿弥陀湯は、どうやら俺には効き目があったようで、頗《すこぶ》る調子も良かった。

だから主人との会話の中で耳に残った「無津呂《むつろ》の無人小屋」に、ふと行ってみる気になった。その小屋は余程の登山好きでないと、まず存在さえ知らないらしい。仮に知ってたとしても、わざわざ行く者は非常に少ないという。この阿弥陀湯と同様に、すっかり登山のルートから外れてしまったせいだろう。

でも俺は逆に、そう聞くと居たたまれなくなった。

阿弥陀湯の滞在を予定よりも早く切り上げて、翌朝には無津呂を目指した。この湯に行く計画を立てた段階で、一応は登山に臨む恰好と準備をしていた。お陰で宿の背後の急登も、二時間ほどかかったが難なく登れた。そこから稜線《りょうせん》に出て、這松《はいまつ》の茂る山道を歩く。空は晴れており、空気も清々《すがすが》しい。やがて這松は背の低い灌木《かんぼく》へと変わり、足場が少しずつ悪くなっていって、しばらく進むと深い森林に入る。途中のやや開けた崖《がけ》の上で、宿で握ってもらった握り飯を食べて、あとは上り下りを繰り返しながら歩き、ようやく無津呂峠を越えたときは、午後の二時半を過ぎてた。

そこからは無津呂高原を見下ろすことができた。ぽつんと建つ無人小屋も望めた。ずっと眺めていても飽きないほど美しい高原に、たった一つだけ人工物がある。見ようによっては物寂《ものさみ》しげに映る風景が、俺にはかなり好ましく思えた。その小屋がまるで俺自身のごとく、きっと感じられたからだと思う。

どう見積もっても十数分で辿り着けそうだったのに、実際は一時間もかかった。山では珍しいことではないけど、ちょっと狐狸《こり》に化かされた気分だった。

丸太造りの小屋は「山荘」というよりも、残念ながら廃屋の印象が強かった。峠から見下ろしたときは遠目だったため、そこまで分からなかったのか。だとしても印象が違い過ぎる気がした。俺が遠くから見ている間は、濃い化粧で必死に誤魔化してたのが、近くに来たため化けの皮がずるっと剝《は》がれた……ような感じを受けた。

どうして来てしまったのか。

俺は遅蒔《おそま》きながら酷く後悔した。仮に小屋へ寄らず今すぐ下りたとしても、麓へ着く前には確実に日没を迎える。そんな危険は冒せない。峠では晴れてた空も、いつの間にか曇天に変わってる。下手をすると天気が崩れるかもしれない。

ここで一泊するしかないわけか。

とても気乗りはしないけど、こうなった以上は仕方ない。俺は覚悟を決めると、無人小屋の南向きに作られた玄関から中に入った。

屋内は真っ暗なうえに、妙に肌寒かった。山中では日没を迎えた途端、一気に冷え込む。とはいえ外から小屋に入った場合、かなり暖かく感じるものだ。にも拘らず薄ら寒い。冷えた空気のせいではなくて、何か別に原因があるような気がして仕方ない。真っ暗闇に包まれてる状態が、その肌寒さをより増している感じがしてな。

しばらく凝っとしてると、次第に目が慣れてきた。暗がりが薄暗い程度になる。すると自分の立ってる場所が玄関の三和土《たたき》で、すぐ左手に元受付の跡が、ほぼ正面に二階への階段が、部屋の真ん中に古惚けたストーブが見え出した。それ以外はいくら室内を見回しても、がらーんと何もない。物寂しいと感じるよりも空虚な怖さがあって、再び俺は厭な気がした。

取り敢《あ》えず元受付のカウンターに荷物を置いて、一階を探索する。けれど見て回る所なんか、ほとんどない。元受付の奥になる西側に元調理場があって、その並びに風呂とトイレを見つけた。でも埃塗《ほこりまみ》れの流し台と湯船と洗面台しかなくて、あとは何も残っていない。

元の場所に戻って、そこがホールと居間と食堂を兼ねた空間だと察した。本当なら大きなテーブルや数脚の椅子、またソファなんかが置かれていたに違いない。敢えて分ければ玄関と階段の間がホールで、階段の西側が食堂で、東側が居間といったところか。

だだっ広く感じられる室内を改めて見回して、北西の隅に置かれた小さな机と椅子に気づいた。机の上には何も置かれてない。引き出しを開けてみると、一冊の分厚いノートがあった。別の引き出しには、ボールペンと鉛筆が入ってた。

元調理場と風呂やトイレ跡に比べて、こちらの空間は埃も少ないように思える。もしかすると俺のような物好きが、今でも年に数人ほど訪れては、ここに泊まっているからかもしれない。そう考えると、少しだけ気持ちが楽になった。

ノートは夕食後に目を通すとして、先に二階へ行こうとして、俺は大いに戸惑った。よく見ると階段の途中に糸のようなものが張られてる。どうやら凧糸《たこいと》らしい。それが左右の手摺《てす》りを結ぶような恰好で、×印に渡されていた。

倒壊の危険でもあるのか。

充分に考えられることだけど、それにしても凧糸は変じゃないか。階段を通行禁止にしたいのなら、もっと太い縄を普通は使わないか。もしくは針金とか。それに「危険」と記した札くらい、段の途中に置くだろう。

目の前の凧糸は、たまたま登山用具の一つとして持っていたものを利用した……という風にしか映らない。つまりは急拵《きゅうごしら》えってやつだ。

何のために、こんなことを？

俺は理由を想像しかけて、なぜか分からないけど怖くなった。凧糸の描いてる×印が、途轍《とてつ》もなく不吉な形に見え出した。

どういう訳があるにしろ、この階段は上がるなという警告なのは間違いないため、二階の探索はすぐ止めにした。

それだけのことなのに、俺はまたしても厭な気持ちになった。自分の頭上に、まったく未知なる空間が存在してるからか。そこを検《あらた》められなかったのが、どうしても引っかかったせいなのか。自分でも分からない。

もっとも二階へ上がれたとしても、宿泊室しかなかったと思う。各部屋の左右に木製の二段ベッドがあって、一室に四人が泊まれるような。そんな部屋が何室かあるものの、残ってるのは二段ベッドの残骸《ざんがい》のみで、恐らく毛布なんか見つからない。仮に一枚くらいあっても、とても使う気にはならなかっただろう。

毛布の温かいイメージから連想して、自分が寒さを覚えて疲れており、かつ空腹であることに気づいた。

寒気と疲労と空腹は、恐怖を助長する。

そういう風に考える自分がいて、なんだか俺は可笑《おか》しくなった。けれど、ここで笑ったら取り返しがつかない。と己に言い聞かせてた。なぜだろうな。

元受付のカウンターに置いた荷物を奥の机の上に移して、早めに夕食の支度をした。まずガスランプを点して、宿で水筒に詰めた炊事用の水を鍋《なべ》に入れ、ガスコンロで沸かす。ランプもコンロも小さなガスボンベに取りつける方式で、ボンベも共用できる。時には野宿も必要な秘湯巡りで、どちらも非常に重宝してる代物だ。

湯が沸いてからパック米を鍋に入れて、十五分を計る。炊けた米とレトルトカレーを入れ替え、今度は五分ほど待つ。その夜の夕食は、カレーライスと鶏肉《とりにく》の缶詰にした。普段なら美味《おい》しく感じられるはずなのに、どうにも味気ない。まるで何かが俺の味覚に影響を与えてるようで、妙に落ち着かなくて閉口した。

それでも温かい食事をしたお陰で、少しだけ元気が出た。あとは温泉に浸かりさえできれば、きっと疲れも取れるだろう。でも無理なため、早々と寝袋に入ろうかと思った。このまま起きていても仕方ないからな。むしろ起きてる状態が、なんだか怖いような気がしてならなかった。ここに泊まらざるを得ないのなら、さっさと寝てしまうに限る。そう考えて寝袋を広げたんだけど、ふと思い出した。

あのノートがあった。

恐らく記されてるのは、この小屋が営業をしてた時期に、ここに宿泊した登山客たちが書き残した思い出の数々だろう。つまりは楽しい内容ってわけだ。そういう文章を目にすることで、多少は気が紛れるかもしれない。

俺は引き出しを開けるとノートを取り出し、それを持って寝袋に入り、すぐ側にガスランプを置いた。これで眠くなるまでノートを読めば、きっと熟睡できる。

一頁目の最初の書き込みの日付は、今から六年前のものだった。まだ当時は盛況だったようで、春から秋まで毎日のように誰かが何か書いている。その多くは数行だったが、びっしりと一頁を使ってる者もいた。内容は予想通りで、大方は登山に関する記述だった。次にこの小屋に対する印象や感想で、あとは意外にも個人的な悩みが結構あった。山小屋のノートに無署名で書き込む安心感があるせいか、なかなか赤裸々な話が多くて驚いた。

お陰で俺が抱いてた恐怖心も、少しは薄れた。世俗的な出来事に触れると、やっぱり人間は現実的になるらしい。

けど残念ながら、それも五年前の秋までだった。四年前の春に、どうやら小屋は閉められたようで、ぴたっと書き込みが減った。ただし同年の夏前から、ぽつりぽつりと再び記され出してる。ここが無人小屋として利用されるように、恐らくなったからだろう。

でも小屋が閉鎖されたあとのノートを読みはじめて、たちまち俺は後悔した。無人小屋を無料で利用する者が年に何人かいたようで、そういう奴らが書き込んでいる。複数で泊まってる場合は、まだ問題はなかったけど、独りで来てる奴の文章は、その内容が妙に似ていて気持ちが悪い。しかも段々と不穏さが増してく。ちょっとでも変だと感じたところで、もう止めておくべきだった。なのに俺は読み続けた。

ノートに書かれてたのは、
どうしてか分からないけど、この小屋は怖い。他に誰もいないからだと思う。しかし山中でテントを張っても、こんな気持ちになったことはない。やはり変ではないか。

もう二度と来たくない。

予定通り無津呂の無人小屋に着きました。他にお客さんはいません。それなのに誰かいる気配がして嫌です。早く朝になって欲しい。

噂の無人小屋に泊まります。なんか空気が重いですね。閉め切られていたせいかな。ちょっと怖いかもしれない。

二階から物音が聞こえる。ここに着いたとき見たけど、誰もいなかった。絶対に間違いない。けれど今、変な音がしている。

私ひとりしか泊まっていないはずなのに、二階に誰かいる。そんな気配を感じる。先程から動き回っている。頼むから下りて来ないで。

ノートを見つけたので書いておく。ここには泊まらない方がいい。

という書き込みばかりが目についた。

四年前の夏に比べると、三年前の同じ頃、また二年前の同時期と、次第に宿泊者は減っている。それに反比例するように、記された内容がどんどん異様になってく。もう読むのは止めようと思うのに、どうしても目が離せない。もっと具体的な記述が残ってないかと、どこかで期待してる自分がいた。

そうやってノートを読み進めていって、今から二ヵ月前の日付を確認したあと、次に昨日の日付を見つけて、俺は酷く仰天した。そいつと俺はこの小屋を介して、ちょうど擦れ違ったことになるからだよ。

けど、それだと可怪しくないか。

阿弥陀湯には俺の他に、一人も客はいなかった。つまりノートを書いた人物は、俺が辿る予定の明日《あした》の下山ルートを、逆に登って来て無人小屋に着いたことにならないか。だとしたら今日、そいつは阿弥陀湯に向けて出発したはずじゃないか。でも俺は途中で誰とも出会ってない。だったら奴は、どこへ行ったのか。

……にぃ。

上の方で妙な音がした。寝袋を敷いた場所とは、ちょうど対角線上に当たる南東の隅の辺りで。宿泊部屋があるに違いない所で。

昨日のノートの記述者は、まだ小屋に留《とど》まってるのか。

普通なら有り得ない。山小屋とは先へ進むための施設だ。もちろん中には滞在を目的とする登山者もいるだろうけど、この無人小屋でそれはないだろう。また今朝は快晴だったから、天候のせいで足止めを食ってるわけでも当然ない。

怪我をしてるとか。

その可能性はあった。だけど、わざわざ二階で休むか。階段の×印はどうなる？

それとも凧糸は、そいつが張ったのか。いったい何のために？　一階から何かが上がって来るのを防ぐためと考えたところで、その一階に俺はいるのだと思っていたたまれなくなる。

いやいや凧糸には、かなりの埃がついてた。あれは張られてから、かなりの月日が経ってる証拠だろう。まったく同じことが階段にも言える。踏み段にも埃が積もってた。最近あそこを上り下りした者など、誰もいないのは明らかだった。

……にぃぃ。

また上で物音がした。けど家鳴りだと判断した。

……みしっ。

木造の山小屋では、極めて当然の現象だろう。

……ぎぃっ。

とはいえ家鳴りが移動して聞こえる気がするのは、やっぱり気持ちの良いものではない。まるで誰かが歩いてるように感じられるからだ。

……ぎぃ、ぎぃっ。

誰かが歩いてる。そんな気配が本当にある。

……ぎぃ、ぎぃぃ、ぎぃぃっ。

それは二階の廊下を南から北へ、つまり一番奥の宿泊部屋から階段の方へと、ゆっくり進んでる。

俺はガスランプを、そっと消した。途端に真っ暗闇に包まれ、物凄い恐怖に囚われる。でも明かりを点《つ》けたままでは、二階のあれに気づかれる。そう考えたところで、さっさと逃げ出すべきだと思った。

けれど、どうしても動けない。寝袋に入ったまま、身体を強張らせるばかりで。

しばらくすると暗がりに目が慣れてきた。夜空は幸い晴れてるようで、窓から星明かりが射し込んでる。ぼんやりと室内が見て取れる。

……きぃ。

二階の物音が変わった。場所も階段の上らしい。

……きぃ。

一段ずつ下り出したのか。

……きぃぃ。

ちょうど俺は、階段の方に顔を向けてた。もちろん手摺りはあるけど柵《さく》状のため、踏み段を下りる者があれば、その両足が見えるはずだ。階段が消えてる一階の天井部分から、まず足の先が現れることになる。

慌てて両目を閉じたけど、その状態がまた恐ろしい。いったい何が下りて来るのか。目にするのは絶対に厭なのに、まったく見ないでおくのも怖くて堪らない。どっちも悍まし過ぎる。

もっと星明かりが強ければ、きっと俺は薄目にしただろう。でもやってみると、ほとんど見えないに等しい。両目を開けてるしかないかと覚悟を決めかけて、肝心の物音が止んでることに気づいた。

階段を下りかけて、そこで止まってる？

そうとしか思えない状況だったのに、どうしてと考えたら余計に怖くなった。もちろん下りて来られるのが一番厭だけれど、訳の分からない状態ってやつは、何よりも忌まわしい。そうじゃないか。

やっぱり家鳴りだったか。

いつまで経っても物音が少しもせず、階段と接する一階の天井部分から何も現れないため、俺が安堵しかけたときだ。

ぬっと顔が出た。

手摺りの柵の向こうから、黒っぽい顔が覗いてる。それも不自然なほど斜めの姿勢で。まるで階段の上部で腹這《はらば》いになって、顔だけ一階に突き出したように。しかも顔を出したのは一瞬で、すぐ横を向いたように見えた。それも右、左、右と交互に、ゆっくりと頭を振ってる。

周囲を見回してるのかと思ったが、ほとんど俯いてるように映る。あれでは床しか見えない。いったい何のつもりなのか。あの変な動きには、どんな意味があるのか。と考えるほどに恐ろしくなってきて、どうにも堪《たま》らず俺は瞼《まぶた》を閉じてしまった。

そこからは必死に、とにかく聴き耳を立てた。あれが階段を下りて来る気配が少しでもしたら、一目散に小屋を逃げ出すつもりだった。

そうやって耳をすませてるうちに、あれも同じことをしてるのではないか、と急に思いついた。しきりに頭を動かしてるのは、左右の耳で交互に聴き耳を立ててるからではないのか。そうやってあれは、一階に誰かいないか探ってる。きっとそうに違いない。

だから俺は両目を閉じたまま、ひたすら動かなかった。そうしながらも、あれが動き出さないか注意した。

でも、しーんとしてる。時折みしっ、ぎしっ、ばしっと聞こえるのは、それこそ家鳴りに違いない。本当のところは分からないけど、少なくとも階段を下りてる物音ではない。

いいや、何か聞こえる。そう感じた俺は、ひたすら耳をすませた。

……ほそほそ。

あの顔が囁《ささや》いてる。小声で喋ってた。

……ほそほそ。

まるで昔話でも語ってるように聞こえる。そんなはずあるわけないのに。

……ぼそぼそっ。

急に俺の顔の前で、声がした。

全身の血の気が引くような感覚に囚われたあと、ふうっと意識が遠退いた。両目は閉じていたので元より真っ暗だったわけだが、もっと濃い暗闇に呑《の》まれる恐怖に陥った。そのまま戻って来れないほど、深くて冷たい暗黒の中に落ちてく気がした。

それが良かったらしい。

まず鳥の賑やかな囀《さえず》りが聞こえて、それから瞼に微かな光を覚え、はっと目を開けると朝になってた。

すぐさま階段を見たけど、何もいない。もちろん俺の目の前にも。助かったと安堵したのも束の間、慌てて支度をして小屋を逃げ出した。

後ろも見ずに小走りで無人小屋から離れたものの、山路《やまみち》の途中で俺は立ち止まった。

あのノートが気になったからだ。一昨日《おととい》あの小屋に泊まった奴は、いったいノートに何を書いたのか。ちらっとしか目にしなかったが、かなりの分量をそいつは書き込んでるように思えた。そこには小屋の二階についての記述も、ひょっとしてあるのかもしれない。

俺は大いに迷いながらも、結局は好奇心に負けた。その場に荷物を置いて小屋へ戻ると、寝袋を敷いた場所まで小走りして、床の上に放り出したままのノートを摑《つか》み取り、とにかく急いで外へ出た。あとは再び荷物を背負って、取り敢えず無人小屋が見えない地点まで逃げた。

そこからは普通に歩いたけど、朝食を抜いてるので元気が出ない。本当なら止まりたくなかったが、空腹で無理をしたら倒れるだろう。止む無く適当な場所を見つけて、パック米と缶詰とインスタント味噌汁《みそしる》の朝食を、しっかり摂《と》った。

お陰で以降の下山は順調だった。昼食を乾パンとインスタント珈琲《コーヒー》ですませても、問題なく麓まで辿り着くことができた。

俺は安宿に部屋を取ると、まず温泉に入った。この湯の効能で心身共に癒《い》やされたため、ようやく例のノートを読む気になったんだけど。

あんな話なんか、読まなきゃ良かった。わざわざ小屋まで戻って取ってくるなんて、なんと馬鹿なことをしたものだろうか。

そいつはノートの書き込みを、こんな風にはじめてた。

「この小屋で恐ろしい目に遭った。これまでも山中において、または山小屋や避難小屋、麓の温泉宿などで、怖い体験は色々としている。しかし昨夜ここで遭遇したのは、あまりにも忌むべきものだった。不可思議な現象に少しは慣れている私でさえも、ぞぞっと首筋が粟立《あわだ》ったくらいである。

ただし例のあの話を凌駕《りょうが》するほどの畏怖の念は、当然ながら覚えなかった。あれくらい鳥肌の立つ恐ろしい話など、やはり滅多にないからだろう。

良い機会なので、このノートに問題の話を記しておきたい。こうでもしなければ、あの話が後世に伝わることはないと思う。そうまでして残す必要が果たしてあるのか。この文章を読まれている人は、きっと訝《いぶか》しがるかもしれない。その判断はご自身で、どうかして頂きたい。

あれは私が歩荷《ぼっか》の仕事をしていたとき――

――山で怪我を負って休養したあと、ほぼ平地の荷物運びを引き受けた際に、猿鳴《さるなぎ》という珍しい名前の郵便局員から聞かされた話だった。

歩荷とは主に、山小屋に必要な食糧や生活用品を届ける仕事である。当たり前だが多くの山小屋は山中に建てられており、よって車が走れる道など通っていない。そのため重い荷物を背負ったまま山路を徒歩で登って、小屋の住人と登山客に必要な物資を運ぶ者が重宝された。それが歩荷だった。

「大学まで出て他人の荷物を運ぶ仕事に就くとは」

母は大いに嘆いたが、若い頃は山好きだったらしい父には何も言われなかった。自分は仕事を選ぶ自由がなかったため、せめて息子はと考えたのか。しかし、いずれにせよ親不孝だったと今になってみると私も思ってしまう。

ただし歩荷の経験が後の創作に役立ち、そのうちの一作で某誌の新人賞を受けた。何が幸いするか本当に分からない。このときは母も大いに喜んでくれた。父は相変わらず無言だったが、ちゃんと小説は読んでくれたらしい。あとから母に聞いて嬉《うれ》しかった。

そもそも私が歩荷の仕事を選んだのは、如何なる理由があったからか。それを語ると長くなるので止めておく。他の運搬業より運賃が良いのは確かだが、生半可な決心と体力だけでは務まらないことは明記しておきたい。生身の人間が自ら運ぶのに、賃金ではなく運賃と呼ばれる事実からも、どれだけ過酷な労働か分かるだろう。

その歩荷をしていたとき、私は山で怪我を負った。山路を転げ落ちて来た登山者を受け止めたせいだ。荷物を降ろした帰路なら大丈夫だったかもしれない。だが荷を背負った登りの最中だったため、私は足をかなり痛めてしまう。

充分に回復するまで休み、そろそろ復帰を考えていたときに、願ってもない仕事が舞い込んだ。荷物運びという内容は変わらないが、行く先は山の上ではなく平地だという。怪我は完治したとはいえ、いきなりの登山には正直やや不安を覚えていた。だから山を登らなくても済む仕事を打診され、私は大いに感謝した。

泥谷《ひじや》地方の毛勝谷《けかち》に通じる道が、長雨の影響で起きた崖崩れによって遮断された。そこには営林署があって、帰宅困難に陥った職員たちがいる。彼らは仕事があるため泊まり込みを続けているが、食糧と生活物資が不足しはじめた。車の通行が可能になるまで歩荷をして欲しい。というのが依頼された仕事である。

私は地図と睨めっこしながら、毛勝谷までの道筋を模索した。できるだけ最短となるルートを見つけるためだ。まずまずの道程《みちのり》を地図上に引く。ただし途中で谷を通る必要があり、雨量の多い日は危険かもしれない。だが迂回《うかい》すると随分な遠回りになってしまう。こればかりは実際に歩いてみないと何とも言えない。

復帰の初日、役所が用意した荷物を背負い、私は毛勝谷を目指した。

まずは普通の土道が、全行程の四分の一ほど続く。ここでの苦労は少しもない。とはいえ久し振りに担ぐ荷は、やはり両肩にずしんとくる。この状態で山を登るのは、まだ当分は無理かもしれない。そう思うと回復の喜びも、途端に色褪《いろあ》せてしまう。

次の四分の一は土道から外れて、鬱蒼《うっそう》と茂った雑木林の中を進んだ。ここも歩き易くて別に問題はない。所々で水の溜《た》まった窪地《くぼち》を避けるくらいである。にも拘らず妙に薄気味悪く思えてならなかった。お日様の照っている道を外れて、ほんのりと暗い林の中に入ったせいだろうか。そのうち不自然に伐採されている樹木を、一つ、二つ、三つと見つけて、さらに厭な気持ちになった。

その森林は村と村の間に広がっていた。どこにでもある単なる雑木林である。「雑木」と呼ばれる通り、材木に適した樹木など一本も生えていない。第一そういう用途で伐採するのであれば、たった三本だけなのは変だろう。

私は雑木林を足早に進みながら、何度も地図に目を落とした。途中から谷へと下りる踏み分け道を見つけなければならない。

これは案じていたよりも楽だった。まさに打ってつけの道筋が現れた。それを辿って川辺まで下りたところで、きっと釣りをする人がいるのだろうと気づいた。しばらく川沿いを歩いて行くと、向こう岸へ渡された丸太の橋が見えてきた。

ここまで人間が入っている証拠を目にしつつ、私は安堵感を胸に前進した。川原は石ころだらけで、どちらかというと歩き難《にく》い。しかし山に登る苦労を考えると、比べ物にならない程度である。降雨の心配は依然としてあったものの、その場合は遠回りをするしかないと、半ば達観する気持ちになっていた。

歩荷の仕事では朝飯を摂ったあと、山小屋へ着くまでに弁当を二つ食べた。そのうえ小屋でも普通に食事が出る。食べないと登れない。それが当たり前の世界である。だが今回は朝飯と昼の弁当だけで大丈夫かもしれない。

まだ二分の一弱の行程が残っているのに、早くも私は楽観していた。それが急に掻き消え出したのは、前方の川の中に屛風岩《びょうぶいわ》が現れてからである。

途端に両側の岸辺もなくなって、ごつい岩に行く手を阻まれる。ここからは川に入るしかない。幸い流れは緩やかで浅かったので、できるだけ川の端に沿って進む。とはいえ屛風岩が立ち塞がる箇所では、迂回するために深水へ足を踏み入れなければならない。ほとんど岩にしがみつく恰好で、この難所を切り抜けることにした。

屛風岩と言えば、普通は左右にある程度の幅がある。だが、ここの岩は幅よりも高さの方が増していた。決して広くない川の両側に、にょきにょきと背の高い岩が聳《そび》え立っている。そのため圧迫感が物凄い。

しかも屛風岩は、なかなか途切れなかった。次から次へと川の左右に立ち塞がる。私は右側を歩いていたが、心持ち左よりも岩が多いように思えた。かといって川を向こうへ渡ると、いきなり左が増えはじめる。得てしてそんなものだろう。これまでの山の体験で学んだ人生訓である。

屛風岩の遥《はる》か奥には、深そうな森が見えている。もっとも岩を避けるように川が蛇行しているせいで、肝心の目先は少しも見通せない。

そういう視界の悪さがあるからか、屏風岩が現れて以降、どうにも落ち着かない。いつしか辺りの風景が、薄《うす》らと暗く沈んで感じられる。普通なら心地《ここち》好《よ》く聞こえる川の瀞《せせらぎ》も、なぜか寒々しく響く。空に雲は出ているものの、ちゃんと晴れている。強い風も吹いていない。水流にあまり冷たさも覚えない。それなのに感じた。

何か可怪しい。

本能が囁いている気がした。先程の三つの切株の地点では薄気味悪さだったのが、この屏風岩の場所では底知れぬ気味の悪さを覚えた。

身が竦《すく》むような気配に苛《さいな》まれつつ、私は先を急いだ。でも川の中を歩くのだから、とても早足などできない。それに新たな屏風岩を迂回するたびに、ふっと怯えてしまう自分がいる。

この岩の向こうに……。

何か変なものがいるのではないか。それは岩の向こう側で、私を待ち構えているのではなかろうか。という異様な惧《おそ》れである。

歩荷をしていたとき山中で、似た現象を体験したことが何度もあった。対処法は一つしかない。即座にその場を離れることだ。しかし今は、この川から外れられない。ここを進む以外、他に道などなかった。

ともすれば鈍る両足を前に出して、とにかく前進する。このとき私を支えていたのは、孤立した営林署に物資を運ぶのだという使命感のみだった。

ようやく屏風岩の群れを脱すると、その先に滝があった。結構な水量を誇っているのに川の流れが強くないのは、恐らく滝壺《たきつぼ》が深いせいだろう。濃緑の色合いからも、底無し淵《ぶち》という名称が自然に浮かぶ。

急に風が出て来た。すると突然の風に吹かれた滝の流れが、まるで女の長い髪の毛のように見えた。ついで着物のようにも映った。

白い着物姿の女が、長い白髪を振り乱している。

その眺めは美しくも妖《あや》しく、怪しくも綺麗で、いつまでも目にしていたいと思った。その一方で私の二の腕には、ざわっと鳥肌が立っていた。このままずっと見詰めていたら、やがて悪寒に襲われそうだった。

私は慌てて登れる場所を探した。歩荷の登山では基本のルートがあるため、それに従えば良い。しかし、ここは人跡未踏の地と言える。自ら道を切り開かなければならない。

滝の両側の斜面に目を凝らすと、右手に薄らと道らしい筋が認められる。動物が水を飲みに下りて来る獣道かもしれない。ついていたと喜び、それを利用させてもらう。

お陰で滝の上まで、あまり苦労することなく登れた。あとは杣道《そまみち》だったらしい山路を見つけて辿り、ようやく営林署に着くことができた。

向こうでは全職員に、大いに歓迎された。ここまでの道行きを訊かれたので詳細に説明した。もっとも雑木林と屏風岩で覚えた異様な恐れについては、迷ったものの結局は黙っていた。

誰もが労《ねぎら》いと感謝の言葉をかけてくれた。ただ清水《しみず》という一番年配の職員だけは、まるで何か別の話があるように見えた。でも、それとなく私が水を向けても、ぎこちなく微笑むだけで彼は黙っている。

腑に落ちなかったが、弁当を使って休んだあと、崖崩れの現場に案内してもらう。あわよくば一人くらい通れる箇所がないかと考えたからだ。

当然そんな所は皆無なため、仕方なく来たルートを戻った。

この仕事は三日ごとに行なう契約だった。私が運べる荷物など高が知れている。それを補うためには三日に一度、営林署まで行く必要があった。

往復のルートは少し厄介ながら、すぐに慣れた。登山と比べるまでもなく、かなり楽なのは言うまでもない。しかし例の雑木林と屏風岩の地点だけは、相変わらず苦手だった。いつも厭な感じがする。しかも回を追うごとに、無気味な気配が増している気がしてならない。まるで私が通りかかるのを、どちらの場所も待っている。そんな妄想に、そのうち囚われ出した。

あれは四回目の往路だった。雑木林の中に入ったとき、ぎぃっと樹木が軋《きし》むような物音が聞こえた。特に風も吹いていないのに、ぎぃぃっと鳴っている。動物の姿も見えないのに、ぎぃぃっと響いている。

とにかく気味が悪い。耳にしているだけで首筋が粟立ってくる。それなのに私は先を急ぎもせずに、なぜか一つ目の切株に座りたくなった。まったく疲れていないのに。当然だ。まだ往路の半分も進んでいない。しかも歩いているのは平地である。

ぞっとした。理由は分からない。でも明らかに変だった。そして営林署に着くと、相変わらず清水が物言いたげに眼差《まなざ》しを向けてくる。だが決して口は開かない。

五回目の往路でも、まったく同じ目に遭った。樹木が軋むごとき変な音を聞き、どうしても切株に腰かけたくなる。

いいや、私は座っていた。知らぬ間に腰を下ろしていた。その自覚は本当になかった。はっと気づくと切株に腰かけており、力なく俯いている。

六回目の往路でも、ほとんど同じことが起きた。前回と違っていたのは、私が二つ目の切株を選んだことである。

そして七回目の往路で、私は三つ目の切株に座った。あとがない。そう強く思った。かなり拙《まず》い状況にいる。それも理解できていた。とはいえ、どうすれば良いのか。まったく分からない。途方に暮れるばかりだった。

同じ七回目の往路では、これ以上の物凄い体験もした。例の屏風岩を三つか四つ過ぎた辺りで、ふと妙な気配を感じたのが、はじまりだった。

前方から何か来る。

最初は営林署の職員だと思った。彼らが町へ出る臨時の道は、すでに崖崩れの現場近くに設けられている。ただし一度に一人が精一杯で、とても荷物などは運べない。また余程の理由がない限り、その道は使わないようにしているらしい。よって仕事上の用事も、私が復路で請け負うことがまだ多かった。

だが急ぎの用件が出来《しゅったい》して、このルートを誰かが利用しているのかもしれない。私が見出《みいだ》した道程については、これまでに何度も説明してある。はじめて歩くにしても、それほど大変ではないだろう。

そう推察した私は、相手の顔を見たくなった。だから急いで屛風岩を迂回しようとしたのだが、そこで足が止まった。

一人ではない。

他にも人がいる。単独だと危険なためか。それにしても二人、いや三人か。いやいや、もっと大勢らしい。

いくら何でも変だ。

営林署の職員が総出で、このルートを歩くはずがない。第一あそこの職員の人数よりも、すでに気配は多くなっていないか。もっと増えているのではないか。

どんどん得体の知れぬ様子が高まるにつれ、前方から生暖かい空気が漂ってくる。それと微かにだが、どうにも変な臭いが鼻をつく。

いったい何がやって来るのか。

屏風岩を迂回するどころか、その岩が右手の斜面と接するギリギリの隅へ、私は素早く退いた。前方から来る何かが通り過ぎるまで、そこで凝っとしているつもりだった。幸いにも岩の右端は内側に窪んでおり、どうにか身を隠せそうな案配である。この岩の前を通る何かが振り返りでもしない限り、まず見つかる心配はないだろう。

荷物を背負っていては窪みに入れないため、いったん下ろしたものの、この嵩張《かさば》る荷を隠す場所がない。仕方ないので荷物を我が身に引き寄せて、窪みの蓋《ふた》代わりにした。荷に目をつけられたらお終《しま》いかもしれないが、これ以上はどうにもできない。

身の安全を一応とはいえ確保できたせいか、こちらにやって来る何かに対する興味が急に強くなる。相手の正体を知らぬまま身を隠すのは、逆に危なくないか。ここは一瞥《いちべつ》して確かめておくべきではないか。私は迷いに迷った。

今だから正直に記すが、あれは好奇心に負けただけに過ぎない。人が自ら災いに近づいてしまう最大の原因は、未知のものに覚える探求心である。そして多くの場合、取り返しのつかない後悔に苛まれてしまう。

荷物を退けて窪みから出ると、屏風岩の左端まで移動して、そっと半分だけ顔を出す。川が流れ来る先には、三つの屏風岩が見えている。それ以外は何の姿もない。もっとも三つ目の岩の向こうから、酷く異様な気配が強烈に伝わってくる。どんどん近づいて来る。

やがて岩の向こう側より、それの姿が現れた。

私は自分が目にしている光景を、咄嗟《とっさ》に理解できなかった。恐らく脳が一瞬とはいえ、大いに混乱したに違いない。ようやく何を見ているのか察したところで、我が目を疑った。

野辺送り。

どう見ても葬列と思しき人々が、川の中を歩いていた。こちらへ向かって進んでいた。その様はまさに野辺送りだった。

この土地の風習か。

そんな馬鹿げた考えが脳裏に浮かぶ。葬列が川の中に入るなど有り得ないのに。万に一つ土地の習わしだったとしても、あの野辺送りはどこから来たのか。川が行き着くのは滝壺である。葬列が下りられる場所など少しもなかった。

先頭を歩くのが寺旗と提灯《ちょうちん》持ちで、次に僧侶が続いて……と認めたところで、私は慌てて顔を引っ込めた。

見られたか。

一瞬とはいえ顔を出した恰好で、私は固まってしまった。あれでは寺旗か提灯持ちに気づかれたとしても可怪しくない。

水音を立てないように、そっと屏風岩の窪みまで移動する。両目を閉じて経を唱え、あれが通り過ぎるのをひたすら待つ。そうするのが一番だろう。しかし実際は我が身を隠しながらも、私は視線だけ右手に向けていた。どうしても見るのを止められなかった。

そう言えば何の物音も聞こえない。

川の中を練り歩くのだから、ばしゃばしゃと水音が響くはずである。だが一切が無音だった。ただただ禍々しい気配だけが近づいてくる。本当に生きた心地がしない。

やがて屏風岩の陰から、ふうっと寺旗が現れ、提灯持ちが続く。どちらも振り返ることなく、そのまま黙って進んで行く。

助かった。

ひとまず安堵する。この二人に気づかれていなければ、あとは大丈夫だろう。もっとも油断は少しもできない。できるだけ気配を消す必要がある。だったら目を向けなければ良いのだが、どうしても見てしまう。

僧侶のあとに遺影持ちと墓標持ち、死花や団子飯を抱いた人たち、四本幡《しほんはた》などが次々と現れる。もちろん棺《ひつぎ》担ぎもその中にあった。しかし葬列の様子よりも全員が白装束だったことに、私は目を見張った。

葬式の喪服と言えば黒が当たり前である。それが白一色になっている。昔は親族が白を着たものだと、祖母から聞いた覚えはある。だが、それこそ明治時代の話ではないのか。この野辺送りが決して普通ではない証拠だろう。

ぶるぶると身体が震える。がちがちと鳴りそうな歯を必死に食い縛る。絶対に見つかるわけにはいかない。

いつまでも途切れずに続くかと思えた葬列も、最後に老人が現れてついに終わった。これは文字通り「殿《しんがり》」と呼ばれる役目だったと思う。野辺送りの最後尾である。

助かった。

再び安堵する。こんなものを目にしながら無事にすんだ。下手をすれば連れて行かれたかもしれない。でも、ほっとできた時間は短かった。この歩荷の仕事を続ける限り、また遭う可能性は充分あったからだ。

どうしたものか。

私は悩みながらも荷物を担ぎ直した。とにかく今は荷を届けなければならない。今後のことは営林署の帰りに考えよう。そう思ったところで、あの葬列が引き返して来る光景が、不意に脳裏に浮かんだ。もし帰路でも遭遇したら、次は助からないのではないか。

その場で固まっていると、川の先から人の声が聞こえてきた。今度こそ営林署の職員に間違いない。と喜びかけて、顔が強張った。

まったく何を喋っているのか分からない。

確かに誰かが話しているのに、その内容が一向に理解できない。日本語であるのは間違いないのに、どうしても聞き取れない。

そんな意味不明の声が近づいて来る。

私は一歩、二歩と後退《あとずさ》りした。あの窪みに隠れる時間はない。荷物を背負ったまま、その場で息を殺すことしかできなかった。

しばらくして屏風岩の陰から、真っ白な女が現れた。髪の毛も顔も着物も草履も、すべてが白だけの女だった。それが喋っていた。独りで語っていた。口から発していた。日本語なのに少しも意味が分からない話を延々と。

目の前を女が通り過ぎる。それでも私は動かない。視線で彼女も追わない。それが屏風岩の向こうへ、視界の隅から消えるまで、ひたすら凝っとしている。

声が止んだ。

白い女は屏風岩の手前で、なぜか立ち止まっている。こちらに後ろ姿を向けたまま、じっと静かに佇《たたず》んでいる。

これは拙い。

本能的に察した。一刻も早く逃げる必要がある。でも女に背中を見せるのは、とにかく厭だった。絶対にしたくなかった。それも人としての本能だろうか。

私は後ろ向きのまま川に入った。そして女の背中を見やりながら後退した。少しずつ後退った。左手は屏風岩に這わせる。川底の石に足を取られたとき、転ばないための用心である。

気ばかりが焦るけど、ゆっくりと逃げるしかない。それでも水音が立つ。女が振り向きそうで怖い。今にもこちらを向くのではないか。まったく気が気でない。ずるっと足が滑った。ぐっと左手に力を込める。どうにか転倒を防ぐ。どっと全身から汗が噴き出す。暑いはずなのに寒い。悪寒に襲われそうになる。ここで身体を震わせたら、女が気配を察するかもしれない。だけど、これればかりは我慢も利かないから、あとは祈るしかない。

ようやく屏風岩の裏に回れたとき、重い荷物を背負って山小屋に着いたくらいの疲れを覚えた。よくその場に座り込まなかったものだ。

声が聞こえ出した。

静かに耳をすましていると、その声が遠離《とおざか》っていく。徐々に小さくなっていく。あの女も野辺送りのあとを追って行ってしまったらしい。

屏風岩の陰から覗くと、目の前に女がいた。真っ白な顔に、真っ白な目玉がある。

どこにも黒目はない。それでも視線が合った。

私は一目散に逃げ出した。歩き難い川の中を走った。荷物を担いだ危険な恰好のまま、とにかく全速で駆け続けた。

その間ずっと頭の後ろで、あの女の声が聞こえていた。ばしゃばしゃと大きな水音を立てているのに、ずっと女の喋り声が追いかけて来る。

滝壺に辿り着き、咄嗟に振り返る。女はおらず、声も消えている。逃げ切ったかと思ったが、葬列と女がやって来たのは、この滝壺からではないか。そう考えた途端、私は死に物狂いで斜面の獣道を駆け上がっていた。

営林署に着くと、大いに心配された。こちらの様子が尋常ではなかったからだろう。かといって自分の体験を話せたかというと違う。とても打ち明けられない。時間が経って落ち着くほどに、己の胸に仕舞っておくべきだと思った。

帰り際に営林署の外で、年配者の清水に呼び止められた。

「次に来るときは、儂宛《わしあて》の電報を打つとええ」

いきなり妙なことを言われ、私が返答に困っていると、

「郵便局に猿鳴という男がおるから、彼に配達してもらうように頼むんや。そしたら彼は、あんたと同行する恰好になる」

あっと叫びそうになった。どんな目に私が遭ったのか、なぜか清水は察しているら

しい。それで次回の危険を避けるため、電報を配達する郵便局員を同行者にする案を、こちらに授けてくれたのかもしれない。

しかし私が問い返す前に、さっさと彼は営林署に戻ってしまった。

次の荷物運びの日、私は郵便局に行った。営林署に電報を打てるかと訊くと、若い局員に大丈夫だと言われた。念のため配達ルートを確かめたところ、崖崩れの現場近くに設けられた臨時の通り道を使うという。それでは意味がない。どうしたものかと考え込んでいたら、年配の局員に話しかけられた。この人が猿鳴だった。

「営林署の清水さんから、ちゃんと事情は聞いとる」

困惑する若い局員を余所《よそ》に、電報は自分が届けると彼が言った。

私は手続きをして先に外へ出た。猿鳴が現れるまで少し時間がかかったので、無理をさせているのではないかと心配になった。

「こちらのルートに同行する恰好になりますが、本当に問題ありませんか」

「局長より儂の方が長いんやから、なんの心配もいらん」

つまりは無理を頼んでしまったらしい。でも彼は一向に気にした様子もなく、呑気《のんき》に世間話をはじめた。どうやらお喋り好きのようである。

ところが例の雑木林に足を踏み入れた途端、ぴたっと猿鳴が黙り込んだ。あまりの変わりように、私が不安になっていると、

「ちょっと前まで、ここらは『三本松』と呼ばれとった」

ぼそっと彼が呟《つぶや》いた。

「少し先にある三つの切株と、その呼び名は関係ありますか」

興奮気味に尋ねる私と違って、猿鳴は淡々とした口調で、

「一本目の松で昔、首吊りがあってな。それ以来、あそこで妙なものを見たいう者が増えたんで、ばっさり伐《き》ったわけや。そしたら二本目の松で、なんと首吊りが出た。これも伐ったところ、三本目の松にぶら下がった奴がいた。これも伐って、ようやく首吊りは止んだんやけど、あそこを通ると死にとうなるって、えろう恐れられるようになった。そのうち誰も通らんようになった」

それほど因縁のある場所を、のこのこと私は歩いていたわけだ。

どんな目に三本松跡で遭ったのか、それを打ち明けるべきか大いに迷った。同行者のお陰で二度と同じ体験をしないのなら、もう忘れるべきかもしれない。と私が考えているうちに、さっさと彼は別の話題に移っていた。

川原まで下りて丸太の橋を通り過ぎたところで、再び猿鳴の喋りの内容が恐ろしくなり出した。こういう方面に彼は詳しいらしい。

「この川はな、位牌《いはい》川と呼ばれとる。もう少し行った先からはじまる、あの背の高い屏風岩が、仏さんの位牌のように見えるからなんや」

私が何も応えられないでいると、

「まぁ元の屏風岩いう名でも、ちょっと怖いかもしれんけどな」

「なぜです」

「鳥山石燕《とりやませきえん》の『今昔百鬼拾遺』の『雨』の中に、女の幽霊が屏風越しに覗いとる『屏風闚《のぞき》』いう妖怪《ようかい》が描かれとってな」

「幽霊なのに、妖怪なんですか」

「どっちにも属しとる、そういう存在なんやろなぁ」

まるで私が屏風岩越しに怪異を覗いたことを、猿鳴は知っているかのようではないか。屏風闚とは逆の行為を、まさに私はしたことになる。

「あと『大和《やまと》怪異記』の中にも、屏風に纏わる話があったな」

「どんな内容ですか」

決して知りたいわけでもないのに、そう訊かざるを得ない何かが、このときの私にはあったのかもしれない。

「ある武士の妻が重い病気に罹って寝とったけど、ようやく峠を越したんで、やれやれと思っとったら、病人の側に立てかけといた屏風から、にゅうっと法師の顔が覗いてな。夫が驚いて刀を取ると、その法師は妻を抱きかかえて走り出した。もちろん夫は追いかけたんやけど、法師は妻を横抱きにしたまま、高い塀を飛び越えて逃げてしまいよった。そこへ下女が駆けつけて、奥様はこちらにおられますと言いよった。夫が慌てて戻ると、確かに妻は元通りに寝とったんやが、もう息はしとらんかった」

「どちらにも屏風が出てきますが、何か意味があるのでしょうか」

当然の疑問を私は口にしたのだが、それに猿鳴は取り合うことなく、またしても別の話題を振ってきた。

「毛勝谷の営林署に食べ物を届けるいうんは、よう考えたら皮肉かもしれんな」

「どうしてです」

ここで怒っても仕方ないので、すかさず私は尋ねた。

「この毛勝谷いう地名はな、飢渇の訛《なま》りやいう説がある。飢えの渇きの飢渇や。いつまでも雪の消えん渓谷や人跡未踏の深層谷を、ケカチ谷とも呼ぶからな。少なくとも地形的に間違った名前ではないわけや」

「位牌川の先の滝にも、名称はあるんですか」

「あそこは恨みの滝や」

私の問い掛けに、猿鳴は当然と言わんばかりの顔で答えた。

「もっとも『恨み』いうても、元は『裏を見る』と書く『裏見の滝』やった。落下しとる滝の中ほどの裏側に、実は小さな祠《ほこら》があってな。そこから滝の流下する水を眺められる。つまり滝の裏側を目にできるらしい」

「推測なのは、伝承だからでしょうか」

「まぁな。祠の存在は確かめられとらんけど、あの滝が昔々ある宗教の信仰対象になっとったんは、ほんまやからな」

いずれにせよ曰《いわ》くのある場所と言える。

「位牌川から恨みの滝までの一帯は、かつて『魔所』と見做《みな》されとったけど、今では年寄りしか知らんやろ」

営林署の清水と郵便局の猿鳴が、その年寄りに当たるのは間違いない。

この二人のお陰で、私が怪異に遭遇することは二度となかった。歩荷のたびに電報料金はかかったが、お守り代と思えば安いものである。どう考えても必要経費として認めてもらうことは、まず無理だったと思う。

あと二回で歩荷の仕事が終わると知らされたあと、ようやく私は三本松跡と位牌川での体験を猿鳴に語った。

「そらえらい目に遭《お》うたなぁ」

彼は大いに同情しながらも、実は自分も似た体験をしたことがあると言い出した。

「位牌川で、ですか」

猿鳴は首を振っただけで、このときは何も応えなかった。

ただし最後となる電報配達のとき、その体験を私に教えてくれた。だが決して、それが主たる目的ではなかった。あの忌むべき別の話こそ彼は、きっと私に聞かせたかったに違いない。

「儂は川釣りが好きでな。週に一度の休みが来ると、あっちの川こっちの川へと、よう出掛けたもんや。今はすっかり近場で済ましとるけど、かつては遠出も平気の平左やった。そんな遠方の川の一つに、留目《とどめ》地方の百々女鬼《どどめき》川があった」

猿鳴は昔を懐かしみつつも、嫌悪するような矛盾した様子で、

「あそこの岩魚《いわな》が、そりゃ絶品でなぁ。せやから儂も通うたわけやが、お陰であないな、ぞっとする話を聞かされる羽目になってしもうて──

──今では大いに後悔しとる。あれ以来、岩魚そのもんが苦手になってもうた。あんだけ好きやったのに、ほんまに難儀なことや。

ここから留目の駅までは、一日に電車が何本も走っとったけど、向こうの駅前から出るバスで、百々女鬼川に最も近い目女《めめ》村まで行くんは、日に三本しかのうてな。そのうえ始発は六時台やったから、とても間に合わん。仕方のう儂は、いつも午後の便を利用しとったんやが、帰りは必ず最終便に乗らんと、翌日の仕事に行けんようになる。そのため釣りをする時間が毎回えろう限られとって、それが不満でしょうがなか

った。

あれは梅雨に入る前やった。どうしても百々女鬼川の源流を、儂は目指しとうなってな。その日の仕事が終わって晩飯を済ませたあと、かなり遅い夜の列車に乗った。留目の駅に着く最終便やった思う。向こうでは駅前の襤褸《ぼろ》い安宿に泊まった。

夜の遅うに訪ねて来て、素泊まりするだけの客やのに、明日の朝は六時前に必ず起こして欲しいと頼まれたもんやから、ぶすっとした顔を宿の親仁《おやじ》にはされた。おまけに朝飯と昼飯用として、お握りを拵えておいてくれとも言うたからな。

けど結果的に、それが良かったんかもしれん。翌朝の六時前に、文字通り儂は叩き起こされた。まだ眠とうて再び寝そうになっとるところを、親仁に蒲団《ふとん》の上からとはいえ遠慮のう叩かれた。あたかも昨夜の恨みを晴らさんとでも言わんばかりに。お陰で目が覚めたわけやから、もちろん文句は言えんかったけど。

それに朝の早い時間やったのに、ちゃんと握り飯の弁当を二つ用意して、水筒にお茶も入れてくれとった。愛想のない宿やったけど、意外と真面《まとも》やったよ。

駅前のバス停に行っても、まだ誰もおらん。それどころか、あとから来る奴も皆無で、始発に乗ったんは儂だけやった。一番後ろの席に座って朝飯代わりの弁当を食べてから、さて一眠りしようとしとったら、運転手に声を掛けられた。

「お客さーん、百々女鬼川で、釣りかねー」

儂の恰好や弁当から、なかなか鋭い推察をしたらしゅうて、見事に言い当てられた。せやから儂も正直に答えたんやが、願ってもない返事があった。

「よっしゃ。目女村に着いたら起こしたるから、それまで寝とったらええ」

ほんまに親切な運転手でな。厚意に甘えることにして、儂は礼を言ってから寝た。バスの揺れいうんは穏やかなときは列車と一緒で、眠りを誘うような心地好さがある。けど、やっぱ山道を走り出すとあかんな。いつの間にか儂は一番後ろの横に長い座席で、すっかり身体を伸ばして寝とったんやが、危うく転げ落ちそうになってな。それほど揺れが激しゅうなっとったんや。

「すまんなー。こない揺れたら、もう寝とられんやろー」

儂が起きたんに気づいた運転手が、そう謝ったのを切っ掛けに、釣りの話を振ってきよる。どうやら彼も釣りが好きらしい。

もう寝るんは無理そうやったんで、儂は運転手の話に付き合うことにした。せやけど運転席と後部座席くらい離れとると、そら大声でないと話せん。儂は一番前の座席に移った。他にも乗客は二人おったけど、どっちも器用に居眠りしとったな。

儂が百々女鬼川について尋ねると、運転手は岩魚釣りに適した場所をいくつか教えてくれた。せやけど既によう知っとる地点やったんで、今日は源流を狙う心算やと言うたら、それまで饒舌《じょうぜつ》やった運転手が急に黙り込んでな。

儂が何処まで遡ったことがあるか訊いたら、それには答えんと逆に質問された。

「あの川には丸太の橋が、何本か架かっとるやろ。そのうちの何本目の橋まで、兄さんは行ったことがあるんや」

一本目は越えたことが何度もあって、二本目も少し先まで行っとる言うたら、

「二本目を過ぎるのは構わんけど、そこから三本目に近づくんは、悪いことは言わんから止めたほうがええ。まして越えるなんて、以《もっ》ての外や」

それまで盛り上がっとった釣り談義に水を差すような、えろう妙な返答があってな。すぐに儂は理由を訊こうと思うたんやが、ちらっと良うない考えが脳裏を掠《かす》めよった。三本目の丸太橋の向こう側に、実は穴場があるんやないか。

どう見ても運転手は親切そうで、ケチな領分なんか持ってなさそうやった。せやのに儂は、つい疑《うたご》うてしもうた。というんも釣り好きの中には、ほんまに強欲な者がおってな。自分で見つけた穴場は、絶対に他人には教えん。そんな奴も別に珍しゅうなかったんや。

ひょっとしたら運転手も喋っとるうちに、ふと惜しゅうなったんかもしれん。そう儂は考えたわけや。

そんな疑念を抱いたことが、どうやら運転手にもバレたようで、なんとも気まずい雰囲気になった。すぐ前方に目女村のバス停が見えてこんかったら、しばらく儂は針

の筵《むしろ》に座っとる気分を味わうとこやった。

「帰るときは何処でもええから、道沿いに立っとったら、このバスで拾うからな」

儂が軽く頭を下げてから降りようとしたら、運転手がそう言うたんで、やっぱり親切な人やったんやろなぁ。

ただし早口で付け足した言葉が、よう聞き取れんうえに謎やった。

「[redacted]屋敷にだけは、決して行くなよ」

これまでに何度も行った百々女鬼川の様子から、とても付近に家があるとは思えん。しかも「[redacted]屋敷」と呼ばれるほどの立派な家屋が、あんな辺鄙《へんぴ》な場所に建っとるやなんて、そら考えられんかった。ほんまに謎の言葉やった。

慌てて聞き返そうとしたんやけど、運転手は片手を上げて挨拶《あいさつ》して、すぐにバスを出してしまいよった。

なんとのう気分を害された恰好になってな。かというて帰るほどやない。こっちは前日に一泊してまで、わざわざ来とるんやからなぁ。そもそもバスが戻ってくるまでの間、どんだけ時間が掛かることか。それこそ釣りができるやろ。

儂は気を取り直して目女村を抜けると、その外れの道祖神を左手に折れて、勝手知ったる杣道に入った。しばらく歩くと小さな木の橋が見えてくるんで、そこの端から谷底へ下りていく。いつもやったら少し進んだ先で竿《さお》を下ろすところやが、こんときは源流を目指すいう目的があった。いや、それ以上に三本目の丸太橋の向こうに、ひょっとしたら穴場があるかもしれん。あの親切な運転手を疑う気持ちが、やっぱり残っとったんやな。

川原を歩きながら青白い流れを眺めとると、これまでに竿を振って釣果のあった小淵が次々と現れよるんで、つい足を止めとうなる。まして水中に岩魚の黒い影が、ちらっとでも見えようもんなら、もう辛抱堪らん気持ちになってな。

せやけど今までと同じ場所で釣りをするんやったら、わざわざ泊まって早起きした甲斐《かい》が少しもない。ここは我慢や思うて、儂は先を急いだ。

川を遡りつつ顔を上げると、緑豊かな山の稜線がくっきり見えてな。そりゃ綺麗やった。山登りの趣味はないもんの、山頂を目指す奴らの気持ちが、ちらっと分かったように思えたほどや。それほど美しい山並みやった。

やがて丸太橋の一本目を通り過ぎて、しばらく進むと二本目が見えてきた。その手前にええ場所があるんやが、儂は目を背けるようにして無視した。二本目も越してどんどん歩いてくと、これまでで一番大きな淵に出た。

ここは岩魚が密集しとって、そら凄い場所なんやが、儂も一回しか来たことがない。日帰りするためには、この淵までが限界やったからな。そのうえ長居もできんかったから、ほんまなら今日こそはと意気込むんやけど、またしても儂は我慢した。後ろ髪を引かれる思いで、もっと先へと進んだ。

　せやから三本目の丸太橋が見えてきたときは、もう嬉しゅうて堪らんかった。一本目と二本目に比べると、こっちは明らかに人の渡っとる痕跡《こんせき》が乏しい。いいや、ほとんど使われとらんと言うてもええくらいやった。つまり正真正銘の穴場が、この先にあるいう可能性が、ぐんっと高まったわけや。

　それまでは川の右側を歩いとったけど、三本目の丸太橋の先に大岩があって、ここで橋を渡らんとならん。一本目と二本目は、あれば便利いう程度やったかもしれん。けど三本目は先へ進むためになくてはならん橋やった。

　それやのに丸太橋を向こう岸へ渡った途端、なぜか儂は不安な気持ちになってな。

　岩魚が密集しとる大きな淵を無視して通り過ぎたとき、後ろ髪を引かれる思いや言うたけど、三本目の橋を渡ったあと、なんや大切なもんを向こう岸に忘れてきたような気が、ふっとしたんや。しかも向こう岸に残してきたんが、まるで自分の身体の一部のように思えてならんのや。どえろう気持ちが悪うなってな。

　取りに戻った方がええ。

　そんな思いに強う囚われるんやけど、その一方で丸太橋を引き返したら、もう二度とこっちには渡れんようになる、いう心配も覚えた。

　今から思うに、あれは儂が自分自身に発した警告やったんやろう。それを当時の儂も、少しは理解できとったはずなんや。にも拘らず戻らんかったんは、釣り人の性《さが》いうもんかもしれん。この先で大漁が期待できるいうのに、見す見す見逃してしまうんか。そう己に問い掛ける自分も、またいたんやと思う。

空はよう晴れて、天気がえろう良かったことも、後押しになった気がする。あれで丸太橋を渡った途端、俄《にわか》に曇り空となって肌寒い風が吹き出して、いきなり辺りが陰気にでもなっとったら、さすがに踵《きびす》を返しとったかもな。

儂は後悔に似た気持ちを振り切って、川の左側を歩き出した。

ところが、いくら行っても穴場なんか見つからん。次第に川幅が狭《せも》うなりはじめて、岩魚がいるような淵が逆に減っていく始末や。

運転手さんの言うたことは、ほんまやったんか。

そう反省しつつも、もう少し先まで行かんと分からん、とも考えとった。もう戻って馴染《なじ》みの場所で釣るべきやいう気持ちになりながら、もっと凄い釣り場があったらどうするんや、とも思う自分がおった。

まるで己を騙《だま》し騙《だま》し進んでるような案配やった。なかなか期待できる川の光景が現れんでも、そのうち今にきっと、と諦めんかったんやから、あんときの儂は岩魚の化物にでも憑《つ》かれとったんやろうな。

そこまで入れ揚げ状態やった儂が、ついに歓喜の大声を上げるときが、さらに奥へと入り込んだあとでやって来た。

それはそれは大きな淵が現れたんや。そっと覗いてみたら、夥しい数の岩魚がおる。いやいや、あれは大群やった。一、二、三と数えはじめたもんの、五十を超えて止めた。これまで一度として見たこともないほどの、とにかく物凄い岩魚の群れが、その大淵で泳いどったんや。

嬉しゅうて武者震いが出た。

けど次の瞬間、それが悪寒に変わった。

こんな淵で釣れる喜びを覚える反面、これほど異様な場所で釣るべきやない、いう気持ちにも囚われたんや。なんて言うたらええんやろなぁ。ここの岩魚を捕っても大丈夫なんは、決して人間やない。そんな感覚やろか。

ただな、その日の儂は、まだ一遍も釣りをしとらんかった。そして目の前には、目を見張るほどの穴場がある。

儂は覚悟を決めて、その淵に竿を下ろした。

そこからの入れ食いが、そらもう凄《すき》まじゅうてな。いくらでも釣れる。ほいほい釣れる。盆と正月が一緒に来たように釣れる。はっと気づいたときには、わんさかと魚《び》籠《く》が一杯になっとった。

腕時計を見たら、とっくに昼を過ぎとる。釣りに夢中で分からんかったけど、かなり腹も減っとった。

儂は淵の端にある小さな溜まりを見つけて、そこに魚籠の中の岩魚を放して、一匹ずつ引き上げては腸《はらわた》を抜いてった。ナイフで腹を割いて取り出すんで、これが面倒やいう奴もおるけど、儂は楽しゅうて堪らんかったな。そら自分の釣果が改めて分かるからや。

ただな、こんときは違《ちご》うた。腹を割いても割いても、腸を抜いても抜いても、一向に岩魚が減らん。そのうち、うんざりしてきた。それでも逃がさんかったんやから、儂も業が深い。

腸を取り除いた岩魚を再び魚籠に入れてから、宿で作ってもろた昼の弁当を食うたら、急に眠とうなってきた。睡眠不足と岩魚釣りの疲れに、一気に見舞われたような感じやな。

近くに大きくて平べったい一枚岩があって、お日様に温められて気持ち好さそうやったんで、そこで横になって少し休むことにした。釣りに来て昼寝をするやなんて、それまで一遍もやったことなかったけど、まだまだ時間はあったからな。そういう贅《ぜい》沢《たく》をできるんも、その日の特権やと思うた。

目を覚ますと同時に嚔《くしゃみ》が出て、ぶるっと身体が震えよった。

起きた心算やったのに、実はまだ夢を見とるんやなぁ、と最初は考えた。真っ白な霧が辺り一面に立ち込めとって、ほとんど視界が利かん。あのお日様が燦々《さんさん》と照っとった気持ちのええ川原と、とても同じ場所とは思えんほど、もう周囲の状況が様変わりしとる。

はっと儂は身動《みじろ》ぎして、完全に目を覚ました。

慌てて帰り支度をして合羽を着ると、急いで川を下りはじめた。最終バスには間に合いそうにないけど、日が暮れる前に目女村までは戻りたい。百々女鬼川で日没を迎えることだけは、なんとしても避けたかった。

ところが、どんだけ戻っても丸太橋が見えてこんのや。あの三本目の橋が現れる気配など少しもない。いつまでも何処までも石ころだらけの川原が続いとるんや。

あまりにも深い霧のせいで見逃したんか。

そう考えて立ち止まったけど、ずっと川の流れには目をやっとる。そこに架けられた橋に気づかんわけがない。

儂は再び歩き出した。濃い霧のせいで、川原の石はすっかり濡《ぬ》れとった。せやから焦りを覚えつつも、慎重な足取りを心懸けた。これで転んで怪我でもしたら、もう目も当てられんからな。ここで野宿をするんだけは、絶対にご免やと強う思うた。

さらに歩き続けたあとで、またしても儂は立ち止まって、しきりに首を傾げた。いくら何でも可怪しゅうないか。

さっきの大きな岩魚の淵を出てから、かなりの時間が経っとる。感覚的には三本目の丸太橋を、とっくに通り過ぎとる感じや。いいや下手したら、そろそろ二本目に着く頃やろう。そう思えるほど引き返しとるのに、未だに丸太橋が見えん。

化かされとるのか。

川も奥深く入って釣りをしとるとな、時に不思議な目に遭うこともある。つまり狐狸にでも誑《たぶら》かされたんやろか、としか思えんような体験をするわけや。けど、そういう場合の出来事いうんは、大抵は他愛のないもんなんや。儂の勘違いかもしれん、で済む現象が多かった。

でもな、こんときは違うた。もっと邪悪な存在に、知らん間に取り巻かれとる。そんな気がしてならん。ずっと川の流れに目をやって余所見《よそみ》などしとらんのに、一向に丸太橋を見つけられんのやから、これは明らかに非常事態や。そう改めて考えたところで、ちょっと信じられん事実にはっと気づいて、思わずぞっとした。

川を下っとるはずやのに、実は遡っとったんや。

川原に下りてから三本目の丸太橋まで、儂は川の右側を歩いとった。そして三本目を渡ってからは、ずっと左側を進んどった。せやから川を下ろうとしたら、儂の左手に流れが見えるはずやろ。せやのに川は、儂の右手に流れとったんや。

濃霧のせいで間違うたんか。

そう思いかけたけど、これほど単純なことを誤るやろか。それより何かに誤認させられた、いう方が納得いくんやないか。そしたら今度は、その何かって何やいう問題が出てきよったけど、無論それどころやない。

相変わらず霧は濃かったけど、まだ仄《ほの》かな明るさは感じられる。ただし今から川を下って戻っても、いくらも行かんうちに日が暮れるやろ。念のために持っとる小さなランプでは、ほとんど役に立たん。ここから戻るんは、どう考えても危険や。

かというて川原で野宿するのも、まったく以《もっ》て気が進まん。ここが二本目と三本目の丸太橋の中間やったら、儂も覚悟を決めた思う。でも自分が今いる場所では、とても一晩など過ごせんかった。絶対に厭やった。

そうなると谷の斜面を登るしかない。そっから森を抜けて近くの村に出て、何処かの民家で一泊の宿を乞《こ》う。上手《うま》くいくかどうか心許《こころもと》ないけど、ここに留まるよりはええ。最悪でも森で野宿できる。そう儂は考えた。

ただし安全に登れそうな場所が、なかなか見つからんでな。その頃には儂も斜面もびっしょり濡れとって、とにかく滑りよる。丈夫そうな草や蔓《つる》、または岩を摑んで登ろうとするんやが、相当に困難やった。もし落ちたら大変やから、どうしても慎重になる。そのせいで余計に登れんかったんやと思う。

とうとう儂は諦めた。かというて川原で野宿する心算もない。こうなったら夜通し歩いて川を下る。それしかないと覚悟を決めた。小さなランプで足元を照らしながらやから、ほとんど蝸牛《かたつむり》のような歩みになる。そのうち腹も減ってきて、さらに足取りも鈍るやろ。せやけど夜中のうちには、いくら何でも目女村に着くはずや。そしたら、まだどうにかなる。

夜通し歩くと決めた途端、その大変さとは裏腹に、ちょっと気が楽になった。焦ってもしょうがない。ゆっくりと戻ろう。そう自分に言い聞かせながら、再び儂が川下に向かい出したときや。

ざわっ。

なんや物音が聞こえてな。咄嗟に立ち止まって聴き耳を立てたら、どうも川上からみたいな気がする。けど何の音なんか、いくら耳を澄ましても分からん。

ざわざわっ。

その物音いうか気配のようなもんが、川上の濃い霧の中から伝わってきよるんは、ほぼ間違いない。ただ、いくら目を凝らしても、まったく何も見えん。

ざわざわざわっ。

それでも妙な気配が、少しずつ川を下っとる。こっちへ徐々に近づいとる。と確信できたんで、儂も急いで歩き出した。

せやけどな、どうしても後ろが気になる。頻繁に振り返ってしまう。お陰で歩みは遅うなる。目に入るのは霧だけやのに、何度も見てしまう。余計に歩く速度が落ちる。そのせいで妙な気配との距離が、どんどん縮まってく。それが実感できて恐ろしいのに、どうしても振り向くことが止められん。そうせんのも怖いからや。

やがて川上の霧の中から、ぼうっと何かが現れ出した。それの正体を知ったところで、儂は自分の頭が変になったんかと恐ろしゅうなった。

野辺送りやった。

夜中の百々女鬼川を川上から川下へと、なんと葬列が通っとる。大人数やない。十数人のこぢんまりした野辺送りや。ただ霧に紛れとることを差し引いても、ぼうっと全体に霞《かす》んどった。夜中やのに白昼夢を見とるような、そんな気がふとした。

つまりは本物やないわけや。すぐさま狐狸を疑うたけど、もっと厭な気配が漂っとる。単に化かされとるんやない空気感が、もっと悍ましいもんが夜気に混ざっとる。そういう禍々しい気配が、もう辺り一面に立ち込めとった。

儂は小走りで逃げ出した。あれに追い着かれたら、そらもう絶対にあかん。それが厭いうほど分かるだけに、両足が震えて仕方ない。そのせいで思うように走れん。あれから少しでも離れたいのに、酔っ払いの千鳥足のようになっとる。

後ろを気にしとる場合やない。振り返る暇があったら、ちょっとでも逃げ続けるべきや。そう頭では分かっとるのに、儂は何度も振り向いた。後ろを見ることを、どないしても止められんかった。

減っとったからや。

儂が後ろを見やる度に、葬列の人数が少のうなってく。最初は助かったと喜び掛けた。そうやって減り続けて、最後は消えると思うたからや。けど人数が少のうなるにつれて、ぼうっと霞んどった野辺送りの様子が、段々はっきりしてくるやないか。それまでは雑多な人影のようなものに過ぎんかったのに、今では明らかに五、六人の影になっとる。しかも、こっちに向かって来るんが、もっと速《はよ》うなっとる。

それまで以上の恐怖に、たちまち儂は囚われた。

もう足元なんか気にしておられん。とにかく全速力で逃げんとあかん。あれに捕まったら、もうお終いやからな。

そこまで追い込まれとったのに、相変わらず儂は振り返り続けた。

五、六人が、次には四、五人になった。この四、五人が、その次には三人になった。

そして三人が二人に、二人が一人になって……。

今や霧の中に、黒々とした人影が浮かんどった。

そいつが物凄い速さで、こっちに駆けて来る。

逃げられん。

そう頭の中で察した瞬間、儂は無我夢中で谷の斜面を這い登っとった。何度も滑り落ちそうになりながら、一度として足を止めることのう、無我夢中で一気に駆け上がったんや。火事場の馬鹿力に似たようなもんが、きっと儂を助けてくれたんやろう。

崖の上から谷底を見下ろしたら、あれが儂のいた場所に突っ立って、こっちを見上げとる。あのまま愚図愚図しとったら、あそこで捕まっとった。間一髪で助かったと安堵しとると、あれが四つん這いの恰好で勢い良く斜面を登りはじめた。

儂は一目散に逃げ出した。何処とも知れん深くて真っ暗な森の中を、そらもう闇雲に走った。後ろを向いとる余裕なんて、これっぽっちもない。両手で邪魔な草木を払うのが精一杯で、とにかく全力で駆けた。あれほど死に物狂いで走ったんは、はじめてやった思う。その後も同じように駆けたことなんか、そら一遍もないからな。

お陰で気づいたら、森から抜け出しとった。すっかり霧も晴れて、月明かりが辺りを照らす眺めが綺麗やった。

あれが夢いうことは、いくら何でもないよな。

すぐさま疑念に駆られたほど、周りの様子が現実的でな。やっぱり狐狸に化かされたんかと考えかけたけど、あの圧倒的な恐怖は違うと自分で否定した。

いきなり身体が激しく震えて、ぞおっとする悪寒が背筋に走った。

霧のために全身がずぶ濡れやったのに、必死に駆けたせいで酷い汗も掻いとった。それが立ち止まったことで一気に冷えたんやな。このまま放っておいたら、風邪を引くのは目に見えとる。そうなる前に身体をきちんと拭《ふ》いて、乾いた服に着替えんとならん。

急いで周囲を見回したら、ぽつんと一つの小さな明かりが見えた。小高い丘の手前に、どうやら一軒だけ家があるようやった。

ここは目女村のもっと奥の、媽《はは》村か、あるいは山女《やまめ》村か。

儂は地図を思い出しながら見当をつけようとしたけど、どうにも分からん。そもそも一軒しか見当たらんのやから、集落いうことは有り得んわけや。だとしたらあの家は何で、どんな者が住んどるのか。

そう考えたら薄気味悪うなったけど、それこそ背に腹は代えられん。今は一刻も早う火に当たる必要がある。

儂は一軒家を目指して歩き出した。その近くまで来たところで、かなり離れた地点に点在する明かりに、ようやく気づいた。どうやら鎮守の森と思しき森林が、その集落全体を隠しとったみたいでな。森を迂回したことで、やっと村の存在が分かったわけや。

せやけど今から、あそこまで歩く元気がもうなかった。そんなもん皆無やった。ただし目の前の家でほんまにええのか、実は一抹の不安を覚えはじめとってな。

田舎にようある茅葺《かやぶ》きの屋根が、がくっと傾いとって今にも崩れそうに見える。縁側や柱に目を向けても、相当に傷んどるのが分かる。つまり外観だけで判断するなら、もう廃屋のような有様やった。

でも贅沢を言うてる場合やない。とにかく屋根の下に入りたい。火に当たりたい。腰を下ろして休みたい。それだけが儂の願いやった。

「こんばんは。すみません」

玄関の前まで進んで挨拶したけど、蚊の鳴くような声しか出ん。仕方のう戸を叩いたんやが、こっちも力が出んでな。

「すみません」

情けないくらいの小さな声を上げつつ、ほとほと戸を叩いとったら、がらっと少しだけ開いたんで、びくっとした。

玄関戸の隙間から、無表情な顔が半分だけ覗いとる。

「あのー、道に迷って、帰れんようになって。泊めてもらえませんか」

儂が喋っとる間、ひたすら凝っと見詰めとる。

「釣りに来て、それで最終バスに乗り遅れて。一晩ご厄介になれませんか」

いくら説明しても無言のまま、儂を凝視しとる。

「怪しい者やないです」

何処から来たんか。いつもの釣りと何が違うてたんか。なぜ帰れんようになったんか。より詳しゅう説明するんやけど、相手の態度が一向に変わらん。一生懸命に喋っとるうちに儂も、なんや気味悪うなってきてな。

ところが、身元をはっきりさせるために、郵便局に勤めとると言うた途端、いきなり玄関の戸が大きく開いたんや。

目の前に立っとったんは、五十数歳に見える痩身《そうしん》の男で、くいくいと儂を手招きし出した。ただ、そんとき妙な呟きを発してな。いや、確かに耳にしたと思うんやけど、どうもよう分からん。けど側におったんは男だけやったから、きっと彼が口にしたはずなんや。

かわ。

そんな風に聞こえた。百々女鬼川のことか思うて、そう尋ねたんやけど、何の返事もない。

男は土間から板間に上がって、火の熾《おこ》っとる囲炉裏の側に座った。儂は土間でリュックサックを下ろして合羽を脱いだもんの、なんせ全身がずぶ濡れやったから、そのまま板間に上がるのが躊躇われてな。

いうても外観と同様、土間も板間も囲炉裏も古惚けとって、ほんまに廃屋のようやった。せやからいうて濡れ鼠のまんまで、他人《ひと》様の家に上がり込むんは、いくら何でも駄目やろ。男を見ても「上がれ」とは勧めてくれんしな。

途方に暮れつつ尻込みしとったら、男の妻らしき年配の女性が、囲炉裏の側に来て火に当たるようにと言うてくれた。

儂は何度も頭を下げながら板間に上がり、囲炉裏を挟んで男の向かいに座った。こんときほど火いうもんの有り難みを、しみじみ実感したことはないかもしれん。止めどなく涙が溢れ出たんも、煙のせいだけやなかった思う。

ぎぃ。

何処かが軋むような家鳴りを耳にしながら、儂は身体を温めた。

ぎぃぃ。

それは頭上から響いとるようで、別に珍しゅうもない現象やったのに、なんでか妙に気味が悪うなってな。

咄嗟に儂が天井を見上げとると、二十歳前と思しき色白の聡明《そうめい》そうな娘が、タオルと浴衣《ゆかた》と縕袍《どてら》を差し出してきた。しきりに夫人が、そんなもんしかなくて申し訳ないと言うので、儂はとんでもないと頭を下げた。火と同じくらい、ほんまに着替えも嬉しかった。

儂は板間から廊下に出ると、身体を拭いてから浴衣と縕袍を有り難く着た。せやけど夫人が謝ったのも分かるほど、どれも酷う襤褸うて黴《かび》臭さが鼻を衝《つ》いて難儀した。それでも水気がなくなった身体に、乾いとる衣類を着たんやから、かなり快適になったんは間違いない。初心《うぶ》そうな娘に、儂は大いに感謝した。

板間に戻って囲炉裏に当たりながら、ここが何処かと訊いた。そんな余裕が、ようやく生まれたわけや。けど男は何も言わん。いいや、またしても妙な呟きを、ぼそっと漏らしとる。

かわ。

ただし今度は「かわ」のあとに、微かに「ええ」と続いたように聞こえた。とはいえ相変わらず訳が分からん。

儂が戸惑っとると、夫人がすまなそうに、ここは山女村の外れやと教えてくれた。つまり媽村なんか、とっくに通り越しとったわけやな。さっきまで鎮守の森に隠れとった集落が、その山女村いうことになるんやろ。

改めて礼を述べてから、儂は魚籠を差し出した。せめてもの御礼に、岩魚を食べてもらおう思うたからや。

けど夫人は遠慮して受け取らん。男に魚籠を向けても、相変わらずの態度でな。娘に渡そうとしても、父親と母親を窺《うかが》う始末でどうもならん。それで明日になったら岩魚も傷んでしまうんで、今ここで皆さんに食べてもらうんが一番やと、まぁ説得したわけや。

そしたら夫人の指示で、娘が奥から竹串《たけぐし》を持ってきたんで、儂が一匹ずつ打って囲炉裏に刺してった。しばらくしたら岩魚の脂が焼け出して、じゅうじゅう美味しそうな音を立てて、ええ匂いが漂い出してなぁ。

儂が串の向きを変えはじめたら、娘も手伝おうと手を伸ばしたんやけど、そのとき彼女の白い項《うなじ》が目に入って、どきっと胸が高鳴った。それに娘も気づいたんか、手を引っ込めて顔を赤《あこ》うしとる。どちらかいうたら青白かった両の頬が、ぽっと朱色に染まって、そら色っぽかった。儂の手はお留守になって、ぼうっと彼女を眺めとったほどや。

我に返ったんは上の娘に、もう焼けとる岩魚もあるようやと、やんわり指摘されてやった。そら恥ずかしゅうて堪らんかった。彼女は長女で嫣村へ嫁いどるんやけど、今は用事があって赤ん坊連れで実家に戻っとるらしい。先程から相手をしてくれとる娘は次女で十八歳、その下に十二歳の長男と七歳の次男がおった。

囲炉裏の側が急に賑やかになって、仰山の岩魚を釣っといて、ほんまに良かった思うた。熱々の岩魚ほど人を笑顔にするもんもないやろ。

夫人が焼けた岩魚を、まず儂に差し出した。それから夫である男に、あとは長男と次男に手渡した。長女と次女は自分で取って、最後は夫人やった。相変わらずの様子の男を除いた全員が、いただきますと儂に言うて、誰もが嬉しそうに食べ出した。赤ん坊は長女に抱かれて、すやすや眠っとる。囲炉裏端の団欒《だんらん》いう感じがあって、ほっこりした気分に儂もなった。その日の厭な出来事が全部、すうっと消えていくようやった。この家に来られただけで、ほんまに良かった。その序でに釣りをしただけや、いう気持ちになっとった。

いいや、少しだけ違うか。そんな温かい雰囲気に、男だけが水を差しとったからな。夫人から岩魚を受け取りながらも食うことなく、凝っと虚空を見詰めとるような有様で、そのうち例の呟きをはじめよった。

かわ。

今度こそ聞き取ろうと儂は身を乗り出しかけて、その恰好のまま固まってもうた。男が口を開いた途端、他の家族が一斉に同じ反応をしたからなんや。

両手で両耳を塞ぐ。

岩魚なんか放り出して、夫人も長女も次女も、長男と次男も、信じられんことに赤ん坊まで、自分の両手で両耳を塞ぎよったんや。

儂が身動ぎもできんでおると、夫人が何事もなかったかのように両手を耳から離して、もう遅いから床を敷きましょうと立った。すると長女が同じく両手を下ろして、お風呂に入ってもらうんがええやろと言う。けど次女を見たら、どっちもあかんと忠告したげな顔を、なぜか儂に向けとる。

ぎぃ、ぎぃい。

例の気味の悪い家鳴りも、ずっと聞こえとる。ほとんど一定の間隔で、途切れることのう鳴っとるんやから、どう考えても可怪しゅうないか。

この頃には、なんや怖《こお》うなっとった。この家に来たことを、えろう儂は後悔しはじめとってな。せやけど帰るとは、とてもやないけど言い出せん。そういう雰囲気でな。

「かなり疲れてるようなんで、もう休ませてもらいます」

そう口にするのが精一杯やった。

風呂に入ったら、当たり前やけど真っ裸になる。そんな無防備な姿をこの家で曝《さら》すんは、ぞっとせんかったから遠回しに断った。もし別室に移動できるんやったら、そこから逃げ出せるかもしれん。それに賭《か》けたわけや。

夫人と長女が奥へ入ったんで、その隙に次女から何か聞き出せんかと期待したけど、長男と次男が儂を見張るように見詰めとってな。どっちもまだ子供やのに、ちゃんと自分らの役目が分かっとるのか、絶対に儂から視線を外さんのや。

そのうち二人が戻って来て、夫人が寝間まで案内してくれた。さっき身体を拭いて着替えた廊下に出て、それを奥へと進んだ先の部屋やった。家具も何もない黴臭い四畳半間で、ぽつんと蒲団だけが真ん中に敷かれとる。

ゆっくり寝て下さい。いつまで寝とってもええです。という言葉を儂にかけて、夫人は戻ってったけど、その言葉が妙に残ってな。ゆっくり寝るのは分かるけど、いつまでも寝るとはどういう意味なんやろ。まるで起きんでもええみたいやないか。

この家は変やぞ。

儂は蒲団に入らんと廊下の様子を窺いつつ、これまでの出来事を振り返ってみたんやが、余計に恐ろしゅうなっただけやった。

まず主人の男が一言も喋らん。口にするんは「かわ」いう呟きだけや。それから夫人は、と考えかけたところで、あっと儂は声を上げそうになった。

そう言うたらあの夫人は、いつ何処から板間に現れたんか。いや夫人だけやない、次女も赤ん坊を抱えた長女も、長男も次男も、誰もが気づいたら囲炉裏端にもうおった。それを当たり前のように、儂も受け入れとったことになる。

この家は可怪しい。

はっきり確信できとるのに、いったい何が変で可怪しいのか、肝心な点がさっぱり分からん。ただな、ここが山女村やいうんと、あの男の態度の何かが結びつく気がして、それが儂には引っ掛かっとった。

二つの繫《つな》がりの正体は何か。

これが突き止められたら、すべて説明できるかもしれん。とはいえ、そんなこと考えとる場合やない。さっさと逃げ出すべきや。そう自分に言い聞かせた。

部屋にはリュックサックが見当たらんかったんで、まだ板間にあるんやろ。普通やったら困るわけやけど、こんときは幸いやと喜んだ。まさか儂が荷物を置いたまま家を出るとは、誰も思わんやろうからな。

再び廊下の気配を探ってから、そっと襖を開ける。寝間には乏しい明かりの裸電球しか点いとらんかったから、顔だけ出した廊下は真っ暗も同じやった。

まず板間の方を見やったけど、しーんと何の物音も聞こえん。あれだけの人数がおるのに、少しの気配さえもせん。

その不自然さに寒気を覚えながら廊下の奥に目をやると、うっすらと暗がりに何かが浮かび上がっとる。何やろうと目を凝らしたら、次男が突っ立っとるやないか。しかも彼の後ろには、同じようにして長男も立っとった。真っ暗な廊下の奥で、二人の兄弟が前後に並んで立っとるんや。それだけの眺めやのに、首筋から冷水を注ぎ込まれたように、ぞおっとした悪寒が一気に背中を伝い下りよった。

あかん、逃げられん。

儂は急いで顔を引っ込めて、すぐさま蒲団に潜り込んだ。もちろん寝る心算やのうて、堪らんくらい寒かったからや。

せやけど蒲団は冷えとるうえに湿気《しけ》っとって、なかなか暖こうならん。しばらく震えながら、それでも必死で考えた。どうやったら逃げられるんか。皆が寝るのを待つしかないか。あの兄弟の年齢やったら、もう間もなく床に入るやろう。主人の男も早いかもしれん。長女も赤ん坊がおるから、そんなに遅うないはずや。家の後始末して最後まで残るんは、恐らく夫人か次女のどっちかやろ。もし次女やったら、そっと逃がしてくれそうな気がしてな。いずれにしても、もう少し様子を窺うことにした。

そうなると例の引っ掛かりが、再び頭を擡《もた》げてきた。山女村と男の態度や。それまで無反応やったのに、あの男の様子が急に変わったんは、こっちが郵便局に勤めとると言うたあとやないか、と儂は思い出した。

山女村と郵便局。

この二つが結びついたとき、ある記憶が甦《よみがえ》った。それは年配の局員から聞いた、とても痛ましい事件の話やった。

今から十数年前のこと。山女村の郵便局に勤めとる勤勉な男がおった。彼の仕事は集配で、その真面目な人柄から村人たちの信頼もえろう厚かった。誰もが「配達屋さん」と呼んで、非常に親しまれとった。

ところが、あるとき為替《かわせ》の入った封書がなくなった。それを受け取る予定の人物が郵便局にやって来て、まだ届かんのかと尋ねて分かった。けど男は該当する封書を宛名のある家の人に、確かに手渡した覚えがあった。でも家の者は知らんと言うとるらしい。男も届けた相手が誰やったんかまでは、ちゃんと覚えとらん。これが書留やったら、その証拠が残ったんやが、為替を入れとる癖に普通郵便やったようでな。

こうなると如何に評判の良い男でも、ひょっとして盗ったんやないか、いう疑いがどうしても出てくる。いくら配達人が届けた言うても、向こうが受け取っとらんと答えたら、そら郵便局の責任になるからな。

男は精神的に参ってもうて、とても仕事ができんようになった。それで仕方のう病気届を出して休職した。それ以来すっかり引き籠《こも》ってしもうた。家族が「散歩でもしたら」と言うても、まったく家から出ん。「皆さんに合わす顔がない」と、ひたすら籠る日々を送り続ける。そんな状態になってもうた。

郵便局では男を信用しとったから、なんとか復帰させようとした。いつまでも休んどったら生活にも影響が出る。そこで局員が家まで迎えに来て、男に配達鞄《かばん》を持たせて連れ出した。

これで家の者も一安心したんやが、いつもの帰宅する時間になっても男が戻ってこん。心配して捜しに出ると、川原の雑草が茂った藪《やぶ》の中を、鞄を大事そうに抱えながら「深い、深い」と呟きつつ彷徨《さまよ》ってる姿を見つけた。

この話は、あっという間に村中に広まった。男の気が変になったんやと誰もが思うた。そのため翌日から、男が古新聞の切れ端をもって村の家々を訪ねて、出て来た者に「書留ですから、判子を下さい」と回り出しても、全員が受け答えした。

この奇妙な書留配達が急に止んだ日の夜、男は寝とる妻をはじめ、父親を案じて赤ん坊連れで里帰りしとった長女、十八歳の次女、十二歳の長男、七歳の次男の首を、それぞれ蒲団の中で掻き切って殺しよった。

男も自害したけど、家族を殺《あや》めた凶器の出刃包丁は使わんと、板間の囲炉裏で首を吊《つる》った。自在鉤の上部に縄を吊して、そこで己の首を縊《くく》ったんや。

男の家は村外れにあったから、この惨劇の発見は遅れた。事件以来その家は廃屋となり、村の子供たちは幽霊屋敷として恐れるようになった。

という年配の局員の話を思い出して、もう儂は震え上がった。

ここは山女村で、この家は村外れにある。男が儂を家に上げてくれたんは、こっちが郵便局員と分かってからやった。男の「かわ」いう呟きは、ほんまは「かわせ」やないのか。最後の「せ」が聞こえんで「ええ」とだけ耳に残ったんやないか。悲劇の郵便一家と男の家族構成は完全に一致しとる。板間の天井付近で「ぎぃ、ぎぃい」と聞こえたんは家鳴りやのうて、あれは縄が軋む音やなかったんか。

こんな風な考えが一気に、ぱあっと頭の中に広がってな。そしたら途端に、瘧《おこり》にでも罹ったように全身が、ぶるぶると震え出してもう止まらん。そら怖うて恐ろしゅうて、とにかく堪らんかった。

逃げんとあかん。

物凄う身の危険を感じとるのに、どうしても蒲団から出られん。子供のとき怖い想像して、毛布を身体に巻きつけた覚えがあるやろ。あんな感じやった。

せやけど愚図愚図しとったら、きっと命取りになる。そう考えとる自分もおったから、恐る恐る蒲団から顔だけ出して、廊下に面した襖に目をやった。やっぱり逃げるには、いったん廊下に出んと駄目やろう。それで見たんやけど、ぎくっとした。

少しだけ襖が開いとる。

ちゃんと儂は閉めたはずや。それを誰かが開けた。あの兄弟か。何のために。そら覗いて見張るために決まっとる。

きっと今にも襖の隙間から、こっちを見詰める目玉がちらっと見えるに違いない。と考えただけで再び蒲団に潜り込みとうなった。でも少しも動けん。儂の目は襖の隙間に、もう完全に釘《くぎ》づけ状態やった。

そのうち妙なものが見え出して、儂はえろう戸惑うた。てっきり隙間から覗いとると思うたのに、そこに認めたんは耳やった。儂の様子を目で確かめるんやのうて、なぜか耳で窺っとる。この家の者は全員が、何の問題ものう目が見えとったはずやのに。

儂の様子を探る心算やったら、普通は耳より目を使うやろう。

けど少しだけ開いた襖の隙間から、耳が覗いとる。それも一つやない。よう見たら二つの耳が縦に並んどった。

ただな、その距離が変なんや。兄弟が折り重なるようにして、襖の隙間に耳を当ててたにせよ、上の耳と下の耳の間は、それなりに開くはずやろ。せやのに二つの耳は、ほぼ上下に並んどる。ほとんど接するようにしてな。

どう考えても有り得ん眺めに、儂の頭はえろう混乱した。実は夢を見とるんやないかと思いもしたけど、こんだけ現実的な感覚がある以上、絶対に違うと分かった。今の状況を夢やとするんは、自殺行為に等しい。そう己に言い聞かせとった。

お陰で僅かながら冷静になれた。廊下に出られんのなら、寝とる足側の襖を通って家の奥へと入り、そっちから逃げるしかない。

そう判断して目を向けたら、そこの襖にも隙間があって、やっぱり耳が二つ覗いとる。反射的に頭側の襖も見たけど、まったく同じやった。残りの一方はまったくの壁やったんで、この部屋に出入りできる三方のすべてを塞ぐように、この家の者が聴き耳を立てとった。

儂は蒲団に潜り込むと、こら絶対に逃げられんと絶望した。ただ希望があるとしたら、あいつらは様子を窺うだけで、今のところ襲って来る気配がないことやった。これで部屋の外におるんが、あの男だけやったとしたら、かなりの危険があったかもしれん。こっちが寝るのを待って、喉《のど》を掻き切られる恐れがあったからな。でも家族全員で、儂に聴き耳を立てとるいう状況は、ちょっと違う気がした。

あまりにも訳が分からんで、それが怖かったんは確かやけど、このまま朝まで我慢しとったら助かるんやないか。そんな風に都合良う捉《とら》える己がおった。しかしな、蒲団の中で凝っとしとると、やっぱり余計な想像をしてしまう。あいつらが寝間に入って来ん保証など、当たり前やけど何もない。せやから逃げる算段だけは一応、ちゃんとつけといた方がええ。そう儂は考え直した。

廊下におるんが兄弟やった場合、足元は姉妹で、頭側は夫婦ではないやろか。と儂は睨んだ。このうちの一つを突破するとしたら、やっぱり廊下やろう。ここは二人とも子供なんで容易《たやす》そうに思える。ただ少し不安なんは、どっちも男の子やいうこと。いざとなったら力を出して厄介かもしれんからな。

となると足元の襖を選ぶべきか。なぜか儂に同情的とも見える次女が、そこにはおる。咄嗟に助けてくれるかもしれん。一緒の長女はしっかり者みたいやけど、なんせ赤ん坊を抱えとる。次女の協力さえもし得られたら、きっと成功する気がした。

寝られませんか。

ふいに枕元で話しかけられ、心臓が止まりそうになった。それは次女の声やった。いつの間に入って来たんか。何の気配もさせんと、どうやって移動したんか。

寝物語をお聞かせしましょう。

しかも彼女は標準語を喋っとる。他の家族は全員が方言やったのに、なんで次女だけ違うんか。それに寝物語とは、いくら何でも可怪しいやろ。

でもね、これからお聞かせするお話が、安らかな眠りを誘うとは限りません。いいえ逆に、むしろ耳にしてしまったことを心の底から悔いるほど、途轍もなく禍々しいものなんです。それほど信じられないお話が、実はあります。

あれは私が町の中学校の二年生で、同級生たちと一緒に――

――「お伽噺《とぎばなし》の会」を作っていたときでした。その会では近隣の小学校や公民館などを回って、様々なお話を皆さんに語り聞かせていたのです。

朗読するのが基本でした。もっとも役柄を決めてお芝居みたいに演じる場合もあって、日々の練習には全員が集まっていました。と言っても女の子ばかり三人で、中学校の裏山に行くだけです。そう呼ばれているものの、実際は小高い丘のようなものでした。

この会は学校に認められた正式なものではなく、よって部室なんかありません。だから雨が降ると練習場所に困りました。体育館の隅を使うこともありましたが、運動部が幅を利かせているので肩身が狭くて。いつも遠慮がちでした。

会の活動は地域でも歓迎されていました。部活動の届け出の規則に定められた、五人という部員数さえ確保できれば、すぐに認められたと思います。でも同好の士をあと二人、どうしても見つけられません。また部にした場合は、必ず顧問が必要になります。そういう役目を先生の誰かに頼まなければならないのです。でも私たちのお眼鏡に適《かな》う教師は、残念ながら一人もいませんでした。

顧問を置くことで要らぬ干渉をされる。お話の選択にも口出しされる。そんな心配を私たちは持っていました。名称は「お伽噺の会」でしたが昔話や民話だけではなく、保守的な教師なら眉《まゆ》を顰《ひそ》める話も時に選びました。学校に苦情が寄せられたこともあります。けれど、それ以上に私たちの活動は認められていました。また正式な部ではないため、学校としても活動停止には追い込めません。つまり同好会のままの方が、何かと都合が良かったわけです。

その日も私たちは裏山に集まっていました。練習ではなく次の出し物を決めるためです。生憎の曇天で今にも降り出しそうでした。誰かの家でも良いのに、三人とも我が家は嫌でした。それぞれ事情がありましたから。

こういうときに限って、なかなか話が進みません。その一方で空は、どんどん薄暗くなっていきます。いつ何時ぱらぱらと降り出しても可怪しくない。そんな空模様になっています。

雨に降られる前に帰ろう。と私が提案したときでした。

小河内《おごうち》君が裏山に現れたのです。彼は中学校の同級生ながら、私たちとは何の付き合いもありません。そもそも三人のうちで真面に喋った人は、いなかったと思います。そんな彼が裏山にやって来たので、私たちは驚きました。いえ、もっと驚くことを彼は口にしたのです。

「雨が降ったら困るやろ。うちの蔵を使ってもいいよ」

小河内家は地方の素封家でした。昔は庄屋《しょうや》だったと聞いた覚えがあります。ですから蔵の一つや二つは普通にあるのでしょう。

「それは有り難いけど、どうして『お伽噺の会』に提供してくれるの」

私が代表して尋ねると、彼はぶっきら棒に答えました。

「その会に僕も入れて欲しいから」

私たちは三たび驚きました。学校は公認していない。会員は女子が三人だけ。活動は小学校や公民館での朗読。たまに芝居もする。そんな「お伽噺の会」に入りたい。そう彼は言うのです。気のなさそうな口調は、照れを隠すためだったのか。

もちろん男子でも、きっとお話好きはいるでしょう。図書館でよく本を借りる男子生徒を、私は何人も知っています。観客の中に同年代の彼らを見かけることもあります。でも、だからと言って「お伽噺の会」に参加したい男子など、これまで一人もいませんでした。やっぱり恥ずかしいからでしょうか。しかも、こちらが勧誘したわけではなくて、あちらから入りたいと申し出るなど、まさに青天の霹靂《へきれき》でした。

「ちょっと待って」

私は小河内君に断ってから、女の子だけ三人で山の端へ移動しました。彼の入会について相談するためです。

「彼って小説や芝居に興味あったかな」「運動部には入ってないよ」「そっちは向いてなさそう」「かといって文化系という印象もないよね」「ちょっと変やない」「うん、可怪しい」「なぜ急に、うちの会に入ろうとするのか」「練習場所が確保できるのは、かなり助かる」「それは言える」「仮に何かあっても三対一やから大丈夫かも」「男子ならではの意見もあれば、活動の幅も広がるか」「うちの会にとって、特に損はない気もする」「むしろ得かな」「その前に、問題の蔵を確かめるべきよ」

という話し合いの結果、まず練習場所となる蔵を見せてもらい、そのうえで判断することになりました。

この決定に小河内君は素直に従いました。ただし一度、彼の祖母に会って欲しいと頼まれたのです。挨拶をするだけと言われて、こちらも承知しました。

翌日の放課後、私たちは小河内君に連れられて、彼の家に行きました。話には聞いていたけど、それは大きなお屋敷でびっくりしました。蔵が五つもあるのです。中庭の見える座敷に通されたのですが、三人とも落ち着きません。ふわふわの座布団に正座しながら、きょろきょろと辺りを見回さないようにしていました。

そこから小河内君に呼ばれて、一人ずつ座敷を出ました。案内されたのは仏間でした。仏壇を背にしてお祖母《ばあ》さんが座っており、その前に座布団が敷かれています。そこに座って挨拶しました。それだけです。

私が愛想良く話しかけても、お祖母さんは無言でした。まったく一言も喋りません。ただ凝っと私を見詰めるばかりです。しばらくして用事は済んだと言わんばかりに、ぷいっと視線を逸《そ》らせました。

なんて失礼な人だろう。

私は腹が立ちました。孫の同級生に対して、この態度はあり得ません。でも蔵の中を見るまでは我慢だ。そう自分に言い聞かせたのです。

小河内君は平然としていました。淡々と私たちの案内役をしているだけでした。祖母の応対を当然と思っているようなのです。

三人の挨拶が終わっても、そのまま座敷で待たされました。私たちがお祖母さんの悪口を言い合ったのは言うまでもありません。

正座で足が痺《しび》れかけた頃、ようやく彼が現れました。

「うん、大丈夫だった。祖母が言うには、君たちは相応しいって」

三人は堰《せき》を切ったように口を開きました。

「どういうこと」「何よ、それ」「相応しいって、意味が分かんない」「お祖母さん、いつもああなの」「まったく失礼よね」「あの挨拶に、何の意味があるの」「確かに私たちは、蔵をお借りする立場にあるけど」「それも小河内君が言い出したことでしょ」「礼儀として挨拶するのは構わない。けど、あの態度はないわ」「まるで殿様の奥方みたい」「大丈夫って、お祖母さんは私たちの何を見て、そう判断したわけ」

最後の問いかけにだけ、彼は答えました。

「素の状態だよ」

しかし、さっぱり意味が分かりません。どうやら褒め言葉のようですが、気持ち悪さが先に立ちました。そう言ったのは彼の祖母です。でも同級生の男子の口から出たと思うと、もう気色悪さしか覚えません。

あとの二人も同じ様子でした。鳥肌の立った腕を、しきりに摩《さす》っています。

私たちは顔を見合わせて、「どうする」と目だけで相談します。三人の本心は「蔵なんか借りたくない」でした。きっと独りなら帰っていたでしょう。ただ「お伽噺の会」の練習を考えると、そう強くも出られません。それは三人とも同じでした。

「蔵を見せて」

代表して私が応えました。

嬉しそうに案内する小河内君を見て、私の腹立ちも少し収まったと思います。お祖母さんの態度が失礼だったのは、何も彼の責任ではない。そう考えたからです。

五つ並んだ蔵の一番端に、彼は立ちました。最も古びて見えた蔵です。そのせいか一階に入ってみても、あまり物が見当たりません。にも拘らず置かれている鎧兜《よろいかぶと》、鏡台、仏像、箪笥《たんす》、灯籠《とうろう》、衣紋《えもん》かけなど、全部が剝《む》き出しの有様でした。蔵に仕舞われる物は、たいてい木箱や葛籠《つづら》に入れられます。または布をかけるものです。こんな状態で放置しておくなんて、普通は考えられません。

「これじゃ埃が積もるし、物も傷むでしょ」

気になって尋ねると、彼が当たり前のように答えました。

「祖母の言いつけだから」

そして奥の階段へと、私たちを誘《いざな》いました。

二階に上がって驚いたのは、少しも物がなかったことです。本当に何もない空間が、がらんと存在しています。また意外にも掃除が行き届いており、床は綺麗でした。たちまち私たちは歓声を上げました。古道具に囲まれた狭い場所で、埃っぽい空気と黴臭さに悩まされながら、きっと練習をする羽目になる。そんな風に誰もが想像していたからでしょう。それが見事に覆されたのですから、もう大喜びでした。

「小河内君、あなたの入会を認めます」

私が代表して伝えると、ぴょこんと彼はお辞儀をしてから、

「提案が二つあるんだけど」

そう遠慮がちに切り出しました。でも私たちは舞い上がっていたので、何の躊躇いもなく「どうぞどうぞ」と勧めたのです。

提案の一つは、最初の集まりは一週間後にすること。理由は準備のため。「何の準備なの」と訊くと「掃除だよ」と彼は答えました。けど蔵の二階は充分に綺麗です。変だと思いましたが、異は唱えませんでした。打ち合わせの集まりが一週間後というのも、元の予定と同じです。この一つ目の提案は、何の問題もありませんでした。

ただし二つ目の提案には、三人とも難色を示しました。

「次の活動の議題は、怪談にしたい」

これまでの「お伽噺の会」で、確かに「怪談」は扱ったことがありません。ですから候補としては有りでした。しかし彼は続けて、ある条件をつけたのです。

「それも本当にあった話だけに限ること」

私たちは戸惑いました。そういう話をあまり知らなかったからです。でも「準備」には「怪談を集める」行為も含まれると説明されて、結局は受け入れました。彼の入会を認めたのは蔵の件が主だったわけですが、こういう新しい提案を求めていたため、という理由もあったからです。

そして一週間後、小河内家を訪れた私たちは仰天しました。なんと彼の他に五人の同級生がいたのです。女子が三人と、男子が二人。

「どういうこと」

五人から小河内君だけ離して、私たちに相談もなしで勝手な真似をしないでよ、という意味を込めて訊いたのに、

「一つでも多くの話を集められた方が、お話の選択肢が広がっていいだろ」

むしろ彼は自慢気でした。まったく悪気はなく、その理由も一応は納得できるので、こちらとしても認めざるを得ません。

ただ妙だったのは、新たな五人が彼の祖母に挨拶しなかったことです。

「構わないの」

心配して尋ねたところ、

「君たち三人が『お伽噺の会』の正式な会員で、小河内家の刀自《とじ》が蔵を貸すのは、その会に対してなんだから、何人あとから増えようと関係ないんだよ」

いかにも筋が通っていそうな説明を彼はしました。けど、とても変な感じを受けました。表現が大袈裟《おおげさ》で形式張っている。孫の同級生に場所を提供するだけなのに。いくら何でも違和感があり過ぎました。

この違和感は他にもあって。ぞろぞろと九人で蔵に向かうとき、かなり奇妙なものが目に入ったのです。

それは真っ黒な縄でした。なんと母屋から例の蔵まで伸びています。縄は蔵の扉を

入り一階を横切って階段を上がっていました。そのうえ二階の床の真ん中に祀《まつ》られた供物台の上で、なぜか蜷局《とぐろ》を巻いていたのです。

「何なの、これ」

私たちだけでなく、五人も気味悪がっていました。

「お呪《まじな》いだよ。怖い話をするなら魔除《まよ》けをしなさいって、祖母に言われたんだ」

皆は理解を示したようですが、私は違いました。どうも逆のような、それが反対のような気がしたからです。

何が逆で反対なのか。

正直それは分かりません。でも黒い縄も供物台も、私たちを守るためにあるのではない。そんな気がしたのです。

とはいえ私以外の八人は――いいえ、彼を除いた七人は――もう問題にしていません。私にしても「撤去して」と言い出すことはできませんでした。

謎の供物台を囲むように、九人は車座に腰を下ろしました。床の上には人数分の茣《ご》蓙《ざ》が用意されています。茣蓙といっても粗末なものではなく立派な品でした。私の家で使っている座布団よりも、きっと高価だったと思います。

まずは皆が知っている、または聞き集めた怪談を、一つずつ話すことになりました。

そのうえで「お伽噺の会」に採用する話を、私たちで――そこには小河内君も入っています――決める。そういう手順にしました。
日暮れが近づく薄暗い蔵の二階で、九人の中学生たちによって語られたのは、次のようなお話でした。

これは年上の従姉《いとこ》から聞いた話です。

彼女の小学校時代の友達のお母さんは、霊の存在など少しも信じない人でした。でも、そのお母さんの父親が亡くなったとき、お盆の迎え火と送り火は普通にやったそうです。あの世から亡くなった父親が家へ帰ってくるのに、迷わないように迎える火と、お盆を家で過ごした父親を、再びあの世へ見送る火です。

ただし信仰心があるわけではないので、本当なら焙烙《ほうろく》という平皿の上に、苧殻《おがら》と呼ばれる麻の皮を剝いた茎の部分を載せて燃やすのに、それをお母さんは新聞紙で代用しました。

すると迎え火では新聞紙は完全に燃え尽きてしまったのに、送り火では小さな切れ端が残ったそうです。

たったこれだけ、どうして燃え残ったの。

お母さんは奇妙に思いながらも、その小さな紙片を拾い上げました。そして何気なく紙面に目を落として、物凄く驚いたのです。

お父さんも、きっと喜んでいると思います。

焼け残った小さな紙面には、そんな一文だけが印刷されていました。もちろん元の記事の内容は、まったく何も分かりません。お母さんに読めた文字は、それだけだったのです。

父親の友達の話。

この人は大学生のときから現在まで、偶《たま》に変な夢を見る。切っかけは当時、親戚の葬式に出たことくらいしか考えられない。けど、その葬儀の何が原因だったのか。肝心な点は今も分からないという。

最初は夢の中で、実家の近所のお婆さんに会った。子供の頃はよく可愛がってもらった。でも彼は大学に通うために家を出た。だからもう何年も顔を合わせていない。懐かしくて話し込んだ。それだけの夢だった。

数日後、母親から来た小包の手紙で、そのお婆さんが病気で亡くなったと知った。こういう偶然があるのだなと、そのとき彼は思った。

約一年半後、次に夢の中で会ったのは、中学時代の同級生だった。確かに同じクラスながらも特に親しくはなかったので、ちょっと不思議に感じた。なぜ奴が俺の夢に現れるのか。それでも他愛のない会話をした。

大学を卒業する間際、父方の祖父と夢の中で会ったので、彼は実家に連絡した。しかし祖父に変わりはなく元気にしているらしい。

同級生の生死を確かめたわけでもないのに、どうして彼は祖父を案じたのか。そもそも夢の中に知った人物が出てくるなんて、別に珍しくもない。それなのに、どうして彼は祖父の身を心配したのか。

なぜなら夢の中で近所のお婆さん、中学時代の同級生、祖父と別れる前に、誰もが口にした台詞《せりふ》が、まったく同じだったからなんだ。

あっちで呼んでるので、もう行かないといけない。

そんな共通点があったのは、この三人だけだったという。あとの者たちには当て嵌《は》まらない。だから気味の悪い偶然では済ませられないと彼は思った。そのため実家に連絡したけど、本人はぴんぴんしていると言われた。

ところが数日後、祖父が脳溢血《のういっけつ》で亡くなる。

ぞっとした彼は中学時代の友達の中で、特に顔の広かった奴に連絡した。そして夢に出てきた同級生の安否を尋ねた。すると彼が夢を見た時期と同じ頃に、なんと当人が海で溺《おぼ》れ死んでいた事実が分かった。

その後、大学卒業から今まで、彼が夢の中で会った人の中で、例の台詞を口にしてから別れた者が六人いた。学校の先生、父親の会社の上司、彼のバイト時代の仲間、母親の知り合い、姉の友達、実家の隣家のご主人。

全員と彼は顔見知りだった。でも怖くて自分から生死の確認はしなかった。それでも六人が亡くなったことは、あとから嫌でも耳に入った。

最近になって彼は三度も、信じられない人物と夢の中で会っている。最初は約二年前、二度目は約一年前、三度目は約半年前になる。

それは自分だった。

彼は夢の中で彼自身と会って話していた。ただし会話の内容は覚えていない。また例の別れの台詞も、夢の中の彼は口にしていない。

今のところは。


私が母親の実家に行ったとき、お祖母さんから教えてもらった話です。

お祖母さんが若い頃、近所に仲の良い奥さんがいました。お互い同じ年頃の子供がいたので、よく一緒に遊んだそうです。お祖母さんの子供の一人が、私のお母さんになります。

その奥さんがある日、まだ小さかった下の娘を連れて、近所の山に山菜採りに出かけました。でも夕方になっても、二人とも帰って来ません。

近所の人たちが山へ捜しに行きました。山と言っても低いうえに、そんなに深くもありません。とても迷うような山ではないのです。それなのにいくら捜しても見つかりません。翌日も、翌々日も捜索は続きましたが、神隠しに遭ったように、どこにもいないのです。

一週間が過ぎて、もう諦めムードが漂いはじめたとき、二人が見つかりました。そこは石清水《いわしみず》が湧き出ている崖の下でした。何度も確認された場所で、絶対に誰もいなかったことは、その場所を検めた人たちの証言で確かでした。

誰か嘘を吐いていた者がいるのか。そう疑う人もいたそうですが、助け出された奥さんが意外な証言をしたのです。

自分と娘のすぐ側を、捜索の人たちは通った。

奥さんには相手が見えて、呼びかけも聞こえていたそうです。では、なぜ助けを求めなかったのか。皆が不思議に思って訊くと、

声を出すな。

そう言われたというのです。どこから誰にと尋ねても、奥さんは首を振るばかりで答えられません。とにかく捜索の人たちの近づく気配がしたり、呼びかけが聞こえはじめると、

声を出すな。

そのたびに言われたといいます。奥さんは怖くて堪らず、謎の声に従いました。で

も一週間が経った頃、その声が聞こえなくなったので、ようやく助けを求めたらしいのです。きっと山神様の声だったのだと、皆は考えたそうです。

けれど十数年後に、当時を思い出した奥さんの娘さんから、私のお母さんが聞いた話では違いました。

あのとき声を出すなと言ったのは、うちのお母さんだった気がする。

それを娘さんは自分の母親に確かめたのですが、こんな返事があったそうです。

いいえ、そう言ったのは、あなただったの。

ただし声は、あなたのものではなかったけどね。

私のお兄ちゃんの友達が、小学五年生のときに体験した話。

その日、彼と友達は教室の掃除当番だった。掃除が終わると他の子たちは帰ったけど、二人は教室に残って喋っていた。

やがて下校時間になったため、帰るように促す校内放送が流れ出した。いつもは各教室と校庭のスピーカーから聞こえるのに、なぜか遠くの方で鳴っている。しかも途中から声が間延びしはじめて、物凄く気味の悪い響きになった。その声が二人のいる教室に、段々と近づいてくるのが分かった。

外を見ると赤茶けていた夕焼け空に、妙な紫色が交じっている。そんな光景なんか、今まで一度も見たことがない。

ここにいたら、とんでもないことになる。

彼はそう感じた。だから友達を急《せ》かして教室から出た。でも廊下を少し進んだところで、友達が宿題のプリントを忘れたと言った。

仕方なく教室に戻ったら、無気味な校内放送も、奇妙な夕焼け空も、どちらも普通の状態に戻っていた。

でも友達の机の中から、宿題のプリントと複数の教科書が消えていた。その人は普段から机の中に教科書を何冊も置いていたんだけど、全部なくなっている。

彼が自分の机を確かめると、念のため予備で入れてある筆箱がやっぱりない。

他の子らの机の中には、ちゃんと物が入っている。彼と友達の二人だけ、机の中が空っぽになっていた。

彼が思ったのは、二人が教室を逃げ出した直後、あそこは別の次元になったのではないかってこと。そのあと元に戻ったんだけど、二人の机だけが入れ替わってしまった。だから何も入っていなかった。

もし自分たちが教室に残っていたら。

どうなっていたのか。

それを想像すると今でも怖くなるって、彼はお兄ちゃんに話したらしいよ。

お祖父《じい》ちゃんが子供の頃に、本当に村であった話らしい。

村には日頃から、ぼうっとしている男の子が一人いた。そういう子は「神様に選ばれた子供だ」と言って、昔は村全体で世話したんだって。

この子は普段から、村の中をあっちこっち歩き回る。ただうろついてるだけで、別に何をするわけでもない。村人に話しかけられると、「ほほーい」とか「あらあらっ」とか、掛け声のような返事をする。それに意味があるのかないのか、誰にも分からない。けど気にする人なんか、まったくいなかった。

ところが、ある日から男の子の様子が変になった。一軒の家の前で急に立ち止まって、いきなり踊り出す。しかも妙な掛け声を上げながら。

例えば「ざぶんざぶんざぶん」とか、「めらめらめら」とか、「ぐふっぐふっぐふっ」とか。同じ言葉を繰り返す。

そんな不可解な行為を時折、彼は見せるようになった。

すると数日から数週間後、そうやって踊られた家の子供が川で溺れ死ぬ、家が火事になる、年寄りが餅《もち》を喉に詰まらせて亡くなる、という不幸が起きはじめた。

やがて村人たちの多くが、男の子の踊りと掛け声を予言として受け止め出した。特に掛け声は災難の内容を暗示しているので、それを絵解きする者まで現れた。仮に

「ずるっずるっ」だったら、山で足を滑らせて崖から転落するとか、または梯《はし》子《ご》を踏み外して落ちるとか、そういう心配をする。

けど、いくら絵解きをしたうえで用心しても、その家には必ず災いが降りかかった。絵解きが正解でも間違いでも関係ない。とにかく逃げられなかった。

男の子が踊りはじめて一年くらい経ったとき、ふっと彼の姿が村から消えた。でも気にする者は一人もいなかった。

男の子が消えたのと同時に、村で不幸が起きることもなくなった。

私は何も覚えてないんだけど、お母さんに「何か怖い体験したことない」って訊いたら、こんな昔の話をしてくれました。

うちの父親は大学で民俗学の研究をしています。まだ私が小さいとき、父親が一冊の古びたノートを家に持ち帰ったそうです。それは民間の民俗学者が学生時代に、ある村の葬送儀礼について記録したものでした。

母は結婚前から、父親の仕事の資料整理の手伝いをしていたそうです。そのため本や書類に目を通すことも、時にはあったみたいです。

このときも母は、そのノートを少し読んでみました。すると驚いたことに、ある怪異について書かれていると分かり、つい熱中してしまったそうです。

ただ、その内容が物凄く怖かったといいます。だから何度もノートを閉じようとした。だけど続きが気になって、どうしても止められなかった。ついつい先を読み進めてしまった。

でもノートの中身よりも、もっと怖かったのは、そのときの私の反応だった。そう母に言われました。当時の私は三歳でした。

最初は母がノートを読んでいると、私が窓の外を見ながら「お化けがやって来る」と泣き出したそうです。突然だったので母はびっくりしましたが、小さな子供の言うことですから、あやしながらノートを読み続けました。

しかし私は窓を見たまま、今度は「お化けが覗いてる」と騒ぎ出しました。もちろん母が目をやっても、窓の外には何もいません。それで再び私をあやしながら、母はノートを読み続けました。

しばらくすると私は、簞笥の隙間を指差して、こう言ったそうです。

「こっちを目玉が見てる」

ノートの記述と私の訴えは、母によると妙に合っていたといいます。だから本当に怖くなって、もう読むのを止めたそうです。

親戚の伯父《おじ》さんから聞いた話。伯父さんは学生時代の友達に教えてもらったって。

その友達は自分の父親の体験を、本人から聞かされたみたい。

友達のお父さんが子供の頃、ある講が近所で盛んだった。講っていうのは、神様や仏様を信心する集まりで、色んな行事をする。それが富士講《ふじ》だったら、あの富士山が信仰の対象になって、皆で登山もするみたい。

ある講には「先達」と呼ばれる人がいて、友達のお父さんのお祖父さんが、その立場だった。先達は力も人望もあったので、いつも誰かから頼まれ事をされていた。でも嫌な顔など少しも見せずに、祈禱《きとう》をしたり護符を書いたりした。しかも礼金は取らなかったので、常に引っ張りだこだった。

そうなると頼んだ方も、さすがに気を遣うよね。先達は酒好きだったから、お酒とご馳走《ちそう》を出すようになった。そのうち先達へのお礼は、酒盛りだという決まりができてしまった。

ところが先達の家族たちは、その講を嫌っていた。昔から講の用事となると、どれほど家が忙しくても、家族が困っていても、先達が出かけて行ったから。自分の家や家族のことよりも、まず講を大事にしたからなんだ。

それに最近は頼まれ事をされた先方の家で、先達は必ず飲み食いをして帰ってくる。確かにお礼かもしれないけど、ただの酒好きの卑しい老人にしか家族には見えず、とても恥ずかしい思いをしていた。

先達は祈禱するときも、護符を書くときも、昔から講に伝わる「お伝え」という巻物を必要とした。これがないと先達でも何もできない。

そこで家族たちは、あるときお伝えを隠した。これまでの仕返しの意味と、これ以上の恥の上塗りを防ぐためだった。

すると先達が、とたんに惚けはじめた。頼まれてもいない家に勝手に上がり込む。出鱈目で無茶苦茶な祈禱をする。意味不明の護符を書く。そういう行為が目につき出した。

先達が訪れる先は、これまでお世話になっている家が多い。だから無下な応対もできない。つい酒を出してしまう。お陰で先達は余計に可怪しくなる。悪循環だった。

そのうち家々を回らずに、ただ村の中を彷徨うばかりになった。

数カ月後の朝、起きてこない先達を家族が見にいくと、蒲団の中で亡くなっていた。通夜と葬儀には、家族が仰天するくらいの参会者があった。その光景を目にして家族は、ようやく先達だった祖父の凄さを知った。

祖父の死後、家族は次々と不幸に見舞われた。常に誰かが病気になる。仕事が上手くいかない。小さな怪我を何度もする。悪い嘘の噂が近所に流れる。詐欺に引っかかる。小火《ぼや》に見舞われる。交通事故に遭う。ついに不審死を遂げる者まで出た。

先達のお伝えを隠したからだ、と家族全員が震え上がった。そこでお伝えを祖父の墓に供えて、改めて供養をしてもらおうと考えた。

でも、誰もお伝えの隠し場所を知らない。そもそも誰が先達から盗ったのか。誰が隠したのか。その場所はどこなのか。いくら家族で話し合っても、自分ではないと全員が否定する。「お父さんでしょ」「いや、お前だろ」と押しつけ合うばかりで。

この体験者である伯父さんの友達のお父さんが大人になるまで、その家の不幸はずっと続いたらしい。

小学生のとき友達から聞いた話。

ある夏の日の夜、彼女がお風呂で身体を洗ってると、洗い場の正面の曇った鏡の中で、ちらっと黒いものが動いた。

何だろうと目を凝らしたら、彼女の後ろにある扉の曇り硝子に、妹が顔を押しつけてふざけてるって分かった。振り返って洗面器のお湯を掛けようとして、妹はその夜、お祖母ちゃんの家へ泊まりに行ってることを思い出した。

そのとたん、べたっと顔が広がった。木彫りの立体的な仮面が、紙で作ったお面になったように、曇り硝子にへばりついてる。

彼女が振り向きざまに湯を浴びせたら、その黒い顔は消えたって。お盆の夜の話。

私を含めて八人が話し終えたところで、小河内君の順番になりました。

「皆の話は怖くて面白かったと思う」

まず彼は全員を褒めてから、妙なことを言い出したのです。

「けれど本物の恐怖が存在してるかとなると、残念ながら違うよね」

「何だよ、本物の恐怖って」

男子の一人が、ちょっと怒った様子で尋ねました。この小河内君の口調に、私たちの話をどこか見下している響きを、きっと感じたからでしょう。

「だから聞いたこと自体を、もうなかったことにしたい。頭の中に両手を突っ込んで、その話の記憶だけを引き摺り出したい。そう願うほど忌まわしい話だよ」

「お前は知ってるのか」

「うん。話してもいいけど、覚悟はあるの」

男子の挑むような問いかけに、逆に小河内君が返しました。

「あぁ、無論だ」

そう答えてから彼が、私たちを見回しました。

「いいわよ。話してみて」

私が即答すると他の六人も頷いたので、小河内君は話しはじめました。

「昔から夏になると、無齋津《むさいづ》の海辺の別荘へ、うちの家は避暑に出かける。ここからは距離もあって遠いので、向こうに着いたら一夏は戻らずに、ずっと過ごすことになるんだけど――

――その地方の網元に磯浦《さざらうら》という家があって、そこの三男と僕は、こっちが七歳のときから友達になった。もっとも相手は四歳も年上だから、僕が遊んでもらっていた感じだった。そのお兄ちゃんは――と僕は呼んでた――長男とも次男とも随分と歳が離れていたみたい。だから夏休みになって、地元の友達が部活やアルバイト、また両親の帰省なんかでいなくなる時期、お兄ちゃんは仕方なく僕を臨時の友達にしたんだろうと思う。

もちろん僕には、そんなこと言わないけどね。今になって振り返ると、そういう事情が分かってくるから面白い。

お兄ちゃんには、泳ぎと釣りとボートの操作を教えてもらった。海の家のかき氷やジュースや焼きそばなんかも、よく御馳走してもらった。夜の海辺で花火もしたな。つまり感謝しかないんだけど、外国の建築好きという変わった趣味を持っていて、その話を夢中でされるのは苦手だった。

僕は建物になんか興味がなかったからね。でも建築の話題は、まだ良かった。それ以上に困ったことがあって……。

怪談なんだ。

海外の古い建築物って、必ずといって良いほど怖い話が伝わっている。そういう話もお兄ちゃんはよくした。しかも本人は網元の息子だから、漁師たちの恐ろしい体験談も知っている。ヨーロッパの古城に纏わる怪談を散々したあと、そのまま海の怪異を語り出したりするんだから、本当に参ったよ。それも突然、何の前触れもなしに喋り出す癖があって。あれには本当に慣れることができなかった。

花火をした夜の海辺で語られたときも怖かったけど、まだ他に人がいたから増しだった。それよりも慄いたのは、二人でボートを漕《こ》いで岬の突端を回り込み、誰もいない海域で釣りをしていたときだった。

昼間で空は晴れていて、ほとんど雲も出ていない。だけど周囲に船影なんか一つもなくて、だだっ広い海の上にいるのは、僕とお兄ちゃんの二人だけ。こんな状況で怪談を聞かされたんだから、もう怖くて堪らなかった。

お兄ちゃんは海に纏わる話ばかりをした。

昔ある外国の船で事故が起こって、死者が二人も出た。当時は遺体を保存する方法が何もなかったので、船長は水葬にした。

その日の夕方、船員たちが急に騒ぎ出した。船長が不審に思って船尾に行くと、双眼鏡を渡され船の後方を指差された。船長が双眼鏡を覗いてみたところ、波間に浮かぶ人間の頭らしきものが二つ、確かに見えている。ぷかぷかと波に乗りつつ、海面から顔を出していた。あたかも船のあとを尾《つ》けているみたいに。

水葬にした二人が、ずっと跟《つ》いてくる。

船員たちが慄いて騒ぐため、船長は慌てて否定した。あれは海のゴミか動物だって。けどゴミなら、いずれは波間に消えてしまう。動物でも、いずれは去ってしまう。しかし二つの頭のようなものは、ずっと船の後方を離れない。一定の距離を保ちながら、いつまでも浮かんでいる。どこまでも跟いてくる。

その二つの丸いものは船が港に入るまで、ずっと後方に見えていたという話。

僕は思わずボートの周りを見回した。それがいるんじゃないかと怯えて……。外国の昔の話なんだから、今ここに出るわけがないのに……。照れ隠しにそう言うと、お兄ちゃんは無齋津の漁師たちから聞いた体験談を話し出した。

ある漁船が海の上で故障した。修理に手間取ったため帰りが予定より随分と遅くなり、夕方になってしまった。

船長は厭な予感を覚えながら、帰路を急いだ。それなのに船は、またしても故障した。おまけに霧まで出てきた。しかも時間と共に濃くなっていく。そのうえ色まで変だった。妙に紫がかって見える。そんな変な霧は、誰も目にしたことがない。

船が停止した場所を確認して、船長は青褪《あおざ》めた。

ちょうど一年前の今日、季節外れの台風に見舞われたせいで、その場所で一艘《そう》の漁船が沈んだ。乗っていた漁師たちは誰も助からなかった。全員が船と運命を共にした。未だに一人の遺体も見つかっていない。

まさに曰くのある場所で、見たこともない無気味な霧に包まれて、自分の船が停まっている。

船長は居たたまれなくなって、自ら機関部に潜って船の修理をした。でも、いくら検めても故障の原因が分からない。先程の修理箇所には何の問題もなく、かといって別の不具合も一向に見つからない有り様だった。

船長が首を捻《ひね》っていると、甲板が騒がしくなった。すぐに漁師の一人が大声を上げながら呼びに来た。ただ事でない雰囲気に、彼は急いで甲板に出てみて驚いた。

いつの間にか一艘の漁船が、この船に横着けされている。二艘の間には、すでに長い板が渡されていた。今ちょうど船長側の漁師の一人が板の上を歩いて、向こうの漁船に乗り移ろうとしているところだった。

行くなと船長は叫んだけど、知り合いが乗っていると漁師は応えて、そのまま向こうの漁船に乗り込んでしまった。

次の瞬間、その漁船が動き出した。たちまち物凄い速さになって、あっという間に霧の中に消えてしまった。

あとに残ったのは、二艘の間に渡されていた長い板が波間に落ちて漂う眺めと、霧の彼方《かなた》から聞こえる乗り移った漁師の助けを求める叫び声だけだった。

以来その漁師の行方は分からないという話。

今度は日本の話で、海難事故の現場も無齋津から近かった。海は続いている。そんな当たり前のことを、ふっと思い出して余計に怖くなった。もちろん外国の海とも続いているんだけど、もっと身近だった事実が、僕を震え上がらせた。

それなのにお兄ちゃんは、呑気に煙草を喫《の》み出した。きっと僕は恨めしそうに見ていたんだと思う。お兄ちゃんは煙を吐き出しながら、これはお前のための魔除けだと言って、こんな話をはじめた。

ある年のお盆のころ、皆が漁を休んでいるのに、一艘だけ内緒で海に出た漁船があった。その時期の漁は昔から禁止されている。それなのに勝手に決まりを破って船を出す者が、いつの時代でもいたらしい。

結果は物凄い大漁で、漁師たちは大喜びした。

ところが突然、まだ夕方前だったのに、日没を迎えたように辺りが真っ暗になった。

そして海の向こうの方で、ぽつん、ぽつん、ぽつんと明かりが点きはじめた。それは漁船の灯火《ともしび》だった。でも海に出ている船など、他にいるはずがない。第一その明かりの数が、見る見るうちに増えていく。尋常な数ではない灯火が、びっしりと真っ暗な海面を埋めている。

　そんな無数の明かりが今度は、ぐんぐんと漁船を目がけて迫り出した。こっちに向かって驀地《まっしぐら》に突き進んでくる。

　口々に喚《わめ》き出した漁師たちを鎮めつつ、船長は全員を甲板に集めると、煙草を喫むように仕向けた。未成年者も乗っていたけど、お構いなしに吸わせた。

　すると不思議なことに、気味の悪い明かりが一つずつ、すうっと薄れはじめた。やがて全部の灯火が消えてしまい、いつの間にか夜が夕方になっていた。

　皆はほっと安堵したが、船長の指示を聞いて顔を曇らせた。捕った魚を一匹も残さず、海に戻せと言われたからだ。誰もが抵抗を示したけど、そうしないと無事に帰れないぞ……と船長に説得され、全員が従ったという話。

　僕は煙草を喫めないじゃないかと抗議したら、だから俺が吸ったんだと、お兄ちゃんは笑っていた。

　それから真顔になると、もう僕とは今までのようには遊べないって、急に言い出した。とても驚きながら訳を尋ねたら、照れるでもなく彼女ができたからと説明されて、正直かなり戸惑った。

　だってお兄ちゃんは、そんな素振りを少しも見せてなかったからね。周囲に隠すのは分かるとしても、僕にまで内緒にしていたなんて、かなりショックだった。

どこで知り合ったのか尋ねると、ここの海岸だって教えてくれた。でも地元の人ではなくて、最近になって引っ越してきたらしい。お兄ちゃんより年上で、二十歳くらいだって聞いたところで、もう僕なんか絶対に入り込めない、大人の世界の話だと思った。大袈裟だけど、なんか絶望した感じだった。

二人が付き合っていることは、誰にも言うなと頼まれた。どうしてと訊いたら、お兄ちゃんは困った顔をした。そして家が保守的なせいで、お祖父ちゃんは他所者など認めず、女性が年上なのも気に食わないに違いないと、苦々しい表情になった。

お兄ちゃんによると彼女は、非常に謎めいている。ミステリアスな女ってわけだけど、それが時にふっと不安になるほど、秘密めいたところが多い。

彼女も怖い話が好きで、よく二人で語り合うと言ったあと、

「お陰で鳥肌が立って震えが止まらん話を、俺は知る羽目ばぁなってなぁ」

突然お兄ちゃんが話しはじめたので、僕は慄いた。

その日はもう充分過ぎるほど怪談に浸っていた。これ以上は聞きたくない。だから止めようとしたけど、すでにお兄ちゃんは彼女との出会いから喋りはじめていた。

「あの日の夕刻の海辺は、ほんまに誰もおらんで、ぽつんと俺だけが水平線の彼方に沈まんとしとる夕陽を、柄にものう黄昏《たそが》れながら眺めとったんやが——

――「こんにちは」って、後ろから声を掛けられてな。それが何とも涼やかな声音で。若い口調やのに、そこに気品ばぁ感じられる。はっと思わず姿勢を正したほどや。

好奇心と期待と不安を綯《な》い交ぜにしたまま振り向いたら、二十歳くらいの女が立っとった。薄い青色のワンピースが清楚《せいそ》で、上品な美しさばぁ醸し出しとってなぁ。一方でぴったりと身体の線を露わにしとるから、えろう肉感的な色気もあって、そりゃもうドギマギした。

持ち物なんか何ものうて手ぶらで、アクセサリーも一つとして身につけとらんで、その飾らなさに俺は清純さを覚えながらも、着とる服以外は身一つやいう恰好には、どないしてもエロティックな感じを受けてしょうがなかった。

こない表現したら矛盾して聞こえるやろけど、どっちも本当のことや。

「こんばんは、かな」

ただただ見蕩《みと》れてもうて、俺が返事ばぁできんでおったら、そんな風に彼女が微笑みながら言い直したんで、

「い、いや、まだ日は暮れとらんし……」

慌てて応えたあと、えっと俺は気づいた。

いつの間にか辺りが、すっかり暗《くろ》うなっとる。たった今まで俺は、海に没しはじめた夕陽を黄昏れつつ見とった。せやのに声を掛けられて振り向いてから、ほんの数秒の間に、なんと日没を迎えとるやないか。

いくら何でも有り得んやろ。

俺は狐につままれた気分やったけど、彼女の姿が再び目に入った途端、お日さんがいつ沈もうがどうでも良うなった。

彼女の連絡先を知りたい。

そういう想いが唐突に、胸の中に湧き上がってな。けど、どないにも無理な気がしたんで、結局は間抜けな質問しかできんかった。

「か、海水浴ですか」

さっきは普通に話せたのに、彼女を意識したら他所行きの言葉になっとった。

「いいえ、こっちへ引っ越してきたの」

この返答を聞いて、俺は思わず首を傾げた。

うちは網元ばぁやっとるから、住人の出入りの情報は普通に入ってくる。せやけど最近こっちへ来た者なんか、誰もおらんかったはずなんや。

「引っ越し先の家は、どの辺りです？」

しかも住所を尋ねたら、またしても妙な返事があった。

「あっちの岬よ」

彼女が指差した北の方には、確かに八乙女《やおとめ》岬ばぁある。けど昔は禁足地やったせいか、家なんか一遍も建ったことがないはずやった。

「もし君さえ良かったら、招待するよ」

けど彼女のこの一言を耳にして、俺の疑問なんか吹き飛んでもうた。

清楚やのに肉感的で、上品やのに親しみ易い口を利く。このアンバランスさに、もう俺は完全にいかれたんやと思う。かというて一目惚《ひとめぼ》れとも、また違う気がした。

まるで男の本能に訴え掛けてくるような、そういう熱い何かが伝わってくるんや。

そんな風にばぁ言うたら、ちっとは分かるかな。いや、お前にはまだ早いか。

せやけど会《お》うたばかりで、さすがに向こうの家を訪ねるんは躊躇《ちゅうちょ》した。

「ちょっと歩かない」

そしたら俺の躊躇いを察したみたいに、彼女が散歩に誘ってきた。

もちろん喜んで応じて、そのまま自然に南へ進んだ。向こうが北からやって来たんは間違いないやろ。せやから南へと歩く恰好になったわけや。

近くに街灯はなかったけど、星明かりのお陰で散歩はできた。もっぱら彼女に色々と訊かれて、それに俺が答えるいう感じやった。

こっちが辛うじて尋ねられたんは、彼女の「[redacted]」いう名前くらいか。あの清楚で上品な雰囲気に相応しい、ほんまに綺麗な名前や思うた。ただ「さん」づけで呼ぶには、そら勇気がいった。けど「[redacted]さん」いう響きが、もう堪らんでなぁ。

俺が西洋建築に興味があるって分かったら、えろう彼女は燥《はしや》ぎながら、

「だったら絶対に我が家も、君は気に入るはずよ」

「洋風なんですか」

ちょっとびっくりした。この地方では珍しいからな。第一そんな家を建てたんやったら、間違いのう話題になったはずやろ。そもそも建てると決まった段階で、あっという間に噂ばぁ広まったはずなんや。

「洋風じゃなくて、ちゃんとした西洋建築なの」

しかも彼女の言葉を信じるなら、本格的な外国の家屋らしい。そんな代物が八乙女岬に建てられとるなんて、どう考えても可怪しかった。

「ほら、あそこよ」

彼女が指差す方を見上げて、俺はぎくっとした。

そこに八乙女岬ばぁあったからや。二人は岬のある北ではのうて、その反対の南へ歩きはじめたはずやないか。せやのに目の前には、八乙女岬の断崖《だんがい》が見えとる。

「ほら、行くわよ」

当たり前のように先導する彼女に、ふらふらっと俺はついて行きそうになった。この女性の誘いを断るやなんて、いくら何でも有り得んやろう。そういう気持ちが強うあった。一緒に行きたい。その想いが凄かった。

けど一方では、さすがに引っ掛かっとった。

間違いのう南へ向かったはずやのに、なぜか逆方向の北へと歩いとって、ふと気づいたら八乙女岬に着いとる。

その岬の上に彼女の家があるいうけど、いくら眺めても何も見えん。綺麗な星空を背景に、八乙女岬の黒々とした無気味な影しかないんや。

夕飯に戻らんと叱られる。そんな意味の小学生のような言い訳が、俺の口から咄嗟に出た。次の瞬間、物凄う恥ずかしゅうなって、穴があったら入りとうなった。後悔なんてもんやないな。まだまだ子供なんやと、彼女に笑われる。そう考えたら自分の莫迦さ加減が、ほんまに嫌になった。

ところが、彼女はあっさりしとった。

「そう。だったら今日は、お家《うち》に帰りなさい」

ほっと安堵する反面、ずんっと沈んだ気持ちにもなった。やっぱり行きますと、もう少しで口にするとこやった。

辛うじて堪《こら》えたんは、俺がそう言うんやないかと、彼女が期待して待っとるのが、なぜか分かったからや。無論そんな風に思ってくれることは嬉しい。せやけどあの場では、絶対に言うたら駄目やって、もう一人の俺が訴えとった気がしてな。

「すみません」

俺が謝ったら、彼女は微笑みながら、

「うちには自分の意思で来てくれないと、やっぱり意味がないからね」

かなり妙な言葉を返された。

それなのに俺は「本当はお邪魔したいんです」と、思わず返しそうになった。それを我慢するのに、そりゃ苦労した。

翌日は夕方になるんを待ち兼ねて、もちろん俺は海辺へ行った。さり気のう砂浜を歩く振りをしつつ、実際はキョロキョロと辺りを見回しとった思う。特に八乙女岬のある北の方には、そら何度も顔を向けとった。

けど彼女の姿は、ちっとも見当たらん。次第に日は暮れ出して、散歩しとる人も、犬と一緒の人も、子供連れも、少しずつおらんようになって、とうとう俺だけになったとき、

「こんばんは」

声を掛けられて振り返ると、すぐ後ろに彼女がおった。

「こ、こんばんは。いったい何処から、き、来たんですか」

酷く仰天する俺に、彼女は可笑しそうな表情を浮かべながら、

「あっちに決まってるでしょ」

八乙女岬の方を見やったけど、そんなわけないんや。彼女に声ばぁ掛けられる数秒前に、そっちに俺は目を向けたばかりやったからな。

でも彼女を眺めとるうちに、そんなことどうでも良うなった。

二人は昨日と同じように、砂浜を南へと歩き出した。相変わらず俺に関する話ばかりで、彼女のことは依然として少しも分からん。こっちも色々と尋ねるんやけど、するっと身を躱《かわ》すように曖昧《あいまい》な答えしか返ってこんのや。どうにも摑み所がない。

「私のこと、誰かに話した？」

せやから彼女に訊かれたとき、せめて「さぁね」って焦《じ》らしてやろうとしたんやけど、どうしても無理やった。

「だ、誰にも、何も言ってません」

それが相手の喜ぶ返答やと、どうしてかは分からんけど俺は察した。だから素直に答えた。

「やっぱり君は、私が思った通りの人ね」

この彼女の言葉に、どれほど舞い上がったことか。

二人で散歩しとるうちに、なんでか知らんけど話題が怪談めいてきたんで、さすが

の俺もどうかと迷った。そら怖い話は好きやけど、せっかく彼女と一緒におるんや。もっと相応しい会話があるやろうと、まぁ俺も自制し掛けたわけや。

せやけど彼女も実は、その手の話が大好きらしい。その証拠に自分から、むしろ積極的に話し出したほどや。

「ここに来る前も、私は海に面した土地に住んでいたの。ある夏の終わり頃、そこを独りで訪れていた男子大学生と知り合って、彼の体験を聞いたんだけど」

この話を聞きつつ、まず俺は大学生に嫉妬《しっと》を覚えたくらいやから、どれだけ彼女に参っとったんか、よう分かるやろ。

「彼は海が好きで、かつ泳ぎも達者だった。でも住んでいるのは海のない地域だったので、よく車で近隣の海へ出掛けた。私が前にいた所も、その一つだった」

何処なのか尋ねたけど、彼女は笑って答えない。

「いつものように彼は一通り泳いで、最後に少し沖へと出た。そこで立ち泳ぎをしながら周りの、三百六十度の海面を眺めるのが好きだった。あまり岸から離れ過ぎないように、流されないように注意しながらね」

彼女は立ち止まると海を指差して、

「あそこくらいかな」

そう言ったけど、暗いうえに目印になるもんものうて、さっぱり見当もつかん。ただ結構それは沖合のように思えた。かなり泳ぎに自信ばぁある奴やないと、とても行かれんほどの距離やった気ぃがする。

「いつものように彼が立ち泳ぎをしつつ、何処までも広がる海原を愛《め》でていると、すぐ後ろで『ねぇ』と声がした。自分の他にも泳いでいる女性がいたのか、と彼は驚いた。でもね、だったらとっくに視界に入っていたはずだ……って気づいて、ぞくっと背筋が震えた」

真っ暗な海を眺めてた俺の項も、ぞわっと粟立った。

「振り向いたら駄目だ……って思ったけど、後ろから『ねぇ』と呼ばれる。『ねぇ』と呼ばれ続ける。このまま無視していて、そのせいで相手が前に回って来たら……って考えると、もう怖くて堪らない。だから何度目かの『ねぇ』で、彼は『はい』って返事をしたの」

俺ならどうするだろ。

お前ならどうする？

「そうしたら『何をしてるの』って訊かれた。だから『海を見てます』って答えた。すると『海は好き』って続いたので、普通に『好きです』と応じようとして、ふと迷った。そう言った途端、なぜか海の中に引き摺り込まれる不安を覚えたから……」

こんときの俺も、実は不安を感じとった。いつの間にか彼女が、どうしてか分からんけど俺の背後に回って話してたからなんや。

「そこで彼は考えに考えて『海の上で泳ぐのが好きです』と返した。すると『ふーん』という反応があった。それは期待していた答えとは違っていたので、不満を表現したような声音だった。『でも海は好きなんでしょう』と続けて訊かれたので、同じ返事をした。そうしたら背後の女性が、急に黙り込んだ」

そのまま彼女も口を閉じたんで、俺は背筋がぞわぞわして落ち着かんかった。振り返ろうかと何度も思うたけど、どうしてもできん。それを彼女が拒んどるような気がしてな。

「もう行ってしまったのか……と彼が考え出したとき、突然『南天の実は持ってないよね』と訊かれた。もちろん何のことか分からない。ただ、やっぱり勘が働いた。恐らく『持っています』と言うべきで、もしも『持っていない』と答えたら、きっと後悔する羽目になる。そう彼は咄嗟に察したので、はっきりと『持っています』と嘘を吐いた。すぐさま『何処に』と返されたので、思わず『海パンの中に』と応じると、今度は『そんな場所、変でしょ』と疑われたので、反射的に『お守りが縫いつけてあるから』と口にしたら、再び静かになったあとで『へえっ』という呟きが、彼の首筋で聞こえた」

そういう彼女の声も、俺の後頭部のすぐ後ろでしとる。

「はっと彼が気づいて岸の方を見やると、随分と沖合まで流されていた。慌てて後ろを振り向いたけど、誰もいない。そこから彼は死力を振り絞って、どうにか海岸を目指した。ただし泳いでいる間、ずっと海中から視線を感じていたの。ちょっとでも疲れた様子を見せたら、またあの女が出てくるように思えて、とにかく死に物狂いで泳ぎ帰ったそうよ」

「助かって良かったです」

我が事のように俺がほっとしとると、

「海ではね」

気になる言い方を彼女はした。えっと……と俺は不安になったけど、それを確かめる前に、もう別の話をはじめとった。

いずれも彼女が海で知り合《お》うた、若い男の体験談ばかりやった。そのうち俺は聞くのが嫌になってきた。怖い体験談に対してやのうて、彼女が親しゅうしたらしい男たちの話自体が、どうにも我慢できんようになってきたんや。

「寄ってくでしょ」

当たり前のように彼女に訊かれて、またしても八乙女岬の近くまで来とることを、ようやく俺は知った。信じられん気持ちは当然あったけど、そうまでして誘おうとする彼女が、なんや余計に愛《いと》おしゅうなってなぁ。

喜んで頷き掛けたもんの、やっぱり「変やぞ」いう躊躇いを心の何処かで覚える俺もおって、辛うじて首を横に振った。

七日目やった。

同じように夕暮れから、彼女とする夜の散歩が続いて、その七日目に、ついに俺は彼女の家へ行ったんや。まだ「可怪しい」いう感覚はあった。でも同じ体験が何度も連続しとるうちに、そろそろお邪魔せんと失礼やないか、そういう気になってきてな。そう思うことがそもそも変やと分かっとるのに、日を追う毎に警戒心が薄れていったんかもしれん。

岬の付け根から崖の上まで、妙なことに階段ばぁ通じとった。あの辺りに行ったんは、確かに数えるほどしかない。それでも階段なんかなかったんは、まず間違いない。だいたい岬を上り下りする必要のある者なんか、ここらにはおらんからな。

普通やったら彼女の家ばぁ建ったんで、そんとき階段もつけられたと考えるべきやろ。せやけど大変な工事になる。家と同様、それが噂にならんわけがないやろ。

そうと分かっとるのに俺は引き返すことのう、ひたすら階段を上がった。彼女は先に立っとったから、いくらでも回れ右して逃げられたのに。形のええお尻に見蕩れとったんは、確かに間違いないけど。あんときの俺は、きっと彼女に引っ張られとったんやろな。

ついてった理由の半分は、岬の上の家にあった。どんな西洋建築なんか、この目で見てみたい気持ちが強うなっとったからや。

延々と階段ばぁ上がったようにも、あっという間やったようにも感じたあと、俺は八乙女岬の上に出とった。けど次の瞬間、ほんまに我が目を疑うた。そらもう唖然《あぜん》として、ぽかんと口を開けとったくらいや。

俺の目の前に、なんとヴィクトリアン様式の洋館が建っとる。

左右非対称の特徴的な外観に、複数のドーマー窓と煙突が突き出た勾配《こうばい》の急な屋根、それに赤と黄白色の煉瓦《れんが》を組み合わせた外壁が、俺の度肝ばぁ抜きよった。

どう考えても有り得ん。

ここまで本格的な洋館が少しの噂にもならんと、この岬に建てられるわけがない。いや逆に大騒動になっとったはずや。

せやのに家は、しれっと存在しとる。

含み笑いを浮かべて、そこに構えとる。

この信じられん事実を前に、俺は物凄う恐ろしゅうなった。完全に人知を超えた現象を目の当たりにして、心の底から震え上がってもうた。

「ほらね、本格的な西洋館でしょ」

彼女は家ばぁ自慢しとるわけやなかった。俺が覚えた驚愕《きょうがく》と戦慄《せんりつ》を、ただ楽しんどるだけみたいやった。

「さぁ、どうぞ」

外壁よりも内側に引っ込んだ玄関ポーチに上がった彼女が、そう言って誘った。けど俺がふらふらと入り掛けたら、急に怖い顔になってな。

訳が分からんで立ち竦んどったら、

「こういうとき君は、黙ったまま入るの？」

そう彼女に言われたんで、ようやく俺はピンときた。

「ご、ご招待、ありがとうございます。お、お邪魔します」

しどろもどろの挨拶しかできんかったけど、満足そうな彼女の顔を見て、どうしてか途端に厭な気分になった。

その理由を考え掛けて、はっと俺は思い当たった。

お前、知ってるか。吸血鬼いう奴は、その家の住人に「入ってもええよ」って許可されん限りは、一歩たりとも家の中に足を踏み入れられんのや。

それの逆やないかって、ふと俺は閃《ひらめ》いた。この家の場合は、客が自分の意思で入る態度を示す必要があるのかもしれん。そんな風に思えてな。

何のためか。そら分からんけど、どっちかいうたら悪い意味やろ。そこまで気づいとるのに、彼女が微笑みながら開いた玄関扉から、そのまま俺は家へ入ってもうた。

いやいや、あかんやろと感じつつも、引き寄せられるように扉ぁ潜っとった。

玄関扉の向こうは長い廊下で、その奥の左手にある広い客間に、俺は通された。ようう考えたら玄関ホールから客間までは、結構な距離があった。しかも客間の奥には、コンサバトリーまで設けてある。コンサバトリーいうんは、サンルームのことや。

こんだけの奥行を持つ大邸宅を、どう考えても岬の土地に建てられるわけがない。下手したら俺は崖から飛び出しておって、実は海の上の中空におるんやないかと、本気で心配したほどや。

けど落下して海面に叩きつけられる目にも遭わんで、俺は客間のソファに座っとった。いったん出て行った彼女は、すぐに飲み物を持って戻ってきた。

「はい。喉が渇いたでしょ」

そう言って手渡された飲み物は、ぷんっと磯《いそ》の香がして緑色をしとった。

「海の幸よ」

俺の質問を先回りして、彼女が答えた。

「美味しいだけじゃなくて、身体にも良いの」

彼女は凝っと、ひたすら俺の顔を見とる。飲み物に口をつけるまで、決して目を逸らさんと言わんばかりに。

見た目も匂いも確かに美味《うま》そうやった。一番近い印象の飲み物は、果物のミックスジュースやろな。にも拘らずグラスを持っとる右の掌からは、何とも言えん厭な生温《なまぬる》さが伝わってきよる。しかも緑色の液体を眺めとったら、ずるっと中で何かが蠢《うごめ》いたんで、ぞわわっと右の二の腕に鳥肌が立った。

「どうぞ、召し上がれ」

彼女は満面の笑みやったけど、両の瞳《ひとみ》は鋭かった。微笑みで飲み物を勧めといて、ちゃんと飲んだかを刺すような眼差しで敏《さと》く確認する。そうする心算なんが、手に取るように分かった。

これを飲んでもうたら……。

もう二度とこの家から出られん気がした。せやのに、どないしても拒めん。せっかく彼女が出してくれた飲み物なんやから、やっぱり喜んで飲むべきやろ。そう思う自分もおる。どっちも間違いのう俺なんやから、もう頭は混乱するばかりやった。

「ほら、お飲みなさい」

なおも勧められて、俺が覚悟を決め掛けたときや。

来客を告げるノッカーの音が、大きく響いてな。ほら、外国の家の玄関扉についとる、片手で持って打ちつける鉄製のあれや。

あからさまに彼女は不機嫌な顔ぼぉしたけど、それでも客間を出て行った。

俺は急いでコンサバトリーに入って、一番近くて大きな植木鉢の中に、グラスの中身をすべて空けた。そんだけ素早い判断と動きが、ようできたもんやと思う。やっぱり心の奥底では飲みとうないって、きっと思ってたんやなぁ。

がちゃ。

客間の扉の開く音がして、そらもう焦った。いくら何でも彼女の戻りが早い。まだ玄関に着いたくらいのはずやのに。でも実際に戻ってきとる。すぐさまソファに走っても、とても間に合わん。その前に彼女が客間に入ってきてしまう。

咄嗟に俺はコンサバトリーの方を向いて、たった今グラスの中身を飲み干したばかりで、そこから背後の気配に気づいて振り返った、そんな恰好の演技をした。

バレるか。

もう気が気やなかったけど、肝心の彼女の様子が妙やった。

かなり憤慨しとる一方で、実は歓喜も覚えとる。正反対の二つの感情に包まれて、どう反応したもんか本人にも分からん。そういう妙な表情やった。

けど迷いを見せたんは束の間で、すぐさま彼女は決断したように、

「少し出掛けて来るから、ゆっくりしていて」

「ど、何処に……」

「お迎えよ」

もちろん意味不明やったけど、誰かを連れて戻ってくることは、ほぼ間違いなさそ

うやと考えたら、急に恐ろしゅうなってな。

「お、お客さんが、来るんでしたら……」

俺はお暇《いとま》をしますと言おうとして、彼女の視線に気づいて口籠った。

空のグラスを見とる。

そこからコンサバトリーに目をやって、さらに大きな植木鉢を見詰めたあと、最後に俺の顔を眺めながら嗤《わら》った。

ぞくぞくっとした性的興奮にも似た感覚に囚われながら、同時にぞっとする恐怖も覚えた俺は、その場に突っ立ってることしかできん。バレたと大いに焦りつつも、それを見抜いた彼女に感嘆しとるところもある。

どうも彼女に会うてから今まで、ずっと相矛盾する感情の渦に巻き込まれ続けとる。そんな気がしてならんかったけど、どうにもできん。

「あとで改めて、皆で乾杯しましょ」

そう言うと彼女は、そのまま客間を出て行った。

ぽかんと俺は佇んどったけど、はっと我に返ると慌てて廊下へと出た。彼女に遅れること、わずか数秒やったはずや。

せやのに彼女の姿はなかった。

俺は急いで玄関まで走った。でも鍵《かぎ》が下りとるのか扉はびくともせん。廊下を振り返って右手の扉から入ると、そこはダイニングやった。窓の一つに飛びついて開けたら、なんと真下は断崖絶壁やった。側面やのうて表に面した窓に手を掛けたら、びくともせん。すぐに廊下へ戻って、左手の扉を入ると書斎が現れた。同じように側面の窓を開けると、やっぱり断崖絶壁が見下ろせる。そして表側の出窓は、予想通り閉め切りやった。

再び側面の窓を開けて、壁伝いに表まで行けんかと身を乗り出したもんの、とてもやないけど無理やった。外壁に手掛かりと足掛かりが仮にあったとしても、もし落ちたら一巻の終わりやからな。いくら何でも危険過ぎる。そこまでの度胸はない。

書斎の壁は大きな本棚で占められとって、黒っぽい背表紙の洋書がずらっと並んどった。もちろん何の本なんか俺にはさっぱりやったけど、途轍もない忌まわしさしか感じられんかったから、碌《ろく》なもんやないと分かった。

俺は客間に戻って、コンサバトリーの奥の窓から外を見た。そしたら想像通りに断崖絶壁と、真っ暗な夜の海があった。まだ屋敷の両側面の方が逃げ易いと思えるほど、目の下には絶望が海まで落ち込んどる。

それでも俺は諦めんかった。逃げるんは今しかない思うたからや。彼女がおらんようになって、まるで俺は目覚めたような気分やった。

この家は可怪しい。

彼女も絶対に変や。

誰を迎えに行ったんか知らんけど、そいつと顔を合わせたらあかん。きっと後悔する。間違いのう身の危険が増える。ここから二度と出られんようになる。下手したら命に関わるかもしれん。と立て続けに考えることができた。

俺は廊下に出ると、奥のキッチンと食品や調理器具を仕舞うパントリー、リネン室や収納室、トイレや風呂といった所を調べ回った。けど何処にある窓も外に出るや否や、もう断崖絶壁やった。勝手口も同じ状態なんを見て、いくら何でも用をなしとらんやないかって、つい笑いそうになったくらいや。

廊下に戻ったところで、階段が目についた。せやけど二階へ上がっても、どうにもならんのは分かり切っとる。正面のドーマー窓さえ開けば屋根へと出て、ひょっとすると外壁を伝い下りられるかもしれん。でも恐らく窓は開かんやろ。一階のダイニングと書斎の表に面した窓が、意地悪くもそうやったように。

がちゃ、ばたん。

そんとき二階で扉が開いて閉じる物音がして、ぎょっと俺は身を強張らせた。

誰かおる？

この家の住人は、彼女だけやないのか。そこに訪問者があるいうんで、俺を独りにするんを承知で迎えに行ったはずや。もし他にも誰か住んどるんやったら、どうして俺の見張りを頼まんかったんか。

　した、した、したっ。

　そいつが二階の廊下を歩く気配が伝わってきて、ぶるっと俺の背筋が自然に震えた。そこから慌てて客間に戻り掛けたら、
　みしっ、ぎしっ。

　扉を閉める寸前に、階段を下り出したらしい物音が響いた。客間で息を殺しとると、さすがに階段の軋みも一階の廊下を歩く足音も聞こえん。せやから部屋の中程まで入っとった俺は、いったん扉までそっと戻った。それから扉に片耳をつけて、廊下の様子を窺《うかご》うた。

　した、したっ。

　そいつは階段を下り切って、もう一階の廊下を歩き出しとった。ただし足音は止まってから、すぐに戻る気配があって、目の前にある扉のノブが回りはじめた。

　俺が焦ってノブを摑むと、その回転が止んだ。それでも摑んだままでおったら、
　とん、とんっ。

　ノックの音が耳元でした。ごく軽い控えめな響きやったのに、俺は「ひぃぃ」と小さな悲鳴を上げてしもうた。

　とん、とんっ。

そしたら今度は、はっきりノックが鳴った。

こっちの存在はバレとるけど、返事したりノブから手を離したりは、どうしてもできん。扉の向こうにいったい何がおるんか、まったく分からんのやから。

そんな俺の恐れを察したように、いきなり扉越しに呼び掛けられた。

「あなたの味方よ」

落ち着いた女性の声やった。決して若《わこ》うはないけど、それほど年寄りとも違う。

「ここを開けて」

信用できそうな話し方やったけど、さすがに躊躇うやろ。相手の正体は不明なんやから、はいそうですかと入れられるわけがない。

「この家まで、のこのこと彼女に連れられてきたのに、変なところで用心深いのね」

なかなか鋭い指摘やった。

「でも今は、この家も彼女も変に感じてる。違う？」

しかも俺の心を、ぴたっと当てよった。

「だ、誰なんですか」

俺の問い掛けに、向こうは妙な返答をした。

「私には歳の離れた二人の兄がいてね。その一人が過去に、今のあなたと同じ状況に、恐らく陥ったんだと思う」

この説明の意味は朧やったけど、時間さえ掛ければ理解できると思うた。けど完全に分かったところで、自分の頭が可怪しゅうなる気がしてな。それが俺には怖かった。

「彼女が戻るまでに時間はある」

黙り込んだ俺にお構いなく、相手は喋った。

「だけど私の説明を聞いて、あなたが納得して、ここから逃がすことを考えると、それほど悠長にもしていられないの」

扉越しの「逃がす」という言葉に、思わず俺は反応した。どっちみち俺だけでは、この家から脱出できんからな。

そっと扉から離れると、俺はソファの向こう側へ回った。そんなもん盾にも何にもならんけど、すぐ近くで向き合う度胸は、さすがにない。

「ど、ど、どうぞ」

覚悟を決めて声を上げたら、静かに扉が開いて、三十前後くらいの地味な女が入ってきた。短髪に眼鏡で、ハイキングをするみたいな服装をしとる。この家の彼女を目にしたあとやから、余計に野暮ったく映ったんかもしれん。

ただな、そんな姿のその人を見て、心底ほっとした安堵を俺は覚えた。「地獄で仏」いう諺《ことわざ》があるけど、あれに似た感情やったんかもしれん。

「入れてくれて、ありがとう」

女性は礼を言うてから、改めて俺を認めたように、

「あなた、高校生？」

こっくりと俺が頷いたら、その人は怒りながらも呆《あき》れたような、さらに心を大いに痛めてるような顔で、

「こんな若い子にまで、あれは手をつけ出したのね」

ぞくっとする台詞を吐いて、俺を慄かせたんやから勘弁して欲しい。

「な、な、何のことですか」

薄々は俺も察しとったはずやのに、自分で考えるんが怖い。せやから第三者の説明を聞きたいと思うたんやろうな。

「座りましょ」

向かい合わせに腰掛けたあと、その人は話しはじめた。

「あれが帰ってくるのは、早くても夜明け前ね。それに間に合わなければ、きっと明日の夕方になる。だから時間は充分あるの。でもね、これから私が言う話を、しっかりと理解しながら聞いて欲しい」

俺は了承の印に深《ふか》う頷いた。せやけどその人の語りの中に、あれほどぞっとする話が入ってるやなんて、そら想像もできんかった。もし前もって分かっとったら、絶対に聞かんかったはずや。

今更もう手遅れやけどな。

もうじきお前も、まったく同じになる。

「さっきも言ったけど、私には歳の離れた兄が二人いる」

決して引き返すことのできん、その人の話がはじまった。

「私たちの父は冬日可愛《とうじつあいすべし》という四字熟語が大好きで、それを子供の名前につけた。『冬』の『日』に、『可能』の『可』と『愛情』の『愛』と記して、こう読むの。言葉の意味は――


――冬の太陽のように穏やかで親しみ易い人柄ってこと。だから長男は冬馬《とうま》、次男は日向《ひなた》、私は可穂《かほ》って名づけられた。父は私の下に妹が生まれるものと信じていたみたいで、愛子《あいこ》って名前を用意していた。でも、そのまま四文字目は残ってしまって、父は残念がったらしいわ。

冬馬と日向は年子で――つまり一歳違いね――私が高校に入学したとき、もう二人とも立派な社会人だった。

兄たちは私と違って優秀だったから、就職先には困らなかったはず。なのに父は自分の経営する別々の会社に入れた。縁故採用ってやつね。普通は己の境遇に胡坐《あぐら》を掻くか、逆に周囲の目を気にして我武者羅《がむしゃら》に働くか、どっちかになるみたい。

でも兄たちは違っていた。きちんと仕事はするけど、余暇も充分に楽しむ。日本人には珍しいタイプかも。

冬馬は山と写真が、日向は海とスケッチが好きでね。二人とも週末になると、それぞれ山と海によく出掛けた。まとまった休みのときは、決まって遠出した。冬馬は山々の写真を撮り、日向は海辺の風景をスケッチした。

本を読むのが唯一の趣味である出不精の私は、そんな兄たちの写真とスケッチを、いつも楽しみにしていたわ。

ところが、あるとき冬馬が珍しいことをした。同じ山を続けて訪れるなんて、それまで彼はしなかった。それなのに、また行くって言うのよ。

「よっぽど気に入ったの？」

問題の山へ二度目に冬馬が行く前に、私が好奇心から尋ねると、

「まぁな。その理由を写真に撮ってくる」

兄が少年のように頰を赤らめながら答えたので、ちょっと驚いた。てっきり彼が好きそうな奇岩を見つけたけど、一回目では撮影に失敗したので、だから再び行くのだろう。それくらいしか私には想像できなかったからなの。

でも冬馬の表情を見ているうちに、私は段々と不安になってきた。良くないことが

兄の身に降り掛かる。そんな気がして仕方なかった。

「危ないこと絶対にしないでね」

私が真顔で注意すると、彼は楽しそうに笑いながら、

「いつもの山行きより、むしろ安全なくらいだよ」

それでも私は冬馬が帰宅するまで、やきもきと心配した。だから彼の無事な顔を見て、心底ほっとできた。

ただし兄のニヤけた顔つきが、なぜか気に入らなかった。彼が大いに喜んでいると分かりながらも、それに同調できない自分がいた。普段なら嬉しそうにしている兄を前にして、私も心が温かくなるはずなのに、このときは完全に違った。まったく逆だった。

けど冬馬は写真を現像したあと——彼は家に暗室を持っていたから——いきなり不機嫌になった。いいえ、機嫌が悪くなったのは一瞬だった。そのあと物凄く悲しそうな様子になって、しきりに嘆き出した。

「俺としたことが、こんな失敗をするとはな」

「上手く写ってなかったの？」

私が首を傾げると、彼は三枚の写真を手渡してきた。

すべてが山の風景だった。でも景色を撮ったわけではなさそうなの。なぜなら映っ

ているのは大して特徴もない樹木や藪、岩や山路ばかりだったから。わざわざ撮影するほどの眺めとは、とうてい思えない。撮影に慣れていない素人でも、ここでは撮らないだろう。そんな出来の写真ばかりだった。まして撮影したのは兄なのだから、なおさら有り得なかった。

「なんか普通の景色じゃない」

それでも私が気遣って無難な表現をしたら、

「ちゃんと被写体はいたんだ」

冬馬が興奮した口調で応えたので、慌てて写真を見直した。でも隅々まで確かめても、それらしいものは何ら写っていないの。

「いや、実はそのー、隠し撮りしたから」

急に兄が恥じらい出したので、私はびっくりした。別に山男のような無骨な印象はなかったけど、どちらかというと見た目も性格も男っぽい。そんな彼が照れている姿に、妹として衝撃を受けたんだと思う。

「いったい何を隠し撮りしたの？」

まさかと思いながらも尋ねると、なんと女の人だという。ある程度は予想していたけど、再び私はびっくりした。それまでの冬馬には浮いた話なんか、ほとんどなかったからね。

私が根掘り葉掘り聞き出したところ、前回の山行きで知り合ったらしい。ただ奥手の兄のこと、相手の連絡先など訊けるわけがない。でも話した感じで、その山の近くに住んでいると分かった。だから再び訪れた。そういうことだった。

冬馬の話を聞いているうちに、次第に私は不安に駆られた。その女性について兄がいくら語っても、一向に相手の姿が見えてこない。それどころか彼女の正体不明さが、徐々に高まるばかりだったから。

私は言いようのない恐れを覚えた。しかも隠し撮りした状況を聞き出したあとでは、それが余計に強くなった。

確かに兄は、彼女に気づかれないように撮影した。初心な冬馬のことだから、焦りながら撮ったのもまず間違いない。この二点は認めるにしても、三枚とも少しも写ってないなんて、どう考えても変でしょう。相手の姿がブレているのなら、まだ理解できる。けど、まったく何も写ってない。写真で目にできるのは背景だけなの。三枚とも同じ。こんなの有り得ないよね。

真っ先に疑問を覚えるはずの兄が、あくまでも自分のミスだと判断していることも、私を大いに怯えさせた。

「どんな人だった？」

冬馬に尋ねると、女性を褒め称《たた》える言葉を口にした。それなのに、どうしても彼女これには彼女の容姿を描写できない。脳裏に想い描こうとしても、なぜか無理みたいで。

彼もショックを受けていたようで、そのまま黙り込んでしまった。

「なんか似てる気がする」

二人のやり取りを無言で聞いていた日向が、そこで会話に入ってきた。

「えっ、何が？」

私が驚いていると、二番目の兄が喋り出した。

冬馬が同じ山を再訪した日、日向はある海岸に行った。その地には何度も足を向けていたけど、問題の小さな浜辺には下りていない。そこで今回、はじめて足を踏み入れた。

他には誰もいなかった。そもそも観光客が来るような場所ではない。地元の人も見掛けない。だから兄は砂浜を独占して、そこからの眺めをスケッチした。

すると突然、後ろから声を掛けられた。振り返ると二十歳くらいの女性が立っていて、一目で心を奪われてしまった。

日向は女性と楽しく話しながらも、彼女の名前や住んでいる所を尋ねた。しかし上手くはぐらかされた。彼には珍しいことだと思う。でも後日また同じ場所で会う約束を取りつけたというから、やっぱり兄だなと感心した。

「けどな、どうしても彼女のスケッチが、ちっとも描けないんだ」

帰宅してから日向は、スケッチブックに女性を再現しようとした。すると浜辺の風景はいくらでも普通に浮かぶのに、肝心の彼女の容姿が少しも出てこない。彼は一度でも目にした人物なら、あとから記憶だけで描くことができた。その特技が、なぜか彼女には通用しない。

「確かに似てるわ。ううん、似過ぎてる」

そう言ったあとで、ある疑いに私は囚われた。そんな風に考えた理由は見当もつかないけど、もしかすると兄たちを想う妹の勘かもしれない。とにかく私は、思わず口にした。

「冬馬兄さんが最初に、その女の人と山で会ったとき、もしかして日向兄さんのことを話さなかった？　海好きな弟がいるって」

「あぁ言ったよ。可愛い妹のこともな」

後半の擽《くすぐ》ったい兄の言葉は敢えて無視して、俄には信じられない思いつきを、いきなり私は二人に伝えた。

「冬馬兄さんが山で出会った彼女に、日向兄さんの海好きを教えたから、今度は日向兄さんが浜辺で、その彼女に会うことになったんじゃないかな」

「意味が分からんぞ」

戸惑う冬馬とは対照的に、日向が思案げに応えた。

「二人の女性は、知り合いってことか」

「うん。または姉妹とか」

「そんな偶然が、いくら何でもあるわけない」

呆れ顔をする冬馬に、日向が訊いた。

「俺が次に何処の海へ行くか、兄さんは山の女性に教えたのか」

「いいや。だって確かな場所は、俺も知らないからな」

「つまり仮に、彼女たちが知り合いや姉妹だったとしても、もう一人があの海辺で俺と意図的に出会うことは、まず無理だったわけだ」

そこで私は、さらに信じられない思いつきを口にした。

「彼女たちって、実は同一人物だったりして……」

これには冬馬だけでなく日向も、かなり驚いたみたいで、

「お前のオカルト的な空想癖も大概だな」

「でも日向兄さん、二人の女性には奇妙な共通点があるって、そう感じたんでしょ？」

「うん、まぁな」

いったん彼は頷きつつも、すぐに首を振りながら、

「海で出会った彼女が、本当に山の女性の知り合いか姉妹で、冬馬兄さんから俺のことを聞いていたのだとしたら、そう言うはずじゃないか」

「それを隠してるから怪しいのよ」

「待て待て」

冬馬が間に割って入った。

「お前の言ってることは無茶苦茶だ。どう考えても有り得ない」

「だからこそ気味が悪いの」

「よし。こうしよう」

日向が明るい口調で提案した。

「次に会ったとき、冬馬兄さんは隠し撮りではなく、ちゃんと彼女を撮影する。そして俺は現地の海辺で、その場で彼女のスケッチを行なう。この写真とスケッチを可穂に見せるってことで、どうだろう」

冬馬は躊躇いを見せたが、一大決心するように承知した。彼女に撮影の許可を求める恥ずかしさを、きっと想像したに違いない。だけど空想癖のある妹を納得させるためにも、ここは勇気を出そうと考え直したのだ。

しかし私は、反射的に異を唱えていた。

「どちらの彼女にも、もう兄さんたちは会わない方がいい」

「なぜだ?」

「心配のし過ぎだよ」

冬馬と日向に、ほぼ同時に言われた。

「写真に撮れなかったのは、俺が柄にもなく緊張していたからだ」

「スケッチできなかったのも、まったく同じさ。ぼうっとしてしまって、ちゃんと観察していなかったからだよ」

私は激しく首を振りながら言った。

「物凄く厭な予感がする……。その彼女たちって、絶対に変だから……」

だけど結局、兄たちを止められなかった。二人とも完全に、彼女たちに魅せられていた。もう取り込まれていたのね。

次の休日、冬馬は同じ山へ、日向は同じ海へ出掛けた。

そして二人とも、そのまま帰ってこなかった。

父は警察に捜索願を出した。複数の探偵事務所を使って兄たちを捜させた。その結果、問題の山と海で二人を見たと証言する者が何人も見つかった。ただ誰一人として、兄たちと一緒にいる女性を目にしてはいない。

私は事前に「彼女たちの存在」を父に訴えていた。しかし父は、私が危惧する「人知を超えた何か」という捉え方をしなかった。あくまでも「息子を誑かした女」と理解していたに過ぎなかったと思う。無理ないけどね。

冬馬は山で、日向は海で、それぞれ遭難したと見做された。現実的な父は、やがて息子たちの死を受け入れた。そんな父に、母は従っただけだった。

私は違った。仮に兄たちが亡くなっていても、原因は彼女たちにある。そんな確信があった。そして彼女たちの正体を突き止められれば、もしかすると兄たちに会えるかもしれない。という希望も微かに抱いていた。

私は二人が行方不明になった土地の、民話や伝承を調べはじめた。失踪《しっそう》する前に聞いた兄たちの話の印象から、一つの仮説を立てていたから。

古来その地に巣くう魔物的な存在に、彼らは魅入られたのではないか。

大学に進んだ私は、迷わず民俗学を専攻した。この調査にのめり込むために。やがて民俗採訪をする土地が他にも及び出した。あちこちの地方に似た話がある。その事実に私は気づいた。それらは時に山の神、時に妖怪、時に狐狸、時に正体不明の化物と伝えられた。だが実は、根っ子を同じくする存在ではないのか。そう私は睨むようになった。

私の長年に亘る研究を纏《まと》めると、次のようになる。

彼女たちは四姉妹と思われる。それぞれ空の彼方、山の奥、海の中、地の底に棲《す》む。いつの時代から存在するのか、なぜ誕生したのか、いっさい分からない。ほぼ間違いないのは、若い男を虜《とりこ》にすること。そして恐らく喰らうこと。実際に食するかどうかは不明ながら、最終的には命を奪うと考えられる。

これまで誰にも気づかれていないのには、もちろん理由がある。あちこちの土地に於《お》いて、まったく別々の名称により、何ら関係のない話として伝わってきたから。私は膨大な伝承の中から、ある共通点を有する類話を根気よく見つけて蒐集した。それを詳細に分析して、どうにか結びつけることに成功した。

ここまで来れば、あとは「本人」に会うだけだった。しかしながら大きな障害があった。彼女たちが好むのは若い男であること。女の私が遭遇できる機会は、ほとんどないらしいこと。これは大きな問題だった。

そのうえ空の彼方と地の底には、とても行けそうにない。山の奥と海の中なら可能だったけれど、あまりにも広大過ぎた。とはいえ山は冬馬が、海は日向が、それぞれ行方を絶った場所になる。どちらかに絞り込むべきではないか。

迷いに迷った末に、私は山を選んだ。理由は単純だった。冬馬は山の女に、弟の日向だけでなく「可愛い妹のこと」も喋ったと言っていた。それが助けになるような気がした。あくまでも私の勘だけど。

冬馬が三たび訪れた山に、私も通いはじめた。同時に似た怪異伝承の残る他の山へも、できるだけ私は足を向けた。彼女たちが出没する領域は決まっているけど、決して一箇所に留まってはいない。その領域内を自在に行き来しているらしい。だからこそ類話が、あちこちに残っているのではないか。そう私は考えた。

どの山も幸い本格的な登山を行なう場ではなく、ガイドブックによると「家族向き」と書かれていた。ただ運動嫌いの私にはきつかった。当初は麓の辺りをうろうろするだけで、とても登頂など無理だった。諦めずに何度も通っているうちに、少しずつ登れるようになった。そして到頭、山の天辺《てっぺん》に達したときには、肝心の目的を忘れて素直に喜んでしまった。これには私も、さすがに苦笑したな。

この山行きは、単に登っていただけではない。要所要所で冬馬と日向の名前を呼んだ。そのうえで私が――妹の可穂が――来たことを伝えた。つまり三人の名を常に唱えたの。行方不明者の名前を呼ぶのは当たり前だけど、そこに日向と私を加えた。

異形のものに相対するのなら、こちらも尋常ではない手段を執る必要がある。そうでないと相手の気は引けない。

それでも成果は、なかなか出なかった。山は諦めて海に変更するべきか。そんな弱音を吐きそうになった。けど「継続は力なり」と信じて、私は山に通い続けた。そのうち大学は卒業したけど、就職もせずに山行きに打ち込んだ。何年も何年も。

わずかながらの希望をようやく覚えたのは、冬馬が行方知れずになったと思しき山で、彼の話に出てきたのと同じらしい場所を見つけてからになる。

そこは本道とも言える登山道の、一種の枝道だった。何度も前を通っているのに気づかなかったのは、普段は鬱蒼と茂った藪に覆われていたからなの。でも、ある年の晩秋に訪れたとき、すっかり草木は疎《まば》らになっており、山路から逸れている横道を発見できた。

少しの平坦《へいたん》が続いたあと、緩やかな下りに転じる枝道の途中まで進んだところで、私は興奮を覚えた。冬馬が山の女と出会ったと語った地点と、そこが非常に似ていると気づいた。きっと彼も、この隠れた道を辿ったに違いない。

だけど喜びも束の間だった。枝道を下って行った先にあったのは、すとんと急に落ちている崖だった。その道は何処にも通じていなかった。

大いなる失望を味わいながらも、その細長い空間にはかなりの未練が残った。やはり冬馬の話と合致する場所だったからだろうと思う。だから春夏秋冬、そこに私は通い出した。

あれは何度目の訪れだったか。問題の枝道に入り、その行き止まりまで行きつつ、冬馬と日向と自分の名前を口にし続けて、やっぱり今回も駄目だったかと引き返していたときに、

「こんにちは」

後ろから声を掛けられた。

繰り返しになるけど、私は枝道の出入り口から行き止まりまで進んで、そこから引き返している最中だった。誰であれ背後にいるわけがない。絶対に有り得なかった。

にも拘らず挨拶された。

怖々ゆっくり振り返ると、彼女がいた。

女の私でさえも一目で虜になる美しさがあった。でも今、どんな容姿だったのか説明しようとしてもできない。ただただ綺麗で厳かで、蠱惑《こわく》的な妖しさに囚われた。としか表現できない。あの朴念仁とも言える冬馬が魅せられたのも納得できた。いいえ男なら誰であれ、彼女に抗《あらが》うことなどできなかったでしょう。

念願の出遭いだった。やっと彼女に会えた。

でも、そこから私はどうしたら良いのか。まったく分からない。本当に嘘みたいな話になるけど、彼女を捜し当てるのに無我夢中で、その後の対応を何も考えていなかった。

思わず泣き出した私を、なんと彼女は家に連れて行ってくれた。どの道を通ったのか、どれほど時間が掛かったのか、少しも覚えていない。ひょっとしたら枝道の行き止まりの先を進んで、すぐさま着いていたような気もする。

いつの間にか目の前に洋風の家があった。建築には詳しくないけど、あとで調べたらカーペンターゴシック様式と呼ばれる住宅に似ていた気もする。

彼女は一通り家の中を案内してくれた。ただし書斎の本棚以外で、特に変わったところはなかった。本棚の何が目を引いたかと言えば、その蔵書の中身よ。

エジプト及びチベット『死者の書』、ヘルメス文書『エメラルドの書字板』、カバラ『創造の書』『光輝の書』『多元複写法』、ゲーベル『探究の書』、アルテホウス『智恵の鍵』、アルベルトゥス・マグヌス『錬金術について』ヘルメス・トリスメギストス『錬金術大全』、ロバート・フラッド『錬金術の鍵』、E・A・ヒッチコック『錬金術覚え書き』、魔道書の『イステの歌』『エイボンの書』『死霊秘法』『暗黒の儀式』『暗黒の大巻』『妖蛆《ようそ》の秘密』『クハヤの儀式』『妖精の書』『グラーキの黙示録』、魔術教書『黒の書』の『ソロモンの鍵』『カーナックの書』『ホノリウスの教書』『大いなる教書』『赤いドラゴン』『黒魔術神髄』『屍食《ししょく》教典儀』『黒い雌鶏《めんどり》』『真実の教書』『魔術師アブラ゠メリンの聖なる魔術の書』『黒魔術と誓約の書』、悪魔祓《ばら》い儀式の詳細を記す『ローマ式定書』、トマス・アクィナス『対異教徒大全』『神学大全』、ライムンドゥス・ルルス『大いなる秘法』、ハインリッヒ・インスティトリス『魔女への鉄槌《てっつい》』、ハインリッヒ・コルネリウス・アグリッパ『オカルト哲学』、ヨーハン・ヴァイヤー『悪魔の欺瞞《ぎまん》』『悪魔的幻想』、ジョヴァンニ・ロレンツォ・アナニア『悪魔の本性についで』、ニコラス・レミ『悪魔崇拝』、ジャン・ボダン『悪魔憑きについて』、アンリ・ボゲ『魔女論』、ウィリアム・パーキンス『妖術の呪われた術』、マシュー・ホプキンス『魔女発見』、トマス・エイディ『暗闇の蠟燭――魔女と魔術の本質について』、ジョゼフ・グランヴィル『魔女と魔術に関する若干の哲学的考察』、コトン・メイザー『魔術と憑衣《ひょうい》に関する忘れられない摂理』『人間に成り済ます悪霊に関する良心の問題　妖術、つまり罪に問われし者などに見られる絶対的な確証』『妖術論　不可視の世界の驚異』、ルドヴィコ・マリア・シニストラリ『悪魔性』、デイヴィッド・ヒューム『奇蹟《きせき》論・迷信論・自殺論』、イマーヌエル・カント『視霊者の夢』、ウォルター・スコット『悪魔学と魔術についての書簡集』、フランシス・バレット『魔術師』、ユストゥス・ケルナー『プレフォルストの幻視者』、フォン・ユンツト『無名祭祀《さいし》書』、ド・ミルヴィユ『霊および、その流動的顕現』、アジュノール・ド・ガスパラン『降霊会のテーブル』、ロバート・ヘアー『霊の存在と生者との交わりを実証する霊の顕現の実験的研究』、エリファス・レヴィ『高等魔術の教理と祭儀』、ソフィア・ド・モルガン『物質から霊へ』、チャールズ・ゴドフリー・リーランド『アラディア　魔女の福音書』、アデア『心霊主義の経験』、ド・グワイタ『サタンの神殿』、心霊研究協会『生者のまぼろし』、J・G・フレイザー『金枝篇』、フレデリック・マイヤーズ『人間の人格とその死後の生存』、M・セイジ『パイパー夫人と心霊研究協会』、ヒヤワード・キャリントン『心霊主義の物理現象』、エンリコ・モルセリ『心霊学と霊魂主義』、テオドール・フルールノア『霊と霊媒』、カミーユ・フラマリオン『死とその神秘』、マーガレット・アリス・マレー『西欧の魔女崇拝』、E・A・バート『近代科学の形而上学的基礎《けいじじょう》』、陀當蘇教会篇『深紅の闇』等々。

オカルト好きの私でも知らない書籍が一杯あった。そもそも今の日本で所有していることが信じられない本が、ほとんどだったかもしれない。

私はたちまち彼女と親しくなった。小中高と大学でも懇意な友達はできなかったのに、すぐさま彼女とは仲良くなれたの。お陰で私が推察した通り、やっぱり彼女たちは四姉妹だと分かった。

空の彼方は[redacted]、山の奥は[redacted]、海の中は[redacted]、地の底は[redacted]という名前で、それぞれの場に四人の姉妹たちが棲んでいる。彼女たちは普段あまり交わらない。けどお互いの動向は気にしている。時と場合によっては情報交換もする。

一年ほど彼女の家を訪ね続けたあと、私は妹の[redacted]を紹介された。姉の[redacted]と末妹の[redacted]には、まだ残念ながら会えていない。しかし妹の[redacted]とも親しくなれた。だから今、ここにいるのよ。

この家の書斎の本棚に並んだ書籍は、姉である[redacted]の家にあった蔵書と、恐らく一冊残らず同じだと思う。私は自由に読める許可を得ている。けれど、どの本も恐ろしい記述に充《み》ち満ちている。ずっと目を通していると頭が変てこになりそうなほど。でも真に恐ろしくて本当に怖い話を、はじめて彼女の家に招かれたときに、私は書斎で聞かされた。

こんな風に突然、彼女は話しはじめた。

「昔から時折、こちらの存在に気づく人間はいました。あまり多くはないものの、そういう者がいたのは事実です。すると決まって、災いを招く忌むべきものとして、ただちに排斥しようとされた。だけどこの世には、私たちなど問題にならないほど、禍々しくておどろおどろしい、忌まわしくて恐ろしい、途轍もなく悍ましい、もう語ることさえ憚《はばか》られる話があるの」

そう言うと彼女は、凝っと私の両目を覗き込みつつ続けた。両の瞳の黒目部分を、きゅっと真横に細長くしながら……。

「あれは廃寺寸前の山寺で行なわれた――

――怪談会に出ていたときでした。

もちろん最初から、その場にいたわけではない。その会が進むにつれて本堂の空気が異様さを増して、誰もが肌寒さを覚え出した雰囲気に惹《ひ》かれて、ふらふらっと立ち寄っただけです。同じような経験は、それまでに何度もあった。ただし気づかれる心配は、ほとんどなかった。

たまに勘の鋭い人がいて、こちらの存在を察したように見えても、その正体まで分かる場合は皆無でした。

ですから可穂さん、あなたは素晴らしい方なのです。そういう人とお友達になれて、本当に嬉しい。ずっとずっと仲良くしましょう。そのうち姉や妹にも、ぜひ紹介させて下さい。きっと三人とも、それは喜ぶと思います。いつもいつも男性ばかりだったから。

お話を戻しましょう。

その山寺に引き寄せられたとき、ちょうど一人の年配の男性が、山での体験を話し出したところでした。

儂は若い頃から山歩きを趣味にしている。それも他に人がいない、なるべく人気《にんき》のない山ばかりに登ったものだ。独りになりたいから山に行く。儂の動機は昔から、はっきりと決まっていた。

あの山も麓から頂上まで誰にも会わずに、昼前には登頂して弁当を食べて、休んでから下山を開始した。その途中で、ぐねぐねと蛇行しながらも平坦な山路が、しばらく続く場所がある。多少の起伏はあるものの、山中とは思えない楽な道だった。

そのとき後ろで、どーんと物凄い音が聞こえた。巨木が倒れたような、それほど大きな物音だった。人っ子ひとりいない深山で、こういう音が偶に響く。そう昔から言われていた。要は「天狗《てんぐ》倒し」と呼ばれる現象だな。

思わず立ち止まった儂は、珍しい体験ができたと喜んだ。正直ちょっと怖くもあったが、大音響に驚かされるだけで別に害はない。

しばしの間、さらに何か聞こえないかと儂は耳を澄ました。しかし自然の音色だけで、もう異音は少しもしない。再び歩き出そうとして、
おーい。

かなり後ろの方から呼ばれた。咄嗟に振り返りかけて、待てよと躊躇った。

この山の天辺からは、登りの山路の一部が見えた。あのとき後続者が万一いたのなら、ちらっとでも儂の目に入ったはずだ。しかし登山者などいなかった。仮に儂が頂上を去ったあと現れたのだとしても、これほど早く追い着けるわけがない。

その場で儂が動けずにいると、
おーい。

またしても後ろで声がした。しかも先程より近づいている。

儂は子供の頃に、祖父さんから聞いた話を思い出した。誰かに野外で声をかけるときは、必ず相手の名前を「何々さん、何々さん」という風に続けて呼ぶこと。もしも自分の名前が一度しか呼ばれなかったら、決して振り向いて返事してはならんこと。なぜなら魔物は一度しか口にできないから。

それは山でも同じだった。むしろ山こそ注意しろと言われた。山に登って「やっほ

ー」と叫ぶのは人間で、魔物は「おーい」と口にする。しかも「おーい、おーい」とは続けられない。二回の呼びかけがあったとしても、不自然な間が絶対に空く。

おーい。

三度目の声が聞こえて、僕は慌てて歩き出した。あれに追い着かれる前に、どんどん先へ進んで引き離す心算だった。

なぜへんじをしない。

真後ろで声がした。かなり後方にいたはずなのに、それは僕の背後にもういる。あっという間に追い着かれていた。

ぞっとする悪寒に背筋を震わせながら、それでも立ち止まらずに僕が歩いていると、

あたまはたべたか。

意味の分からない問いかけを、首筋のすぐ後ろでされた。ぶわっと項が粟立って、そこから全身に鳥肌が立った。

喰われる。

そんな恐怖を強烈に覚えた。ただ同時に「あたま」とは何か、と首を捻っていた。それを「たべたか」と訊いているため、僕が山の天辺で弁当を使ったのを、こいつは何処かで見ていたのかもしれない。だが「あたま」とは何なのか。さっぱりだった。

下手に返事をしてはいけない。

そう思って儂は、口を閉じたまま歩き続けた。

あたまはたべたか。

今度は頭上で声がした。祖父から聞いた「のびあがり」の怪異を思い出した。

夜道を歩いていると、目の前に小さな影法師が現れる。よく見ようとして目を凝らすと、その影が上へ伸びる。そのまま見上げるたびに、どんどん伸びる。さらに見上げると、もっともっと伸びる。こちらが見上げるたびに、上へ上へと伸びていく。

ただ、この怪異は単に人を驚かせるだけで、それ以上の害はない。しかし後ろの異形には、瞬時に肝が冷えるほどの禍々しさしか覚えない。

あたまはたべたか。

次は腰の辺りで声がした。今は上下しているが、これが左右に振れ出したらどうなるのか。ちらっとでも目の片隅に、それの姿が映るのではないか。そんなものを見てしまったら、いったい自分は……と考えると、もう身の毛が弥立《よだ》った。

どーん。

前方で大きな音がした。先程の大音響と似た、とても気味の悪い物音だった。

くるぞ。

再び首筋で声がした。まるで喜んでいるような声音だった。

まさか前から、後ろの仲間がやって来るのか。

儂が絶望的な想像をしたとき、曲がりくねった山路の先から、ぬっと何かが現れかけた。一瞬だけ視界に入ったものの、すぐに目を逸らした。でも少し遅かったかもしれない。その前に両の瞼を閉じるべきだった。

儂が目にしたのは、背が高くて細い、くねっとしていて灰色っぽい、つるっとした感触を持つような、それでいて着物姿にも見える何かだった。真面に見ていないとはいえ、未だに悪夢に魘《うな》されるほど、そいつは悍ましかった。

「食べた！」

反射的に儂は叫んでいた。

「頭を食べた！」

なぜなのか自分でも分からない。ただ助かるためには、そう答えるしかないと直感的に思った。

この直後に、背後の異様な気配が不意に消えた。前方に目をやっても、もう何も見えない。恐る恐る振り返ったが、やはり何もいない。

どっとした疲れを覚えながら、儂は残りの山路を急いだ。もっとも麓に着くまで、儂の後ろと前の両方で、こちらを窺っている何かがいた気がしてならない。

この体験のあと、儂は山に登るのを止めた。

この男性は偶然にも正しい判断をして助かった。そういう者が他にもいたからこそ、あちこちの地方にお話として伝わっているわけです。いくつも似た体験談があるのは、同じような目に遭う人がいたからと分かる。仮に場所は違っても、肝心の現象は似通っていたのでしょう。

そんな中で私たち姉妹に纏わる伝承だけが、なぜか明らかに少ない。だから可穂さんも、大変なご苦労を色々なさった。もっと事例が豊富だったら、ここまで時間はかからなかった。

どうして少ないのか。不思議ですね。

えっ「あたまはたべたか」の意味ですか。さぁ、よくは知りません。それにしても当てずっぽうで「食べた」と嘘を吐くなんて、ちょっと酷いよね。

この年配の男性の次は、それほど若くない女性だった。男性の話を聞いて、父親の体験を思い出したのか、それを語りはじめました。

私の父も若い頃、よく山に登ったそうです。

ある休日の朝、リュックを背負って出かけようとすると、日課のお勤め――仏壇を拝むことです――をしていた母親に――私の祖母ですね――突然「今日は行くな」と止められました。理由を尋ねても「山に登ってはいけない」としか言いません。予定している山が駄目なのかと訊くと、母は「今日は何処の山であれ駄目だ」と当然のように答えました。

しかし父は、すでに二人の友達と約束しています。母も「行くな」と注意するだけで、その訳は口にしません。

そのため父は「気をつけるから」と断って、予定通りに家を出て駅へ向かいました。けど待ち合わせの時間になっても、友達は二人とも来ません。一人の家に電話すると「今朝方、親戚で不幸があったため、悪いが急に行けなくなった」と言われました。もう一人は電話を何度しても、誰も出ません。

父は迷いました。母の言葉も思い出したそうです。でも結局、独りで行くことにしました。

はじめての山でしたが、登りは順調でした。ただ妙なことに、他の登山客が不思議なほど見当たりません。先程お話しされた男性と違って、そのとき父が選んだのは、ちゃんと人気のある山だったそうです。それなのに自分しか登っている者がいない。この状況に気づいて、少し気味悪かったといいます。

ちょうど半分まで登って休憩したとき、父は変なものを見つけました。お玉です。お鍋からお味噌汁をよそう、あのお玉が落ちていたのです。

そこがキャンプ場なら、まだ分かります。しかし山に登るのに、普通こんな器具は持ってこない。しかも落としますか。どう考えても可怪しい。そんな代物を目にして、さらに父は厭な気持ちになったそうです。

それでも登山を続けていると、六合目辺りで杓文字《しゃもじ》を見つけました。お櫃《ひつ》からご飯をよそう、あの杓文字です。それが落ちていたのです。

他に登山客が一人でもいれば、この奇妙な発見を話して、父も己の不安を振り払ったに違いありません。けれど相変わらず誰も見かけない。その山に登っているのは、やっぱり父だけらしいのです。

またしても気味の悪さを覚えながら、なおも父は山登りを続けました。ただし足取りは重かったといいます。

ようやく七合目に着きましたが、そこで今度は柔らかい土の部分に刺さった、一膳《ぜん》の箸《はし》を見つけました。本当なら見過ごしていたでしょうが、また何か落ちているかもしれない、と注意していたため気づけたのです。

ここで父は、ひょっとすると……と考えました。自分が気づかなかっただけで、五合目までの要所要所にも、料理や食事に必要な何かが落ちていたのではないか。そういう品々をまるで辿るように、自分は山を登っているのではないか。

この異様な状況に意味があるのかどうか、もちろん少しも分かりません。ただ父は、ぞっとしたそうです。

それでも登山を続けたのは、やはり好奇心からでした。このまま頂上まで行けば何があるのか。父は気になって仕方なかったのです。

いつしか足取りが速まっていました。先程までの重い足が嘘のようです。

ところが、八合目辺りまで登ったのに、なぜか何も見当たりません。滑稽《こっけい》にも父は熱心に探したそうです。何を見つければ良いのか不明なまま、とにかく一帯を隈《くま》なく調べました。すると半ば土に埋まるようにして、小さな箸置きがあったといいます。

それを目にした父は、なぜか安堵したそうです。

残りは九合目で、そのあとは頂上になる。

父は先を急ぎました。そして九合目辺りに着いたとき、信じられない光景を目にして、その場で固まりました。

傾斜する不安定な山路の真ん中に、なんと卓袱台《ちゃぶだい》が置かれています。その周りに一人の女性と二人の子供が座って、今まさに食事がはじまろうとしている。本当に我が目を疑うような、そんな奇態な眺めがあったのです。

しかも女性と二人の子供は、父を待っていたらしく、お帰りなさいと言いました。でも父は三人が口を開く前に、素早く回れ右をして山を下りたそうです。そのため三人の挨拶は背中で聞くことになりましたが、そのお陰できっと助かったのだと、父は申しておりました。万一まともに正面から受けていたら、自分は間違いなく卓袱台に座ってしまい、恐らく二度と帰宅できなかった。そう父は感じたらしいのです。

家に帰ってから、この体験を母に――私の祖母です――話したところ、無事に戻れたことを喜んでくれたといいます。

連絡のつかなかった友達に電話すると、約束の時間通りに駅へ行ったが、いつまで待っても父ともう一人の友達が来なかった。だから諦めて家に帰った。そう言われました。ちなみに父が電話したとき、友達の家には家族がいたので、誰も受話器を取らないことなど有り得ない。とも言われたそうです。

こんな目に遭っても、父は山登りを止めませんでした。ただし当日の朝、必ず母にお伺いを立てるようになりました。ただ母が「行くな」と注意したのは、このときだけだったそうです。


男性と女性が山の話を続けたのに、その次の女は違った。骨董屋で買った全身が映る姿見の体験談を語ったので、こちらも興味をなくしました。

でも、そこで立ち去らずに正解だった。その次に喋ったのは、和服を着た初老の男性ですが、その語りの内容が、とにかく肝を潰《つぶ》すほど凄まじかった。私たち四姉妹でさえ恐れ慄くほどの、途轍もない話だったのです。

その男性は淡々とした口調で、こう話しはじめました。

「あの酷く気色が悪くて、聞いたことを心の底から悔やむような話を僕が聞かされたのは、心身の療養のために――

――ある湯治場を訪れたときでした。

僕はデザイン関係の仕事をしていて、当時は多忙を極めていました。特に企業相手の仕事は大変で、向こうの都合で何度も変更が入るのに、最初に決められた納期は絶対に動かないため、その皺寄せが全てデザイナーに来てしまいます。

【以下略】

# 幕間

三間坂萬造が残したノートを読み終わるや否や、すぐさま僕は三間坂秋蔵に連絡して会う約束を取りつけた。ただし場所の問題があって困った。これまでは新宿《しんじゅく》の割烹《かっぽう》や横浜《よこはま》のビアバーなどを利用していたが、コロナ禍が少し収まったとはいえ時短営業の店もまだ多い。そもそも飲酒できる店が少なかった。

我々の頭三会は、とにかく時間が掛かる。今回の目的は問題のノートにあるが、これが大いに曲者《くせもの》であるが故に、いつも以上に長時間になるのは間違いない。

二人で相談した結果、三間坂家が選ばれた。別に僕が「会場」を彼に押しつけたわけではない。我が家も候補に挙げたのだが、場合によっては泊まり込みの可能性も普通に出てくるため、客間も充分にある三間坂家に決まった。

意外にもと言うべきか、僕が同家を訪れるのは今回がはじめてになる。魔物蔵には充分な興味を持ちながらも、こちらから押し掛けて行って中を覗《のぞ》くことは、さすがに躊躇《ためら》われた。また三間坂が誘いを一度も口にしなかったのは、そこまで僕を巻き込んで良いものか、その判断ができなかったからだろう。

昨年の初冬のある土曜の昼下がり、いったん都内へ出た僕は某駅で三間坂秋蔵と落ち合い、彼の実家へ向かった。

「ノートの発見がコロナ禍の落ち着いた頃で、本当に助かった」

無沙汰《ぶさた》の挨拶《あいさつ》を改めて互いにしたあと、僕がそう言うと、

「お陰で先生を、我が実家へお招きできます」

彼が神妙な顔つきで応《こた》えた。

まさか年が明けたあとで、オミクロン株などという新たな脅威が出現しようとは、このときの僕たちには想像もできない。

電車の中では専ら出版業界の話をした。作家と編集者が顔を合わせる打ち合わせは目に見えて減り、その後のお約束である飲み会もなくなり、各種の文学賞パーティは軒並み自粛の有様である。河漢社は某分野の専門出版社のため、文芸中心の版元とは異なる面が多々あったものの、仕事上の不自由さはやはり同じらしい。

業界話が一通り終わると、あとは読書と映画の話題になった。とにかくノートに関する話は、二人とも意図的に避けた。一番の理由は周囲の耳を気にしてなのだが、下手にはじめてしまうと収拾がつかなくなりそうで、そういう事態に電車内で見舞われたくない……という懼《おそ》れを互いに抱いていたからだろう。その辺りの阿吽《あうん》の呼吸は長

年の付き合いのお陰で、わざわざ口に出さなくても二人とも分かっていた。

先方の駅に着き、すぐタクシーに乗る。車は街中を通り過ぎると、そのまま山手へ向かった。やがて立派な外塀が見えてくる。見事な石垣を少し高く積んだ上に、木造の土台に柱を立てた土壁を漆喰《しっくい》で塗り固めた仕上げである。しかもタクシーが停まったのは、なんと長屋門の前だった。

長屋門とは文字通り長屋状に作られた門のことで、昔は門番の詰所になっていた。物置を兼ねる場合もあったが、いずれにしても豪農や庄屋《しょうや》の格式がないと、とても持てない門である。よってこの門構えだけでも三間坂家の素封家振りが窺《うかが》える。

三間坂家では秋蔵の両親と祖母、そして例の伯母《おば》に歓待された。伯母は僕の訪問に合わせて、どうやら帰省しているらしい。

風情のある中庭に面した客間に通されたあと、ずっと歓談が続いた。話題は僕の作家活動と、秋蔵との付き合いについて。前者は簡単に説明して、後者は頭三会に軽く触れれば済むと思ったのだが、これが大間違いだった。

驚いたのは彼の伯母が、拙作のほとんどを読んでいたことだ。そのため彼女から感想を聞いた彼の両親も祖母も、拙作に関する知識を多少は持っており、いつまで経っても話が終わらない。頭三会の話題になると、自身は怪談に何の関心もないのに、その手の体験談をよく知っている伯母の独り語りに、僕は大いに引き寄せられた。

この歓談は夕食に持ち越され、食後も続きそうになったのを、

「はい、もうお終《しま》い」

秋蔵の宣言によって、やっとお開きになった。

「作家の先生とお話しできる機会なんか、滅多にないんだから、いいじゃない」

伯母は不満を訴えたが、

「先生が我が家に見えられたのは、お仕事のためです」

そう返されると何も言えなくなったのか、ぷっと子供のように膨れた。しかし、すぐさま笑顔を僕に向けながら、

「またお越しいただいて、お話しして下さいね」

すかさず言葉を継いだのは、何事にもそつのない編集者である秋蔵と、やはり少し似ていたかもしれない。

三間坂萬造のノートについて何処で検討するか。

この場所選びに我々は迷った。最初に通された客間では、あまりに広過ぎる。二人だけで曰《いわ》く因縁のある話をする場としては、どうも相応《ふさわ》しくない。かといって僕の寝所となる別の客間には、すでに蒲団《ふとん》が敷かれていた。やはり適当ではないだろう。

「私の部屋にしましょうか」

そうなると残るのは、秋蔵の自室になってしまう。

「でもなぁ。プライベートな空間は、できれば避けたい」

「何が起こるか分からないから……ですか」

「うん。最も適当な場所は、魔物蔵かもしれないな」

「それは私も考えましたが……」

三間坂は繁々と僕の顔を見詰めながら、

「あそこで本当に問題ないと、先生は思っておられますか」

「正直に言うと、ぞっとしない」

「……ですよね」

「一番相応しい場に違いないけど、最も避けるべき所でもある。そういう矛盾を孕《はら》んでいるのが、魔物蔵だろうな」

「やっぱり止めましょう」

結局は他に見当たらないという理由で、彼の自室に決まった。

二階の南面の十畳間が、三間坂秋蔵の部屋だった。目立つのは何本もある書棚で、蔵書の五割が海外ミステリ、三割が日本ミステリ、一割がミステリ全般の関連書、残りがその他になっている。

「これらの本の話題だけで、普通に一晩は喋《しゃべ》れるな」

「ですから、それは禁止です」

と言われたものの僕は一通り本棚を眺めてから、勧められるままに部屋の中央に置かれた炬燵《こたつ》に入った。まだ暖房具として使うには早いと思ったが、この辺りでは朝晩の冷え込みがもう感じられるらしい。そのため炬燵蒲団も、すでに出されている。

三間坂は向かいに座ると、互いの中央にくるように、机の上に祖父のノートを置いてから、

「さて――」

そう口を開いたものの、途端に困った顔をした。

「何処からどう取り組んだものか、今回ばかりは困惑しませんか」

「ノートの内容が、あれだからなぁ」

僕は理解を示す態度を見せながらも、こちら側のある問題について、いつ彼に話すべきか……と実は悩んでいた。「序章」で記した例の個人的な事情である。ただ、そういう逡巡《しゅんじゅん》が少しでも表に出ると、どうかされましたか――と立ち所に訊《き》かれるに違いない。彼の勘の鋭さが決して侮れないことは、今までの頭三会で何度も証明されている。

このノートを今から二人で検討するのに、あのことを最初に話してしまうと、相当ややこしい事態になり兼ねないか。

そんな懼れを抱いた僕は、如何《いか》にも熟考していた素振りで、

「こういう場合は、最初から順を追って検討するのが、きっと良いと思う」

「ノートの？」

「それも当然あるけど、このノートを読み進めていったとき、互いが感じたり考えたりしたことを振り返るのも、恐らく意味があるのではないかな」

三間坂は頷《うなず》いたあと、

「ノートを読みはじめて、まず私が思ったのは、これは祖父がある怪談会に出席して、そこで聞いた体験談を書き残した記録に違いない――という推測でした」

「うん、まったく僕も同じだった」

「それは和服の初老の男が『あの酷《ひど》く気色が悪くて、だから忘れたいのに決して無理で、いつまでも記憶に残る厭《いや》な話』を、完全に本人の視点で語り出した――そのように祖父が記しはじめた時点でも、まだ同じように考えていました。こういう趣向なのだと、勝手に理解していたのです」

「本当に君と同じ反応を、僕もしたことになる」

「ところが、和服の初老の男から次の出目《いずめ》という人物に語り手が移るに及んで、一体これは何なんだ……と一気に不審を覚えました」

「萬造氏が和服男の話を逐一ちゃんと覚えていて、相手の語りそのままに完全な再現をした――と見做《みな》すことに、特に無理はない。でも次の出目の話まで、まったく同じようにできると考えるのは、いくら何でも有り得ないだろう」

「ほぼ不可能でしょう」

「それで君はその時点で、どんな解釈をした？」

「祖父の創作です」

「そこも同じだな」

僕が笑うと、彼も微笑み返したが、

「けど、すぐに可怪《おか》しいと思ったのは、先生も一緒ですよね」

「どうして？」

もちろん分かっていたが、敢《あ》えて尋ねると、

「祖父、和服男、出目と、すべて筆跡が異なっていたからです」

「それも萬造氏の記述内だと、まだ言える箇所なのに、和服男の語りが本格的にはじまると、もう別の筆跡になっている。これは以降も同様で、とにかく記述者が次の人物に移る前に、この筆跡の変化は出ているることになる」

「あそこの見た目が、ほんとに気持ち悪いです」

「あの箇所さえなければ、一冊のノートが複数の人たちを順々に巡って、リレーのバトンのように手渡しされていった——と考えられないこともない、と考え掛けたけど、どう考えても無理だとすぐに分かる」

「そう言えばこんな話があった……という風に、誰もが過去を思い出して語っていますからね」

「つまり記憶の中の人物に、ノートを渡すことになる」

「有り得ません」

「互いに話し易くするために、先にノートの記述者を整理しておこう」

　僕の提案により、ノートに書き込みをしている十人について、二人で話し合いながら左記のように纏《まと》めた。

一人目　三間坂萬造　山中にあるらしい某寺院の怪談会の出席者。
二人目　初老の和服男（デザイナー）　同会の出席者。
三人目　出目《いずめ》（温泉で療養中の青年）　湯治場の客。
四人目　歩荷《ぼっか》（無人小屋のノートの記述者）　同小屋の宿泊者。
五人目　猿鳴《さるなぎ》（郵便局員）　歩荷の電報の配達人。
六人目　次女（山女《やまめ》村の郵便局員の娘、十八歳）　父親による無理心中の被害者？
七人目　小河内《おごうち》（町の素封家の息子、中学二年生）「お伽噺《とぎばなし》の会」の新入部員。
八人目　礫浦《さぎらうら》（網元の三男、高校生）　小河内に「お兄ちゃん」と呼ばれる。
九人目　可穂《かほ》（大学で民俗学を専攻した三十歳前後の女性）　行方不明の兄たちを

捜している。

十人目　謎の女（可穂が山中で出遭った二十歳くらいの女性）　怪異な存在？

以上を三間坂は、いつも頭三会に持参しているノートに記したあと、

「筆跡の問題を完全に除外できるのなら、祖父、和服男、出目までの文章は、祖父が独りで書いたと、まだ考えられないこともない――と思っていたのですが、その先は絶対に不可能だと改めて分かりました」

「なんと四人目になるのが、無人小屋のノートの記述者だからな」

「祖父のノートの中に、別のノートが出てくる。これってメタのメタになるんでしょうか」

「……そう言えるかな」

「先生の専門ではないですか」

「そういう作品が多いというだけで、別にメタの専門家じゃないぞ」

「けどメタ的な設定には、私よりは少なくとも通じておられる。そんな先生でさえ、このノートには戸惑われたわけです」

「それは間違いない」

三間坂は自分のノートに目を落としながら、

「歩荷の語りのあとも、私は普通に祖父のノートを読み進めたのですが、よく考えると猿鳴以降の記述は、すべて無人小屋のノートに書かれていたことになりますよね」
「要は萬造氏のノートと同じ不可解さが、無人小屋のノートにも存在するわけだ」
「そんな意味不明の無人小屋のノートも結局は、祖父のノートに呑《の》み込まれたような恰好《かっこう》になっています」
「このノートの構造を少しでも読み解こうとすると、途端に頭が痛くなってくる」
「やっぱりメタメタです」
「しかもノートはさらに進んだ先で、君の言うメタのメタだけでは終わらない、何とも不穏な様相を呈しはじめる……」
「山女村の郵便局員の次女が、新たな語り手になるところですね」
「猿鳴の記憶が確かなら、彼が泊まった家の人たちは、気が変になった父親の手に掛かって、全員が死んでいることになる」
　彼は少し言い淀《よど》む様を見せてから、
「つまり次女の記述は、幽霊によってなされた……と」
「そう受け止めざるを得ないよな」
「でも彼女の次の記述者は、普通の中学生です」
「生前の次女の記憶による話なんだから、それは別に問題ないわけだけど……」

「小河内の箇所だけ抜き出した場合は──そう見做せますが」

「同じことが全員に言えるわけだから、その行為自体に意味がない」

「……ですよね」

三間坂は頷いたあと、ちょっと迷った表情を浮かべつつ、

「小河内家の蔵で行なわれる『お伽噺の会』ですが、あの部分を読んでいるとき、先生は何か感じられませんでしたか」

「あの黒い縄と供物台のことか」

「やっぱり」

彼は迷いの消えた顔つきで、

「あれって『よびにくるもの』で紹介された、亡目喇《なめら》地方の老野生家《おいのしよう》の話と、非常によく似ていますよね」

この「よびにくるもの」とは『逢魔宿《あま》り』KADOKAWAに収録されている拙作の短篇で、舞台となる老野生家にも蔵があって、郵便局員の次女が目にした黒い縄と供物台の取り合わせと、ほぼそっくりの光景が出てくる。

「この類似は偶然というより、根っ子が同じ何らかの呪術《じゅじゅつ》を、どちらの家でも使っていたため──ではないでしょうか」

「蔵に入った者を生贄《いけにえ》にするような……」

「そうです」

「小河内家の蔵に仕掛けがあったとして、その犯人は彼の祖母だろうな」

「孫である彼は、あくまでも祖母の言いつけに従っただけ……」

「礫浦の建築の話題に、小河内は興味がなかった。でも、それ以上に困ったのが怪談を聞かされることだった、という意味の記述を彼はしている。つまり『お伽噺の会』の次の活動として、彼が怪談を提案するなんて、本当は有り得なかったわけだ」

「そこは見落としてました」

　三間坂は悔しそうに応えてから、かなり不安げな口調で、

「先生は郵便局員の次女の語りについて、何とも不穏な様相と表現されましたが、同じことが小河内家の蔵にも言えませんか」

「拙作にも似た事例があるから……」

「それが実在する何かの仕掛けである――という証拠です」

「君の指摘が仮に正しかったとして、萬造氏のノートと拙作の両方に登場したのは、やっぱり偶然としか――」

「本気で仰《おっしゃ》っていますか」

　そう言いながら彼は、僕を覗き込むようにして、

「もっと信じられない出来事が、このノートには書かれています。そういう存在が、

このノートに出現するではありませんか」

「……高校生の礫浦が海岸で出遭った、二十歳くらいの謎の女か」

「あの部分を読んだとき、とっさに連想したものが、私にはありました」

実は僕も同じだったのだが、ここは敢えて黙っていると、

「先生は如何《いかが》でした？」

「こっちに尋ねてるのにほんと悪いけど、それについては君から先に、できれば話して欲しい」

「そんな風に返されるということは、先生もご自身の短篇『つれていくもの』を、やっぱり思い出されたんですね」

「……君もか。だったら僕の考え過ぎではなかったわけだ」

これを喜んで良いものかどうか、僕には冷静な判断が難しかった。

しかし三間坂は炬燵から出ると一つの本棚の前に立ち、拙作『誰かの家』を抜き出して戻ってきた。短篇「つれていくもの」が収録されている講談社文庫版である。

「この作品の冒頭で、若い頃の先生が会社の先輩と同僚の三人でS地方のT山に登ったとき、高木《たかぎ》と成瀬《なるせ》の二人の男性と、樹莉《じゅり》という二十歳くらいの女性と知り合った話が出てきます」

「そして六人で怪談をしていて、高木が高校時代の体験談を語りはじめる」

「彼はバイトして貯めたお金で念願のバイクを買って、独りでS海岸まで出掛けます。そのとき海辺で汐漓《しおり》という二十歳くらいの女性に声を掛けられるのですが、このシチュエーションをはじめ彼女との会話の内容まで、礫浦が海岸で出遭った二十歳くらいの謎の女の場合と、かなり似ているのではないか——と、この部分を読みながら私は思いました。それは『つれていくもの』を再読することで、ほぼ確信に変わりました」

「つまり礫浦に声を掛けたのも、汐漓だった……」

「その礫浦の前に現れた可穂という女性が、長男の冬馬《とうま》を捜しているときに山中で出遭った二十歳くらいの女性は、樹莉だった……」

「樹莉は山で冬馬と知り合うと、彼の弟である日向《ひなた》のことを、彼女の妹である汐漓に伝えた。だから汐漓は海岸で、日向に声を掛けることができた」

　この掛け合いのようなやり取りのあと三間坂は、こちらを再び覗き込むようにしながら、

「まだありますよね」

「……うん」

　僕は認めながらも、やっぱり彼は気づいていたのかと感心した。

「先生は敢えて、でしょうか。その共通点について、これまで少しも指摘されていませんが……」

「もう一人に纏《まつ》わる話が蒐集《しゅうしゅう》できたところで、それについては書く心算《つもり》だったんだけど、なかなか肝心の体験談が見つからない」

「場所の問題かもしれませんね」

そう言いながら三間坂は、またしても本棚まで行くと、今度は拙作『黒面の狐』文春文庫を持って戻ってきた。ちなみに彼は『誰かの家』のノベルス版も、『黒面の狐』の単行本版も、どちらも所有していた。文庫版を選んだのは手軽だったからだろう。

「先生が書かれるノンシリーズの怪奇短篇の多くは、所謂《いわゆる》『実話怪談』が基になっています。ご本人の体験も少しはありますが、ほとんどが取材された話が題材になっている。でも物理波矢多《もとろいはやた》シリーズの第一作である『黒面の狐』は、純粋な創作と言えます。炭鉱に関する取材はされたでしょうが、お話は先生がお創《つく》りになった」

「拙作の場合、ほとんど取材はしないよ。とにかく参考文献を集めて、それらを徹底的に読み込むこと。これを第一としている」

「そうでした」

以前の僕との会話を思い出したのか、三間坂は軽く一礼してから、

「そういう参考文献の中に、怪談めいた話が収録されていた場合、それを御作に取り入れられることもある。そうですよね」

「この『黒面の狐』なら、まさに狐に纏わる話がそれになる。文庫特典として冒頭に

入れた『ある老炭坑夫の話』も、そうやって創作しているからな」

「本書に登場する、坑道内にしか現れない埋莉《まいり》という女性にも、同じことが言えるのではありませんか」

「ほとんど取材しないと言っておきながら何だけど、この女については、ある伝手《つて》で知り合った元炭坑夫の老人から聞いた話が、実は基になっている」

貴重な創作秘話を聞けたと言わんばかりに、彼は喜んだ顔をした。

「それは興味深いです」

「ところで君は『黒面の狐』を読んだとき、すぐに『つれていくもの』と結びつけたのかな」

「すぐではありませんが、引っ掛かったのは確かです」

「さすがだな」

「そのうち地中の妖《あや》しい女と似たような、そんな作品が確かあったぞ……と思いつきました。そうなると『つれていくもの』に辿《たど》り着くまで、あまり時間は掛かりませんでした」

「いやいや、大したものだよ」

「可穂は全国の民話や伝承を調べた結果、それぞれ空の彼方《かなた》、山の奥、海の中、地の底に棲《す》むと思われる四姉妹の存在を突き止めました」

「山の奥が樹莉、海の中が汐漓、地の底が埋莉になるか」

「ノートでは四人の名前はすべて、下駄《げた》を履かせた状態になっていますが……」

下駄とは「〓」の記号のことである。通常「下駄を履かせる」とは、数量を水増しして実際よりも多く見せ掛ける行為を指す。それとは別の使い方で、活版印刷業界にだけ通用する同じ言葉があった。手書きの原稿の文字が読めない、または作字が必要な文字がある、そんな場合は仮の処置として、該当する箇所に「〓」を当て嵌《は》めた。この記号が下駄に見えることから、この処理を「下駄を履かせる」と表現した。

三間坂が出版業界に入ったとき、活版印刷どころか写植印刷も縮小されて、ほぼテキストデータ入稿に切り替わっていたと思われるが、こういう古い言葉を彼はよく知っていた。

「はっきりと記してしまうと、色々と不味《まず》い現象が起きるのではないかと考えた萬造氏の、それは配慮かもしれない。それを下駄の記号で表現したところなど、センスの良さが窺える」

「先生はいつ頃、この四姉妹に気づかれたのですか」

「正直『つれていくもの』を書いたときは、まだ分からなかった」

「でも樹莉と汐漓に、気味の悪い類似点を覚えられた。だからそう指摘したのに、会社の先輩は取り合わなかった。ただし同僚は『海の魔物と山の魔物』と理解を示してくれた」

「その通りなんだけど、かといって何かしたわけではない。再び意識し出したのは、元炭坑夫の老人に取材したときだ。しかも話を聞いている最中ではなく、実際に『黒面の狐』で該当する場面を執筆していて、ようやく『もしかすると』って思いはじめたわけだ」

「それで空に纏わる似た怪異がないかどうか、すぐに探されたのですか」

「いやいや、買い被《かぶ》り過ぎてるよ」

僕は苦笑しつつ、

「最初は三姉妹だと思っていた。そのうち空も有り得るかと考え出した。四姉妹の方が面白い、という不純な理由だけどな。だからといって積極的には動かなかった」

「どうしてです？」

「面白いって言ったけど、彼女たちに関わる肝心の話はそうではない。むしろ他の怪異的な現象よりも、より邪悪な感じを覚えるというか……」

「よく分かります」

「わざわざ探すことを、だからしなかったんだと思う」

三間坂は充分に理解を示す顔つきをしながらも、今は避けて通れませんよ——と言いたげな口調になって、

「その四姉妹の汐瀉と思《おぼ》しき女が出てくるだけでなく、十人目の語り手には樹莉と見做される女がなります」

「しかも彼女の話に登場するのが、なんと三間坂萬造氏が参加した某寺院の怪談会だった」

「かといって樹莉は、その会の出席者ではなくて……」

「怪談によって引き寄せられたもの……という感じだろうか」

「そして彼女から次に語りを受け継ぐ十一人目が、初老の和服男になります。彼の話の内容は、祖父から最初に語りを引き継いだ人物と、ほぼ同じでした」

「つまり一周したことになる」

　ここで彼は改めてノートに目を落としたあと、ふっと顔を上げて僕を見詰めると、

「先生は十一人目以降も、すべて目を通されましたか」

「もちろん」

　僕は即答したものの、どう続けるべきか困惑しながら、

「十二人目は出目で、十三人目は歩荷というように、一周目の順番が繰り返される。その十九人目は樹莉で、二十人目は三たび初老の和服男になる。要は萬造氏だけが語りのループから外れた状態で、あとは延々と繰り返される」

「しかし、妙な異同もありますよね」

問題の事実に三間坂が新たな薄気味悪さを覚えていると、彼の声音から察せられたので、

「そこに気づくとは、やっぱり君だな」

まず僕は褒めたのだが、まったく効果はなかったらしい。

「編集者ですからね。それに先生も同じはずです」

「文意は変わらないのに、言葉遣いが違っている。そういう箇所が、あちらこちらに見える。一体あれは何なのか。まったく意味が摑《つか》めない」

「同じ人物が同じ話を語ってるけど、完全に同じようには喋れないから、ああいう風になった。と一時は思いましたが、もし本当にそうだったら、もっと文章が異なってるはずだと気づいて、余計に訳が分からなくなりました」

「そうなんだ。仮に僕が今ここで五枚の原稿を書いたとする。それから少し時間を置いて、同じ内容を再び執筆しようとしても、一字一句そっくりにできないのは当然として、そもそも文章自体がかなり違ってくるはずだ」

「だからノートの異同が、かなり気色悪く感じられるのだと思います」

しばし間を空けたあとで、僕は尋ねた。

「最後まで読んだ？」

「はい。最後の頁は、初老の和服男が出目の話をはじめて、次の湯治場に移る直前で、

ちょうど終わってました。それまでに五周しているので、六周目に入ったところで頁が尽きた恰好です。もしノートの二冊目が存在するのなら、あの続きがありそうです」

「永遠にループし続ける怪談か」

「やっぱり祖父の創作でしょうか」

「筆跡の確認はした？」

「祖母に見てもらったところ、最初の文章は確かに祖父のものだけど、あとはどれも違うと言ってました」

「それに加えて細かい指摘になるけど、他に創作らしくない点もある」

「何処ですか」

身を乗り出す三間坂を、まぁまぁと僕は手振りで抑えながら、

「そこまで確実なものではない。あくまでも実作者としての、僕の感触に過ぎない」

「構いません。教えて下さい」

「まず歩荷が位牌川で出遭うのも、郵便配達員の猿鳴が百々女鬼川で遭遇するのも、どちらも野辺送りになる。川を遡《さかのぼ》っていると葬列に行き遭う。その後の展開に違いがあるとはいえ、状況も怪異も似過ぎていると思わないか」

「二人が同じような目に遭ってることが、私は単純に気持ち悪かったです」

「読者の立場からすると、そうなるか。ただ作家の目で見た場合、これほど似た怪異

を続けて書くことは、普通なら避けるだろう」

「うーん、なるほど」

彼は理解を示しつつも、完全には納得していないらしい。

「それから汐濱が語った海の怪談と、樹莉が怪談会の参加者から聞いた山の怪談と、この二つもある」

「前者は彼女が礫浦に話して、後者は年配の男の語りでした」

三間坂の確認に、僕は頷きつつ、

「このノートそのものが萬造氏の創作だった場合、歩荷と猿鳴の類似に次いで、これら二つの話も似ている点がやっぱり気になった」

「その状況が、ということですか」

「うん。海でも山でも、体験者は後ろから声を掛けられる。僕なら山の方は、体験者が焚《た》き火をしているシーンに変えたうえで、怪異は前から来るようにするだろう。それだけで読者の受ける印象が、ぐんと違ってくる」

「なるほど」

「しかも海では『南天の実』を持っていないか、山では『あたま』を食べたかどうか、どちらの怪異も気にしている。南天の実が魔除《まよ》けにもなることは、君も知ってるよね」

「先生の著作で知りました」

「山の『あたま』が何を意味するのか、この情報だけで見当をつけるのは難しいけど、怪異とのやり取りから、やはり魔を退ける何かではないかと推測はできる。例えば鰯《いわし》の頭とか」

「私もそう感じました」

「この二つの体験談の間に、もっと多くの別の話が入っているのなら、まだ分かる。でも結構近い位置に、これらの話はあると言えないかな」

「あっ、そうだ。その山の体験談の方なんですが――」

肝心なことを忘れていた、とでもいう風に三間坂が、

「むしろ私は、別の類似に気づきました」

「えっ、そうなのか」

これには僕も少し驚いた。

「海の話の他にも、あれと似た内容があった……かな。だったら僕も、さすがに引っ掛かったと思うんだけど……」

「いえ、このノートではありません」

「どういう意味だ？」

「先生の著作の中で、です」

「……『黒面の狐』のように？」

「はい。『厭魅《まじもの》の如き憑《つ》くもの』だと言えば、もうお分かりになりませんか」

僕が考えたのは、ほんの一瞬だけだった。

「芫《がん》さんの話か！」

「そうです。あの刀城言耶《とうじょうげんや》シリーズの第一作は、もちろん創作ですよね。でも、ひょっとして芫さんが語ったあれは……」

「うん。過去に取材した某人物の子供の頃の体験談を、少し脚色して使ってある」

この「芫」とは『厭魅の如き憑くもの』で重要な位置を占める神櫛《かみぐし》家に出入りする職人で、同家の息子の漣三郎《れんざぶろう》に自分が子供の頃に遭遇した山での怪異を語る。それが問題となる山の話の後半部分と、かなり似ていることを僕は思い出した。

「作者でさえも、まったく気づけなかったのに、よく分かったなぁ」

「愛読者を侮ってはいけません」

彼は大いに胸を張りつつも、すぐに種明かしをするように、

「もっともサンプルが、この話しかなかったら、きっと無理だったでしょう。この前に『黒面の狐』の件があったからこそ、上手《うま》く連想が働いたのだと思います」

「それにしてもお見事だよ」

「恐れ入ります」

三間坂は微笑みながらも、こちらを探るような表情で、

「小河内家の蔵が、先生の『よびにくるもの』と似ている話を先程しました。その彼の記述の中に出てくる怪談で、やはり先生の御作と結びつくのではないか……と思われるエピソードがあったのですが、お気づきになりましたか」

「そうだ、忘れてた」

僕は思わず小さく叫んでから、

「その子の母親の体験として、大学で民俗学の研究をしている夫が家に持ち帰った、一冊の古びたノートに目を通していると……という話があった」

「あれについて、どう思われました？」

「四十澤想一のノートではないか……と」

僕が「序章」で紹介した『のぞきめ』の成立に関わる例のノートである。

「やっぱり、そうですよね」

場違いにも三間坂がはしゃいだ様子を見せ、その場の雰囲気が一時だけ明るくなったが、次の僕の言葉で元に戻った。

「この薄気味の悪い暗合は、一体どういうことなんだろう」

「祖父と先生の取材先が、偶然にも一緒だった。あるいは似た怪異など、この世にはいくらでもある。そういう解釈ができるでしょうか」

「なるほど」

僕が考え込んでいると、三間坂が先の件を蒸し返した。

「そうなると祖父も先生と同じように、取材した体験談を基にして、このノートのお話を創作したのだと考えられませんか」

「いや、だから、それにしては似た話が――」

「確かにその通りなんですが――」

彼は再び理解を示しつつも、やはり納得できないようで、

「しかしながら祖父は、プロの作家ではありません。ですから、そういう配慮ができなかったとしたら……」

「いやいやいや、萬造氏ほど怪異に精通した方なら、こんなミスは犯さないよ。敢えてミスという表現をしたけれど、もし君のお祖父《じい》さんが一人の読者としてノートを読んでいたら、きっと僕と同じ不満というか不審を覚えたはずだ」

「そう言われると、そうかもしれませんが……」

やや困惑した顔つきを彼は見せつつ、すぐに気持ちを切り替えたように、

「ところで――」

非常に改まった表情になると、

「最も肝心な話を我々は、まだしていませんよね」

「僕は『順を追って検討する』とか、また『ノートを読み進めていったとき、互いが

感じたり考えたりしたことを振り返る』とか言ったけど、実際その通りにしたのなら、真っ先に検討していなければならない問題を、二人とも意図的に避けた――と思われても仕方ないか」

「誰に、ですか」

「萬造氏か、あるいは……」

その先の言葉を三間坂は、間違いなく予想できていたと思う。だが彼は、するっと躱《かわ》して何の言及もせずに、徐《おもむろ》にノートを開きながら、

「先生も私も、この最初に記された『あの聞いたことを心の底から後悔するしかない、なんとも悍《おぞ》ましい「みみ[redacted]」の話』という文章に、まず引っ掛かったはずです。一体その話の名称は何なのか。『みみ』のあとに来る二文字は、どんな言葉なのか」

「下駄を履かせてある箇所は、ここと四姉妹の名前の他にも、いくつかあった」

「骨董《こっとう》屋で全身が映る姿見を買った女性が、鏡の中に潜んでいるものの姿を、ぱっと脳裏に浮かべたとき、『まるで手足の生えた[redacted]のよう』と表現しています」

引き続き三間坂はノートを捲《めく》りながら、

「また初老の和服男が湯治場に行く途中で知り合った篠崎という人物が、元炭焼き小屋に泊まったらどうなるのか、と小型トラックの運転手に尋ねたところ、『[redacted]が歌いながら夜中にやって来る』という意味の答えを返されています」

「あそこだけ下駄は、四文字分だったな」

「はい。そして猿鳴が百々女鬼川に釣りに行く途中で、バスの運転手に『[redacted]屋敷にだけは、決して行くなよ』と忠告されています」

「それで全部か」

「順番としては、このあとに四姉妹の名前が来ます」

「怪異そのものの名を隠しているように、どれも見受けられそうだな」

「鏡の中の何かも、そうでしょうか」

彼に指摘されてはじめて、僕は別の可能性に思い至った。

「この『まるで手足の生えた』という言い方から、彼女が思い浮かべたのは無生物のような気がする。例えば『まるで手足の生えた椅子のよう』とか」

「それじゃ『人間椅子』になってしまいます」

三間坂が口にしたのは、もちろん江戸川乱歩《えどがわらんぽ》の有名な短篇である。

「リアルに想像したら充分に気味が悪いと思うけど、だからと言って『椅子』の二文字に下駄を履かすほどではない」

「……ですよね」

「ということはこの部分も、やはり怪異の名前なのかもしれない」

「ただ――」

しかし三間坂は依然として引っ掛かるらしく、

「問題は『まるで』という表現ではないでしょうか。この副詞を使うとき人は、相手が難なく普通に想像できるものを、『まるで』の次に持ってくるはずです。先生が例として挙げられた『椅子』のように、誰でも知っているものに喩《たと》えるわけです」

「……そうだな」

この箇所に下駄が履かされているのは、実は根が深い問題なのかもしれないと、遅《おそ》蒔《ま》きながら僕も気づいた。

「仮に『まるで手足の生えた人魂《ひとだま》のよう』が正解だったとしよう。この場合『人魂』は確かに怪異になるわけだけど、かといって隠すほどの現象かと言えば、さすがに違うだろう」

「つまり『まるで』という副詞を使っているのと、その怪異の名称に下駄を履かすのと、この二つの行為が矛盾してることになります」

「その矛盾自体に何か意味があるのか、もしかすると萬造氏がノートに残した手掛かりか、とも思ったんだけど、やっぱり考え過ぎかな」

僕の自信なげな問い掛けに、彼は困惑した顔つきで、

「否定も肯定もできない……というのが正直なところです」

「そうだよなぁ」

「ただ、どちらかというと考え過ぎのような気が、私はします」

「君にそう言ってもらえると、この件はもういいか――って気持ちになるから不思議だな」

「あとから実は重要だったと分かっても、私の責任にしないで下さいよ」

「それはどうかな」

にやける僕に、ぷっと三間坂は膨れる表情を見せた。もちろん二人とも一種の気分転換として、わざとやっているわけだが、今回ばかりは効果があまりない。三間坂萬造のノートを目の前にしているからだろう。

「真面目な話――」

僕は作り笑いを引っ込めると、

「この件よりも重要視すべき表現が、いきなり最初に出てくるからな」

「はい。『みみ〓〓』ですね」

「下駄を履かせた他の箇所はすべて、完全に怪異の名称を隠している。問題にした『まるで手足の生えた』の部分は、そういう比喩《ひゆ》を用いてはいるが、それ自体が怪異の説明になっているわけでは決してない。単なる語り手の感想に過ぎない」

「しかし祖父の記述は、怪異の名前が『みみ何とか』だと、少なくとも半分はバラしてしまっています。他は完全に伏せているのに……」

「どう考えても逆ではないか」

「名称を隠した他の怪異よりも、この『みみ■■■』の方が、明らかに危険そうなのに……ということですよね」

「該当箇所を抜き出してみようか」

そう言って僕はノートを手に取ったが、あることをしてから読みはじめた。だが三間坂は自分のノートを開いていたため、そんな僕の行為に気づかない。

「はじめるよ」

僕が読み上げる文章を、せっせと彼が自分のノートに書き出していく。

あの聞いたことを心の底から後悔するしかない、なんとも悍ましい「みみ■■■」の話。

つまり百物語で言うなら、その百話目として披露するのに相応しい話。

あの酷く気色が悪くて、だから忘れたいのに決して無理で、いつまでも記憶に残る厭な話。

ただの怪談じゃない。聞いて終わりではすまない話。

あの身の毛もよだつ話。

あんな話なんか、読まなきゃ良かった。わざわざ小屋まで戻って取ってくるなんて、なんと馬鹿なことをしたものか。

例のあの話を凌駕《りょうが》するほどの畏怖《いふ》の念は、当然ながら覚えなかった。あれくらい鳥肌の立つ恐ろしい話など、やはり滅多にないからだろう。

あの忌むべき話。

お陰であないな、ぞっとする話を聞かされる羽目になってしもうて、今では大いに後悔しとる。

これからお聞かせするお話が、安らかな眠りを誘うとは限りません。いいえ逆に、むしろ耳にしてしまったことを心の底から悔いるほど、途轍《とてつ》もなく禍々《まがまが》しいお話。

それほど信じられないお話。

だから聞いたこと自体を、もうなかったことにしたい。頭の中に両手を突っ込んで、その話の記憶だけを引き摺《ず》り出したい。そう願うほど忌まわしい話。

鳥肌が立って震えが止まらん話。

せやけどその人の語りの中に、あれほどぞっとする話が入ってるやなんて、そら想像もできんかった話。

もし前もって分かっとったら、絶対に聞かんかった話。

私たちなど問題にならないほど、禍々しくておどろおどろしい、忌まわしくて恐ろしい、途轍もなく悍ましい、もう語ることさえ憚《はばか》られる話。

語りの内容が、とにかく肝を潰《つぶ》すほど凄《すさ》まじかった話。

私たち四姉妹でさえ恐れ慄《おのの》くほどの、途轍もない話。

あの酷く気色が悪くて、聞いたことを心の底から悔やむような話。

最後に読み上げた文章からあとは、延々と続くループに突入する。そこで僕はあることを、まだ彼が自分のノートに目を落としているうちに手早く済ませてから、こうぼやいた。

「見事なほど具体性がないな」

「どんな内容なのか、ちらっと想像することもできません」

三間坂もお手上げといった様子だったが、

「これって小松左京《こまつさきよう》の、あの掌編を思い出しますよね」

ぼそっと続けたのは如何にも彼らしい。

「あぁ、『牛の首』か」

小松左京の掌編「牛の首」は、この世で最も恐ろしい怪談があるけれど、あまりに怖い話なので誰も知らない。それが「牛の首」と呼ばれる怪談である。という人を喰《く》ったような内容なのだが、本作の存在そのものが怪談になるメタ性を有している点で、さすが小松左京と初読のとき感心した覚えがある。

当然ながら三間坂も、この掌編を読んでいるため、

「肝心の話の内容が、まったく何も分からないところなど、ほぼそっくりです」

「向こうは『牛の首』とタイトルは判明しているけど、こっちは『みみ[redacted]』と半分しか明らかになっていないだけ、もっと始末に悪いかもしれない」

「その前半の『みみ』ですが——」

彼は自分の耳朶《みみたぶ》を人差し指で触れながら、

「この耳のことだと思われますか」

「平仮名の四文字で、前の二文字が『耳』だとすると、今まさに君が触っている『みみたぶ』が、真っ先に当て嵌まりそうだけど……」

「それはないでしょう」

「他になさそうなのは、『みみもと』『みみあて』『みみせん』『みみかき』『みみあか』『みみだれ』『みみずく』といったところか」

それぞれ耳元、耳当て、耳栓、耳搔き、耳垢、耳垂れ、木菟となるが、三間坂も理解しているのか頷いている。

「あっ、『みみへん』もあるな」

「漢字の部首の『耳偏』ですよね。それも省けるでしょう」

「逆に候補となりそうなのは、『みみうち』『みみなり』『みみしい』『みみなし』『み

みづか』辺りだろうか」

「耳打ちと耳鳴りは分かりますが、『みみしい』って何ですか」

僕は「耳廢」という漢字を彼のノートに書きながら、耳が聞こえないこと、またはその人を指すと説明した。

「これも候補に残りそうですが、耳無しは小泉八雲《こいずみやくも》『耳なし芳一《ほういち》の話』を連想するので、もっと相応しい気もします」

「あっちも怪談だからな」

「となると有力候補になりそうです」

三間坂は納得しつつも、

「それ以上に不穏なのが『みみづか』かもしれません。豊臣秀吉《とよとみひでよし》の朝鮮出兵で、相手の兵士の耳や鼻を削《そ》ぎ落として持ち帰って葬った、あの恐ろしい塚でしょ。確か京都の神社にあった記憶が……」

「豊国《とよくに》神社の門前に祀《まつ》られていて、鼻塚とも呼ばれている。あれが最も有名だけど、耳塚は全国にあるから、あの塚のこととは限らない」

そう説明しながら僕は鞄《かばん》からルーズリーフバインダーを取り出して、事前に調べておいた資料を三間坂に見せた。

「えっ、すでに調べられたんですか。こんなにあるなんて……」

彼が驚いた全国の耳塚の一覧が左記である。なお括弧内は被葬者になる。

北海道松前郡《まつまえ》　シャクシャインの戦い（アイヌ将兵）。
山形県鶴岡市《つるおか》　黒瀬川《くろせ》の戦い（将兵）。
福島県南相馬市《みなみそうま》　文禄《ぶんろく》・慶長《けいちょう》の役（朝鮮人）。
埼玉県春日部市《かすかべ》　戦国時代の戦い（将兵）。
同　北本市《きたもと》　文禄・慶長の役（朝鮮人）。
東京都府中市《ふちゅう》　元弘《げんこう》の乱／分倍河原《ぶばいがわら》の戦い（将兵）。
同　町田市《まちだ》　小田原《おだわら》征伐／八王子《はちおうじ》城の戦い（将兵）。
山梨県大月市《おおつき》　戊辰《ぼしん》戦争／山中《やまなか》湖周辺の戦い（旧幕府軍将兵）。
同　北杜市《ほくと》　小荒間《こあらま》の戦い（将兵）。
長野県松本市《まつもと》　昔の戦い（敵）。
同　塩尻市《しおじり》　桔梗《ききよう》ヶ原《はら》の戦い（将兵）。
愛知県豊川市《とよかわ》　昔の戦い（将兵）。
同　長久手《ながくて》市　小牧《こまき》・長久手の戦い（将兵）。
京都府京都市　文禄・慶長の役（朝鮮人）。
広島県安芸高田市《あきたかた》　吉田郡山城《よしだこおりやま》の戦い（将兵）。

香川県高松市《たかまつ》　戸次《へつぎ》川の戦い（菅沢義景《すげざわよしかげ》）。
同　原引《はらひき》の戦い（将兵）。
長崎県対馬《つしま》市　応永《おうえい》の外寇《がいこう》（朝鮮軍将兵）。
同　阿比留《あびる》氏の乱（将兵）。
鹿児島県南九州《みなみきゅうしゅう》市　源平《げんぺい》合戦（平家軍将兵）。

三間坂は繁々と眺めたあとで、やや興奮した面持ちになって、

「ノートに登場する十箇所が、これらの場所と呼応するとか、そういう結びつきがあって――」

「いや、そんなことはなかった」

「そこの調べも済んでいると」

「ノートに出てくる地名を抜き出してみたところ、二つに分類できた。その一つが、かつては存在した名称ながら今は――というよりも、とっくの昔に使われなくなった名前だな。そういう過去の地名が、いくつかあった」

「消滅した地名のあった場所と、この耳塚がある地域と、本当に少しも重なってないのですか」

諦《あきら》めきれない様子の彼に、僕は首を振りつつ、

「問題の『みみ〓〓』が『みみづか』ではないかと考えたところで、その発想は僕もした。だから全国の耳塚のリストを作って、ノートの地名と照らし合わせてみた」

「でも、一つとして該当しなかった」

僕は頷いたうえで、

「そうなると地名から判断できることは少ない。消滅した名称の出てくる話が、いついつの時代よりも前だと推測できる程度だろうな。各々の語り手の体験談の年代まで特定するのは、残念ながら無理だよ」

「和服男より出目の話の方が過去のはずなのに、実は逆だった――と突き止められたら、それが突破口になる気がしたのですが……」

「ええっ、余計に訳が分からなくなるだろ」

無茶苦茶な展開を口にしながらも、がっかりしているらしい三間坂に、僕は追い打ちを掛けるように、

「しかも二つに分類できた地名の、もう一つが厄介だった」

「何でした？」

「恐らく架空の地名だよ」

「祖父は実名の中に、架空の地名を交ぜたのですか」

「ノートの記述のすべてが、三間坂萬造氏によるものだった場合は――になるけど」

「そうでした。とはいえ何のために……」

「差し障りがあると、その話の記述者が判断したのか。そうなると人物の名前の中にも、仮名が交じっている可能性が出てくる」

「地名の虚実は調べられそうですが、人名は不可能でしょう」

と言った側から彼は、いきなり自身の発言を撤回した。

「そうだ。突き止められそうな人物が、一人いました」

「誰だ？」

「歩荷です。その名前は完全に不明ですが、彼は某誌の新人賞を受けています。しかも受賞作の内容は、歩荷の経験が活《い》きたものだと分かっている。これなら――」

三間坂は気負い込んだ様子で喋っていたが、僕の反応が鈍いことに気づいたのか、

「えっ、調べられますよね」

「かなり難しいと思う」

「なぜです？」

「新人賞を受けた雑誌が、まず娯楽誌か文芸誌か、さっぱり分からない。受賞の年代も同様だ。歩荷の経験が創作に役立ったと言っているだけで、実際にテーマにしたかどうかも不明だろ」

「それはそうですが――」

「雑誌の新人賞を受けたあと、短篇を一作か二作だけ発表して、そのまま消えてしまった新人作家が、これまでに何人いたことか」

「……私の予想よりも、もっと多そうです」

「受賞作を収録した著作が一冊でも出ていれば、まだ少しは可能性があるかもしれない。けど、だとしたら歩荷も、その事実を書いたと思わないか」

「両親が受賞を喜んだとありますから、もし著作を刊行していれば、確かに触れたはずです」

がっかりする彼に、僕は続けた。

「次は礫浦だな。あれが実名だった場合、何処かの網元と分かっているので、根気よく探せば見つかるかもしれない。しかし小河内が『お兄ちゃん』と呼んだ高校生まで辿り着いて、本当に彼が汐濡に遭ったのかどうか、そこまで突き詰めるのは大変だろうな」

「可穂の兄妹《きょうだい》は、どうでしょう」

「名字は分かっていないけど、下の名前が実名の場合、三人とも特徴のある名だから、こっちも根気よく探せば……とは思った」

僕の言い方に引っ掛かりを覚えたのか、さっそく三間坂は突っ込んできた。

「何か問題でも？」

「可穂は山中で長男の冬馬を捜していたはずなのに、そこで樹莉に遭ってからの彼女は、明らかに変ではないか」

「あっ、それは私も感じました」

うっかり失念していたことを、彼は思い出したように、

「普通なら冬馬について、樹莉に尋ねたはずです。でも彼女は、何もしていない……」

「そうなると可穂が、本当に礫浦を助けたのかどうか、かなり怪しくなってくる」

「うーん、彼らや彼女たちを調べるのが、果たして有効なのかどうか、ちょっと分からなくなってきました」

途方に暮れる三間坂に、僕は同調するように、

「藪蛇《やぶへび》になるのが落ちかもしれない」

「……そうですね」

彼は「幽霊屋敷」シリーズに於《お》いて、まさに「藪蛇」に陥った経験があった。そのため僕の指摘は、きっと耳が痛かったに違いない。

「地名や人名ではなく他の記述を手掛かりに、個々の記録が一体いつ頃のものなのか、それを突き止めるのは無理でしょうか」

気を取り直すようにして、三間坂が新たな提案をした。

「萬造氏が過去を振り返って執筆したのは、まず間違いないと思う。ただ寺院の怪談

会に参加したのが、お祖父さんが何歳のときなのか」

「この書き込みだけでは、完全にお手上げですね」

「時代を絞ろうとしたところで、きっと意味はないだろう」

「祖父が活動的だった年代を、仮に二十代から六十代とします。その間に参加した怪談会だとすると、一九五〇年代から九〇年代になりますが……」

「範囲が広過ぎて、ほとんど絞る意味がない」

「かといって時代を特定できる、そんなアイテムが出てくる話もありません」

「どの語りの世界にも、かなり前の、あるいは少し前の、日本の何処か……という雰囲気があるだけかな」

「歩荷の遭遇した野辺送りの怪異が、白装束だったことも……」

「うん、あまり手掛かりにはならない。歩荷自身が指摘しているように、親族が白を着たのは明治時代になる。その一方で昭和の時代でも田舎へ行けば、まだ白装束の風習が残っている地域が結構あったからな」

「それに――」

と言い掛けて三間坂は、なぜか躊躇ったようである。

「どうした？」

「いえ、単なる私の思い過ごしと言いますか、そう感じたのは気のせいかも……」

「今更この頭三会で、変な遠慮はいらないだろ」

そう促す僕に、彼は自信なげな様子で、

「祖父から和服男、和服男から出目というように、語り手が交代する毎に、当たり前ですが時代が遡りますよね」

「そうだな」

肯定しながらも僕は、三間坂が何を言わんとするのかを悟り、ぎくっとした。なぜなら彼と同じ感覚に、このノートに目を通していたとき、僕も陥ったからである。

「それなのに私は、逆のような気がしたんです」

「萬造氏が参加した寺院の怪談会の時代よりも、実は未来の体験談が密《ひそ》かに紛れ込んでいるのではないか……という感覚かな」

「せ、先生も、そうでしたか」

「どの話が、そんな風に感じられた？」

「いえ、特定の語り手や話にではなくて、読み進めているうちに、そういう違和感を覚えはじめたのだと思います」

「僕も同じだけど――」

「引っ掛かったところが、先生はあったのですか」

今度は僕が自信をなくす番だった。

「そこまで確かなものは、残念ながらなかった。ただ、こちらの違和感の手掛かりになりそうな箇所が、あるのではないか……と」

「何処です？」

「礫浦が海岸で汐漓と出遭ったとき、とっさに彼は『連絡先を知りたい』と思った。しかし無理だと考えた。なぜか」

「ちょっと待って下さい」

三間坂はノートの該当箇所の頁を開けると、少しの間そこに目を落としていたが、

「彼女が携帯電話を持っていないことに、礫浦が気づいたから――ですか」

たちまち彼らしい推理力を見せた。

「おっ、名探偵は違うな」

「汐漓は持ち物もなく、ぴったりと身体の線が出る服を着ていました。その様を目にして彼は、携帯を持っていないと考えた」

「とはいえ、そういう解釈もできる――という程度に過ぎない」

「しかし私だけでなく先生も、同じ感覚を持たれた事実は、決して無視できません」

「さらに面妖《めんよう》な代物に、このノートはなってきたわけだ」

ちらっとノートに目をやってから彼は、あまりにも絶望的な口調で、

「ここまで色々と検討を重ねてきましたが、新たに分かったこともあると思うのに、

実際は何一つ明らかにできていない、少しも前進できていない——わけです」

「はっきりしたのは、このノートに何らかの解釈を加えようとしても、まず無駄である——ということだろうな」

「完全なる敗北です」

三間坂の表現に、僕は思わず苦笑した。

「今までのテキストのように、色々と解釈できたのは、むしろ珍しい例だと思うよ」

「そうでしょうか」

「第一このノートは成り立ちそのものが、あまりにも可怪しい」

「確かに、その違いは大きいですね」

「これまでのテキストの内容も、とんでもない話が多かった。でも、その体験談がなぜ記録されたのか、という理由は少なくとも明確だった。つまり書き残すための必然性があった。しかし萬造氏のノートは違う。この記録の存在自体が、すでに怪異となっている」

「先生の『作者不詳』に登場する、同人誌『迷宮草子』みたいに……」

彼が口にした懐かしい名称のせいで、例の個人的な事情が気になり出した。今こそ打ち明けるタイミングかと僕が迷っていると、

「ところで——」

三間坂が恰《あたか》も場を仕切り直すように、

「このノートを読まれている間、または最後まで目を通されたあと、何か不可解な体験をなさいましたか」

今回の頭三会で最も重要かもしれない問題を口にした。

「その懼れについては事前に、やっぱり憂慮したよ」

「とはいえ有効的な防御策など、最初からありませんよね」

「うん、そんなものはない」

僕は即答したが、その口調に何か感じるものがあったらしく、三間坂の眼差《まなざ》しが鋭くなった。例の彼ならではの勘の良さが、ふっと出た瞬間である。

「……なかったけれども、それを先生はちゃんと見つけられた。違いますか」

「相変わらず君の洞察力は凄《すご》いな」

「それは何です？　このノートを読んでる最中に分かったのですか。どうして見つけることができたんです？　ノートにヒントなんかありませんでしたよね」

感心する僕にはお構いなしに、彼は畳み掛けてきた。この食いつくような反応は、刀城言耶に似ているかもしれない。

「もちろんヒントがあったわけではなくて、ある描写の部分が手掛かりになるのでは——と、僕が勝手に解釈したに過ぎない」

「萬造氏の記述で和服男が語り出す前に、その背後に男の子がいて両手で両耳を塞《ふさ》ぐ仕草をする場面があっただろ」

「何処ですか」

「あそこは怖いというより、なんだか気色悪かったです」

「ところが同じシーンを描いているはずなのに、あの男の子が樹莉の書き込みには、まったく出てこない」

「……そうでした」

念のためにという風に、三間坂はノートの該当箇所を確かめてから、

「この場合の男の子は、樹莉と似た怪異と見做すべきでしょう。それなのに彼女は、どうして彼が見えなかったのか」

「すぐに思いつくのは『種類』が違うから、という理由かな。もしくは『種族』と表現するべきなのか……」

「いずれにしても先生は、この差異から何か思いつかれた？」

「いやいや、だったら手遅れになってるよ。樹莉は十人目なんだから」

「……だとしたら、もっと早くに？」

「うん、男の子が出たところ」

彼は意外そうな顔つきで、

「しかし祖父の記述を読んだ段階では、あの男の子の異様さ――つまり樹莉が認めていないという事実の不可解さが、まだ分かっていませんよね」

「それはそうなんだけど、あの男の子の存在そのものが、すでに異様ではないかな」

「……はい」

「しかも彼は、あまりにも唐突に現れている」

「まさか、あれは祖父のメッセージだった……と？」

「そこまでは分からない。恐らく違う気もする。ただし僕は、あの男の子の出現を無視できなかった。物凄く引っ掛かってしまった」

「それで、どうされたのです？」

はち切れんばかりの好奇心を眼差しに込めて、三間坂が尋ねた。

「耳栓をした」

「はっ？」

「あの男の子が出てきたところで、いったんノートを読むのを止めて、耳栓をしてから続きに目を通した。以降も同じようにしている」

「け、けど先生は――」

彼は半ば疑うような様子で、

「先程このノートの文章を、はっきりと読み上げましたよね」

「ちゃんと耳栓をしてからね」

「えっ……」

「君は自分のノートに視線を落としていたので、それに気づけなかった」

「ひ、ひ、酷いじゃないですか」

たちまち三間坂の両の頬が紅潮して、ぷうっと膨れ上がった。

「ご、ご自分だけ、た、助かろうとして……」

「人聞きの悪いこと言うな」

「だって実際に、そうじゃないですか――」

「あのね、このノートを僕が受け取った段階で、すでに君は何らかの怪異に遭遇していた。そうだろ？　つまり今更ってことだよ」

「だとしても今日、こうして二人で検討してるわけです。だったら遅蒔きながら教えて下さっても罰は当たりません。違いますか」

「おいおい、君は根本的な問題を棚上げにしてるぞ」

僕が呆《あき》れた声を出すと、彼は不審そうな表情を浮かべながら、

「何のことです？」

「このノートを読んだせいで遭遇した怪異の具体例を、君は前以《まえもっ》て僕に知らせなかったよね」

「あれ……」

「普通なら詳細を伝えて、そのうえで注意喚起をするのが、当然じゃないか」

「それは専門家に対して、失礼かと……」

「誰が専門家だよ」

「第一これまでにも、我々は似た体験をしているではありませんか」

「だからと言って肝心な現象を何一つ、まったく事前に忠告しないのは、それこそ『酷い』と訴えられる行為だと思うなぁ」

「どうでしょうねぇ」

しばし二人の間に沈黙が降りてから、

「まぁどっちもどっちだな」

「そういうことにしておきましょう」

あっさりと手打ちにしたのは、互いが猟奇者だったからだろう。

「それに僕が耳栓を思いついたのも、個人的な事情に因ってるからな」

「どういうことです？」

「執筆中や読書中、よく耳栓をするからだよ。だから君よりも、耳栓を思いつき易かった」

「納得しました」

　これで蟠《わだかま》りが完全に解けたかもしれない。

「さて、そうなるとあとは、君の体験談を聞くだけになるか」

「本当に訳の分からない現象ばかりですが……」

　こうして三間坂秋蔵は、祖父の残したノートを読んだせいで見舞われた、自身の奇っ怪な体験を語りはじめた。

　それを僕が再構成して「三間坂秋蔵」の三人称で纏め直したのが、以下に続く「体験」である。その内容は本人の話に基づいているが、彼に関する描写には僕の私感も多分に含まれていることを、念のために断っておきたい。

# 体験　「三間坂秋蔵の夜語り」より

　三間坂秋蔵は実家の「魔物蔵」にある金庫の一つから見つけた祖父のノートを、都内某所の集合住宅「Iメゾン」の二〇五号室に持ち帰った。

　その翌日の月曜、彼は問題のノートを鞄《かばん》に入れると、いつも通り出社した。勤務先は河漢社である。仕事の合間に時間を見つけて、少しずつ会社で読む心算《つもり》だった。そうすれば彼の周りには常に誰かがいる。仮に出掛ける用事ができても、電車の中で読めば良い。周囲に複数の人がいる状況に、絶えず我が身を置く。それを徹底したうえでノートに目を通す。これまでの「経験」から彼が学んだ、せめてもの「予防策」がこれだった。

　だが、こういう日に限って色々と雑用が入る。三間坂も入社して十年が経つため、今では自分が企画した書籍を何冊も抱える一人前の編集者に成長していた。この編集という仕事は、決められた刊行スケジュールと予算を守りつつ、それなりの利益が見込める本を出してさえいれば、あとは自由裁量で動けるところがある。他業種では見られない、なかなか特殊な世界と言えた。

河漢社は某分野の専門出版社のため、文芸書中心の版元に比べるとお堅いイメージがあったものの、その辺りは同じだった。今週は幸いそれほど多忙でもない。だから彼も余裕を持ってノートを読めると考えていた。

しかしながら今の三間坂の社内での立ち位置は、上司には「いざとなったら安心して任せられる部下」で、後輩には「いざとなったら絶対に助けてくれる先輩」になっているらしい。これは彼の編集能力の高さだけでなく、人当たりの良さの証明でもあるだろう。

そのうえコロナ禍のせいで、誰もがリモートで仕事をしていたのが、この二ヵ月ほど感染者数が減少したため、今日など多くの編集者が出社している。そうなると彼に助《すけ》っ人《と》を頼みたいと考える者が、どうしても出てきてしまう。

予期せぬ出来事は、重なるときには重なるもの――と昔から決まっている。この日の彼には助っ人の依頼が、それはもう集中した。

ただし三間坂は、この状況を好機と捉《とら》えた。個々にお願いされた仕事は、どれも厄介な内容では決してない。あまり時間もかからないだろう。よって頼まれ事を一つずつ熟《こな》しながら、その合間にノートを読んでいく。これは理想的かもしれない。

自分の仕事をしながらよりも、この方が良さそうに思えた。かといって手抜きをする心算は当然ない。頼まれた以上はきちんとやる。当たり前だ。ただ心の何処かで明らかに「余裕」を覚えていることは、やはり否定できない。要はどちらがノートにより集中し易いか。それだけの問題である。こういう風に物事を前向きに考えるのは、如何《いか》にも三間坂秋蔵らしい。

ところが、思いもよらぬ誤算があった。上司に指示された仕事を一つ片づけたので、ノートを少しだけ読もうとしただけなのに、どっぷりとのめり込んでしまった。そこは既読である祖父のパートだったにも拘《かかわ》らず、気づかぬうちに夢中になっていた。

「三間坂さん、すみません。お願いしていた――」

六年後輩の北縞詞子《きたじまふみこ》に、彼女に頼まれた仕事の進捗《しんちょく》具合を確かめられたとき、すっかり彼はノートに没頭している有様だった。彼の机の横に立つ彼女に気づき、ようやくはっと我に返ったほどである。

「えっ……あぁ、ごめん。すぐやるよ」

「あの、大丈夫ですか」

心配そうな北縞の声音を耳にしたので、

「うん、何が？」

三間坂が訝《いぶか》しげに聞き返したところ、

「こちらからお願いしておいて何ですけど、いつもの三間坂さんだったら、部長に頼まれた件を済ませたあと、さっさと片づけられたんじゃないかと、そう思ったものですから」

どきっとする指摘をされて厭《いや》な気持ちになった。もちろん彼女に覚えたわけではなく、問題のノートに対してである。

「いや、他のことに、ちょっと気を取られて――」

「何ですか、その古いノートは？」

興味津々な北縞の顔を目にして、三間坂は途端に警戒した。

編集者は基本的に二つの能力が求められる。一つは企画が立てられること、もう一つは編集実務ができること。それなりの成績を学生時代に修めた者なら、後者の力を身につけるのは恐らく容易《たやす》い。もちろん人によって向き不向きは出るだろうが、そう大変ではない。問題は前者である。残念ながら日本の学校教育は後者向きだった。河漢社の場合、専門とする分野の勉強は当然として、それ以外の関係ないと思われる領域まで、日頃から幅広く興味を持っていないと、本当に実のある企画を立てることはできない。

北縞詞子は新人のときから、すでに優れた企画力を持っていた。まだまだ荒削りで採用されるまでには至らなかったが、同期入社の多くが当時「企画擬《もど》き」の立案しかできなかった事実を考えると、彼女の能力の高さが窺《うかが》える。

この北縞の企画力を支えているのが、彼女の旺盛《おうせい》な好奇心ではなかろうか――と三間坂は見ていた。

自分の知らない知識が出てきて、それに少しでも興味を覚えた場合、とにかく彼女は徹底的に調べる。それは子供のとき読書をしていて、読めなくて意味の分からない漢字に当たると、必ず辞書を引いたという習慣からきているという。

素晴らしい習癖と言えるが、この好奇心が人に向けられると、時に迷惑を被ることがある。本人は知識欲を満たしたいだけだと分かるだけに、なかなか始末に悪い。

そのために三間坂は今、少なからぬ危惧《きぐ》を覚えた。彼女が古書好きであるという事実も、彼を不安にさせた理由に入るかもしれない。

「ただの資料だよ」

あくまでも何気なく答えた心算だったが、それで誤魔化される北縞詞子ではない。

「三間坂さんが担当されてるどの本とも、あんまり関係なさそうに見えますね」

そんなことと君に分かるわけがないだろ――と返しかけて、すぐさま彼は思い留《とど》まった。こういう場合は隠そうとすればするほど、間違いなく彼女の好奇心を刺激する羽目になる。さっさと認めてしまうに限る。

「やれやれ、相変わらず鋭いな」

「ひょっとして頭三会ですか」

そこまで見抜いているとは、本当に恐ろしい後輩である。と妙に感心しかけて、三間坂は大いに戸惑った。

「いや、待てよ。頭三会のことを、君に話したか」

「もうー、いっつも忘れるんですから。二人で飲みに行くとき、決まって三間坂さんは、例のホラーミステリ作家の話をするじゃありませんか」

「そうだったか」

「はい、よーく覚えています。そして最後には、これは絶対に内緒だぞと念を押して、頭三会の話に必ずなるんですよ」

「そうだっけ？」

真面目に尋ねる彼に対して、北縞は完全に呆《あき》れ顔で、

「これが普通の人なら、ただの酔っ払いの記憶なしと見做《みな》されるわけですが、三間坂さんの場合は違います。ご自分に興味のないことは、少しも覚えていない。つまり私のことなんか、ちっとも――」

「今すぐにやるから、もう少し待ってくれ」

話が変な方向へ進みそうだったので、彼は慌てて止めると、北縞から頼まれた仕事をやりはじめた。そうなると彼女も、これ以上の追及はもうできなくなる。仕方なさそうに彼の斜め向かいにある、自分の机へ戻って行った。

そこから三間坂は、一心に頼まれ仕事を熟した。その間に新たに受けた助っ人もあって、すべてを終えられたのは夕方だった。

「お疲れ様でした」

すかさず北縞詞子が珈琲《コーヒー》を差し入れてきた。会社の近くにある珈琲店から、わざわざテイクアウトしてきたらしい。

「おっ、悪いな。有り難くいただきます」

しばらく休憩したあと、彼は自分の仕事に取り掛かった。さすがに少しもやらないわけにはいかない。一段落ついたところで夕食を摂《と》りに出て、のんびりと帰社したときには、すでに多くの編集者が帰宅していた。

コロナ禍前には、とても考えられない光景だな。

がらんとした部屋を見渡しながら、三間坂は思った。夜になるほど活気に溢《あふ》れるのが編集部のフロアである。そういうイメージが、どうしても強いからだろう。

複数の机が集まり一つの島を作ることで、各部署ができている。その集合体が編集部のフロアになっていたが、今は各島に一人ずつくらいしか見えない。しかも帰っていないのは、どうも年配者ばかりらしい。リモートでの仕事に戸惑った口かもしれない。だから、つい残っているのだろう。

そこから彼は二時間ほど、己の仕事に没頭した。切りの良いところで休憩しようとして、帰宅していないメンバーに変化がないことに気づく。要は若手の多くが帰っており、年配者ばかりが残業している。と言っても実際に仕事をしているのかどうか、それは定かではない。

三間坂の机から他部署を一つ挟んだ後方に、曇り硝子《ガラス》の衝立《ついたて》で囲っただけの簡易な打ち合わせスペースがある。そこの応接セットで、どうやら二人が将棋を指しているらしい。そんな暇があるのなら、さっさと帰宅すれば良いのに。若手の多くは、きっとそう思うだろう。彼自身もまったく同じ気持ちだった。

いや、待てよ。俺も同じ穴の狢《むじな》かも。

ふと考え直して、彼は苦笑した。自分には会社に残る理由が立派にあると思ったものの、将棋を指している二人も同じかもしれない。会社で勝負するからこそ面白い。そう考えているのではないか。つまり会社を体よく利用するという意味では、どちらも「同罪」である。

三間坂は心置きなく祖父のノートを取り出すと、最初から読みはじめた。すでに二度も目を通している箇所なのに、あっという間に引き込まれる。それから先は、さらに没入した。もう無我夢中になった。次々と現れる語り手の話術に、彼は搦《から》め捕られた。いくつも現れる怪異の中に、彼は吸い込まれ続けた。

ようやくノートから目を離せたのは、なんと語り手たちが一巡して、この記述がループしているのではないか……という恐ろしい疑いに、ふと彼が囚《とら》われたときである。

不味《まず》い。

途端に危機感を覚えた。このままノートを読み続けていたら、ぐるぐると繰り返される語りの中に、どんどん自分が埋もれていって抜け出せなくなる。そんな懼《おそ》れに見舞われた。

慌ててノートから顔を上げると、やけに周囲が暗い。

えっ……と室内を見渡すと、多くの明かりが消えている。各部署の最後の一人が帰宅するとき、その島の天井の電灯は消すルールになっていた。ノートを読む前までフロアが明るかったのは、まだ各部署に残る一人がいたからである。それが一人、二人と帰り出したため、今では彼の島しか電灯が点《とも》っていない有様だった。

うわっ、残ってるのは俺だけか。

三間坂は大いに焦ったが、例の打ち合わせスペースでは、まだ将棋を指しているらしいと分かり、ほっと安堵《あんど》した。

……助かった。

最後の一人になる前に会社を出ようと思い、彼は急いで帰り支度をした。この状況で独り残ってしまうのは、何としても避けたい。

「お先に……」

失礼します——と声を上げかけて、三間坂は言葉に詰まった。

将棋を指している打ち合わせスペースも、よく見ると天井の明かりが消えている。その事実に、遅蒔《おそま》きながら気づいた。

ぱち、ぱちっ。

それなのに将棋盤に駒を打つ音が、先程から続いている。

ぼそ、ぼそっ。

しかも話し声らしきものまで、微《かす》かに聞こえる。

だが天井の電灯が消された暗がりの下で、誰が将棋を指しながら話をするだろうか。そもそも盤面が見えないのではないか。とても勝負できるとは思えない。

ぱち、ぱちっ、ぱちっ。

そのうえ駒を打つ物音が、どうにも一定の間隔で聞こえている気がしてならない。ずっと規則正しい音が、彼の耳朶《じだ》に途切れず届いている。普通の将棋では有り得ない状況だろう。

ぼそ、ぼそ、ぼそっ。

さらに話し声が、二人だけではない気がする。

ぼそ、ぼそ、ぼそ、ぼそっ。

というよりも少しずつ増えていないか。打ち合わせスペースは四人掛けなのに、もっと大人数があの衝立の向こうにいる気配がしてならない。それだけの者が集まって、まさか将棋を観戦しているというのか。

三間坂が固まったまま、凝《じ》っと曇り硝子の衝立を見詰めていると、

……ぱちっ。

不意に大きな音が響いたあと、急に静かになった。

これは……。

とても悪い状況ではなかろうか。つまり彼が異常に気づいたことに、衝立の向こうの何かも察した。だから将棋盤を打つ音が止んだ。この推測に彼が慄《おのの》いていると、

ぬっと黒い顔のようなものが、曇り硝子に貼りついた。

でも妙だった。とっさに顔だと思ったのに、どうも可怪《おか》しい。人間の頭部のように映るのに、何処か違う気がしてならない。

……あっ。

三間坂は衝立から目を逸《そ》らすと、鞄を抱えた恰好《かっこう》でフロア内を駆けて出入り口に辿《たど》り着き、最後に残った明かりを急いで消してから、素早く廊下に出た。

あれは横顔だった……。

衝立の向こうにいた何かは、ぴったりと曇り硝子に片耳をつけたのではないか。そうして衝立越しに、彼の動向を探ろうとしたのでは……。

さらに彼はエレベータの前まで走ると、ボタンを押そうとして手が止まった。

一階で待機していたエレベータが、ゆっくりと上昇している。

三間坂がボタンを押す前に、別の階にいる誰かが呼んだ。そうとしか考えられない。

ただし妙なのは決算期でもない今の時期に、こんな深夜まで残業をする部署など、編集部以外には有り得ないことだった。

しかもエレベータは階下で一度も停まらずに、三間坂が待つ階も通り過ぎて、そのまま昇っていった。この上には社長室と役員室のフロアしかない。あとは屋上があるものの、あそこへは階段でしか行かれない。

役員の誰かが残ってるのか。

そう推理するのが当たり前だが、入社以来そんな覚えは一度としてない。そもそも役員が残業すること自体あまりにも希《まれ》である。いつも全員が、ほぼ定時で退社しているではないか。まして今は深夜とも言える時間帯なのだ。誰かが残っているなど、まず絶対に有り得ない。

にも拘らず上階で停まったエレベータは、なかなか降りてこない。まるで何人もが次々と乗り込むのを、ずっと扉が開いて待っているかのように。

ようやく動き出した。もうすぐ三間坂のいるフロアに降りてくる。この階で停まって扉が開いたとき、エレベータに乗っているのは……。

ちんっ。

到着のチャイムが響いて、静かに扉が開きはじめる。その向こうに黒っぽい塊のようなものが、わらわらと群れている……かの如く映る直前、彼はエレベータの前から離れた。今ちらっと目にした光景を振り切るようにして、階段室の鉄扉を開ける。そして足早に階段を下り出したところで、たちまち厭な想像が頭を擡《もた》げた。

あのエレベータの方が、彼よりも先に間違いなく一階へ着く。

あれに乗っていた何かが、そこで彼を待っているのではないか。

階段室は一階の廊下の奥にある。玄関から外へ出るためには、エレベータの前を必ず通らなければならない。

どうする？

中途の踊り場で立ち止まりながら、三間坂は思案した。だが、すぐに自分の間抜け振りに気づいて苦笑する。表玄関は定時と共に施錠される。よって以降は裏口が使われるのを、どうやら一時的に失念していたらしい。それほど焦っている証拠だろう。

こんな目に遭ってるんだから当然だけど。

すべては祖父のノートのせいだろう。絶対に間違いない。これまでも魔物蔵から出た「記録」が原因で、彼は散々な体験をしてきている。

会社で読めば大丈夫と思ったんだが……。

どうやら考えが甘かったらしい。そもそも編集者の多くが帰宅したあとで、あのノートに目を通すべきではなかったのだ。

とにかく会社を出よう。

そう決めた三間坂が再び足早になって、階段を下りはじめたとき、

……たんっ。

かなり下の方で物音がした。思わず立ち止まり、そっと耳を澄ませる。

たん、たんっ。

それが連続して聞こえた。さらに耳を欹《そばだ》てていると、
たん、たん、たんっ。

その物音が少しずつ階段を上がっているのが分かった。

たん、たん、たん、たんっ。

明らかに足音だった。ただし男性の革靴でも女性のヒールでもない。かといって運動靴ともサンダルとも違う。木靴や草履であるわけもなく、もちろん裸足《はだし》でもない。

しかし確かに足音だった。それが階下から上がってくる。

たん、たんっ。

しばらく聴き耳を立てているうちに、彼は妙なことに気づいた。

……一定に聞こえる。

階段は各階の中途に必ず踊り場がある。そこを通るときに、普通なら足音の響きに変化が出るはずだ。それなのに足音は、ずっと一定の間隔で鳴っている。

将棋と同じだ。

そう察した瞬間、三間坂は下った分の階段を上り出した。なるべく物音を立てないように、そっと編集部のあるフロアの廊下へと戻る。

かといって室内に入ることはできない。仕方なくエレベータの前まで行く。すると扉が開いており、なんと待機状態になっている。しかも中には誰もいない。

彼は乗り込むと「一階」のボタンを押した。

そのとき編集部の部屋の扉が、すうっと音もなく内側から開きはじめた。それを目にした彼は、慌てて「閉」のボタンを連打した。

編集部の扉が開いていくのに、エレベータの扉は閉まらない。やがて前者の扉が開き切ったところで、ようやく後者の扉がゆっくりと閉まり出した。だが、あまりにも遅い。まだ半分以上は開いている。そんな状態のとき、編集部の扉の陰から何かが、ぬっと現れた。

三間坂は「閉」のボタンを連打すると共に、エレベータの死角に身を隠した。これなら扉の陰から出てきた何かに、彼の姿が見られる心配はない。

……した、したっ。

廊下に気味の悪い物音が響いた。それがエレベータに向かってくる足音だと分かり、彼は凍りついた。扉は三分の二まで閉まっている。これほど遅かっただろうか。とても間に合わない。完全に閉まり切る前に、あれが来てしまう。

……駄目だ。

彼は「閉」のボタンを押したまま死角に背中をつけ、反射的に両目を閉じてしまった。ただの逃避行動にしか過ぎないのは重々に承知しながら、こうすることしかできない。

がくんっ。

奇妙な振動を覚えて、はっと両目を開けると、せっかく三分の二まで閉まりかけていた扉が、ゆっくりと開いている。

閉じていたエレベータの扉が再び開くのは、何かが阻止したせいである。

それが理解できるだけに、ぶるっと三間坂は震えた。今にも廊下から真っ黒なそれが、ぬぬっとエレベータ内に入ってくる。そう覚悟した。だが、いくら待っても何も起きない。そのうち扉が閉まり出して、ようやく完全に閉じ切ると、エレベータは下降をはじめた。

なぜ乗ってこなかった……。

……俺が隠れていたからか。

だから見えずにエレベータには乗っていないと判断した。そうとでも考えるしかない。と納得しかけたが、いや違うのではないかと考え直した。

俺が物音を立てなかったから……。

衝立の曇り硝子に映ったあれは、片耳をつけていたように見えた。つまり気配を探っていたのではないか。エレベータ内で「閉」のボタンの連打を止めたあと、両目を閉じて静かにしていたのが、どうやら功を奏したらしい。

ほっとする安堵感と一緒に、どっとした疲労感も覚えていると、エレベータが一階に何事もなく着いた。

ちんっ。

到着のチャイムのあと、ゆっくりと扉が開く。左右に目をやりながら、廊下に何もいないことを確かめて、三間坂はエレベータを出た。

小走りで裏の通用口へ急ぎ、カードキーで施錠を解いて、夜の街へと飛び出す。会社の建物から離れるとき、いつも彼は解放感を覚えるものだが、今夜は日頃の比ではない。あの編集部内に、エレベータ内に、階段室内に、そのうえ廊下にも、すべてに漂っていた異様な空気感から逃れられたことが、もう嬉《うれ》しくて堪《たま》らない。

待てよ。明日《あした》は……。

会社に行っても大丈夫か、と唐突に心配になった。

あれらが居残ってるとしたら……。

おちおち仕事もできない羽目になってしまう。そう懼れたものの、多くの人間がいれば問題ないかもしれない。それに原因が祖父のノートにあるのなら、今も会社に残っていると見做すのは、やはり変ではないか。辻褄《つじつま》が合わない。

ここまで考えを進めたところで、三間坂はぎくっとなった。

……ノートは鞄の中にある。

会社に置いてくるべきではなかったか。そのせいで怪異が居座り続けたとしても、明日になれば大勢の社員が出社する。そうなれば奇っ怪な空気も霧散しそうである。

だが……。

このままＩメゾンの二〇五号室に持ち帰った場合、一体どうなるのか彼にも予測できない。もし自室で怪異が起きてしまったら、それこそ消えずにいつまでも留まりはしないか。友達の一人や二人を呼んだところで、都合良く退散するとも思えない。

最寄り駅へと歩いていた三間坂の足取りが、ここで鈍った。

とはいえ会社に戻ってノートを置いてくるなど、まず絶対にできない。どう見ても「飛んで火に入る夏の虫」状態としか思えないからだ。

実家の魔物蔵からノートを持って帰った際には、別に何も起こらなかった。

そう考えようとしたが、あのときはノートを少し読んだだけだった。しかし今は、初老の和服男の話が繰り返されようとしている箇所まで進んでいる。彼の予想では以降の頁で、恐らく語りのループが起こるのだろう。この見立てには自信がある。しかしながら本当にそうなのか、ちゃんと確かめる必要がある。それに最後はどうなっているのか、そこも気になって仕方がない。ノートの厚さから、まだ五分の一しか目を通していないと分かる。もしかするとループする語りの中で、何らかの変化が現れないとも限らない。

残りは明日、一気に読もう。

そう決めると気が楽になった。会社だと助っ人を頼まれる懼れがあるため、喫茶店や図書館を利用した方が良いかもしれない。そう考えられるほど余裕も出てきた。

いつもの最寄り駅で最終の電車に乗る。この一、二ヵ月で出社する勤め人が増えたとはいえ、まだ乗客数は少ない。そのため座ることができた。これが以前だったら、いかに終電でも——いや最終だからこそ——遅くまでの残業で疲れ切った者たちと、ギリギリまで飲んでいた酔っ払いたちが目立ったものである。

三間坂は腰を下ろすと、鞄から三津田信三、薛西斯《クセルクセス》、夜透紫《やとうし》、瀟湘神《シャオシャンシェン》、陳浩基《ちんこうき》『おはしさま　連鎖する怪談』光文社を取り出して、いそいそと続きを読み出した。本書は二〇二〇年に台湾《たいわん》の獨歩文化から刊行された『筷《はし》　怪談競演奇物語』の日本語訳である。まさか翻訳されるとは——しかもこんなに早く——思いもしなかったので、彼は嬉しくて堪らなかった。

三間坂秋蔵が気分転換できる一番は、どんなときでも読書だった。そして今、まさに彼に必要なのは本である。

祖父のノートも一冊の「本」と見做せないことはなく、あれに目を通すのも「読書」と言えなくもない。しかし普通、その内容が読む者に影響を与えるだろうか。読書から様々な効用を得る場合も、もちろん本によってはある。それが「恐怖」に特化する例も珍しくない。だが、あれほど直接的な怪異となって読み手に迫ることなど、まず有り得ない。どう考えても「普通」の読書では決してない。

よって三間坂が『おはしさま』を読むのは、何よりの気分転換と言えた。

電車は普通だったので、四十分ほど乗ることになる。二十三区内で希望の間取りを持つ部屋を探すと、家賃が高くて手が出ない。という理由もあったが、電車通勤の時間内で満足のいく読書をするために、わざと会社から遠い物件を彼は選んでいた。幸いフレックス勤務のため、朝の殺人的な混雑は回避できる。座るのは無理でも、吊《つ》り革に摑《つか》まっていれば本は読める。この強制的に「読書をせざるを得ない状況」を作ることは、非常に大切だった。如何に本好きでも、一日の仕事を終えて帰宅すれば、どうしてもだらけてしまう。読書をするのも就寝前の短い時間だけになり勝ちである。それが彼には分かっていた。だから会社から遠方の部屋を敢えて借りていた。

この日の読書もお陰で捗《はかど》ったかと言えば、実は違った。数頁に目を通しては、また戻って読み直す行為を何度も繰り返している。文章の意味は理解しながらも、ちゃんと小説として少しも読めていない。文章同士が一向に繫《つな》がらない。そのうち目が字面をなぞるだけで、一文としてさえ読めなくなってきた。

……やっぱり駄目か。

あれほどの現象に見舞われたあとでは、さすがに「通常」の読書はできないらしい。祖父のノートという訳の分からない「本」に出遭ってしまったが故に、もう真っ当な小説は読めなくなったのかもしれない。

これが事実だとしたら、三間坂秋蔵にとって何よりの恐怖となる。仮に回復できたとしても、二度と「怪談」に親しめないとしたら……。

いや、今はそんなことよりも、もっと現実的な脅威の方が問題だ。そして彼は分厚い『おはしさま』を鞄に仕舞うと、両目を閉じて心を落ち着けた。

今後の取り組みについて考えた。

ノートを読むのは会社か、もしくは人混みに限ること。

我が身に降り掛かった怪異については、克明に記録を取ること。

ノートは鞄に入れておき、常に持ち歩くこと。もし会社に置く場合は、鍵《かぎ》の掛かる引き出しに入れること。

最後まで目を通したあとは、懇意にしているホラーミステリ作家に送ること。

改めて頭の中で列挙したものの、効果的な対処法など一向に浮かばない。そもそも「相手」の出方が不明なのだから、これ以上はどうにもできない。

そうこうしているうちに下車する駅に着いた。ここからIメゾンまで二十分弱は歩く。駅周辺の喧騒《けんそう》を嫌ったことに加え、運動不足解消のためでもある。駅前を離れるにつれて、前後にいた他の帰宅者も次第に減っていく。十数分も歩けば、もう彼だけしかいない。

三間坂は思わず周囲を見回した。

独りになった途端、今ここで怪異に見舞われるのでは……と、とっさに構えたからである。しかし何処からも変な物音は聞こえず、黒い影も目につかない。

あんな目に会社で遭ったのは、あの場でノートを読んだからか。

だとしたら明日の出社まで、鞄に入れたままにしておこう。

再び歩き出して、何事もなくIメゾンに着く。深夜なので足音に気をつけながら外階段を上がると、「我が家」である一〇五号室の扉を開ける。

すっかり日課となった手洗いと嗽《うがい》を済ませて、それからシャワーを浴びる。今夜の出来事をパソコンに打ち込みたかったが、こんな夜中にキーボードを打つ音を響かせるのは、どう考えても近所迷惑だろう。

これも明日、会社でやるか。

公私混同も甚だしいが、それが許されてしまう自由さが、幸いにも編集者という仕事にはある。という手前勝手な言い訳を彼はした。

いつもはビールを飲みながら、録画したテレビ番組を観るのだが、この日はすぐにベッドに入った。さすがに疲れている。身体よりも精神的な疲労感の方が、より酷《ひど》かったかもしれない。

うとうとしていると、ふと微かな物音が聞こえた。

……さわ、さわっ。

目を閉じたまま耳を澄ませる。すると本当に小さい物音が、室内でしている。

……ほそ、ほそっ。

むっくりと半身だけ起こして、ゆっくりと部屋の中を見回してみる。だが何処から聞こえているのか、一向に分からない。

……かさ、かさっ。

そのうえ問題の物音の正体が、まったく摑めない。どう聞こえるのかも、実は不明だった。敢《あ》えて表現すれば「さわさわ、ほそほそ、かさかさ」とでも記すしかない。

これは……。

ふっと脳裏に浮かんだ映像は、無数の蟲《むし》たちが群れて蠢《うごめ》いている眺めである。むじゃむじゃと何百匹もが集まることで、とても不快な音を発している。そんな身の毛のよだつ光景だった。

けど……。

いずれにしても極微かである。室内で響いているのは間違いないが、どうして小さく聞こえるのか。一体この音は何処からしており、その正体は何なのか。

そっとベッドから出ると、さらに彼は耳を澄ませようとして、はっと身動《みじろ》いだ。その瞬間、不可解な物音の発生源に気づいたからだ。

……鞄の中。

そこから話し声が聞こえている。

ざわざわ、ぼそぼそ、がさがさ……と誰かが喋《しゃべ》っている。いいや、誰かと誰かだろうか。それとも誰かと誰かと誰かか。または誰かと誰かと誰かと誰かかもしれない。

いやいや、もっと多いのか。もっと大人数が話をしている。

どんな内容の……。

気がつくと彼は明かりも点《つ》けずに暗がりの室内で、机に立て掛けておいた鞄の前に正座して、その中から聞こえてくる声に聞き入っていた。

……ざわざわっ。

……ぼそぼそぼそっ。

……がさがさがさがさっ。

ずっと囁《ささや》くような話し声が耳朶を打っている。もう少しで何を語っているのか、その内容が分かりそうなのに、あとちょっとで届かない。ぐうっと前のめりになって、ひたすら耳を澄ます。

あによるくなの……。

きめいかつよのころへ……。

ほとめのわへいにとるもつて……。

ようやく聞き取れるようになってきたが、それが一向に意味のある文章にならない。日本語ではないのかと疑うが、耳を傾けるほどに五十音としか思えなくなってくる。

くるせりむいてになまいきて、もりかほすりたそひてみつに、よよえふぬきのていたりれる、わこうひそゆわんしとろつに……。

でも、いつまで経っても理解不能である。まったく何を喋っているのか分からない。なまじ五十音として認められるだけに、聞き取れているのに意味をなさない状況が、とても気持ち悪くて忌まわしい。

ぶるっと身体が震えた瞬間、はっと彼は我に返った。

慌てて鞄を取り上げると、それをバスルームの中に放り込む。部屋はワンルームながら、廊下との境に扉がある。そしてバスルームは廊下に面しているため、そこに鞄を入れることで、二つの扉を間に置く恰好になる。これなら鞄の中の話し声も、ベッドまで聞こえないだろう。

三間坂の予想通り、その後は声に悩まされなくなった。ただし朝まで熟睡できたかと言えば、残念ながら違う。悪夢を見た。恐ろしく酷い夢だった。よって朝になって目覚めても、すっきり感は皆無だった。むしろ粘つくような疲れがある。

肝心の悪夢の内容は起床と共に薄れて、洗面を済ませる頃にはすっかり忘れていた。それでも夢の中で怪談を延々と聞かされていたような……そんな気がしてならない。あまりにも怪談が続くので、そのうち耳が痛くなり出して、最後には千切れてしまいそうになって……という目に遭ったような気もする。

朝食を摂ったあとバスルームを覗《のぞ》くと、バスタブの中に濡《ぬ》れた鞄があった。タオルで拭《ふ》いてから玄関に置く。それから着替えをして部屋を出る。

いつも通り駅まで歩いている間も、そこで電車に乗ってからも、今にも鞄から声が聞こえるのではないかと気が気でない。

もし話し声がしたら……。

それは彼にしか聞こえないのか、それとも他の乗客の耳にも届くのか。どっちだろうと思わず考えかけたが、いずれにしても厄介である。

幸い何事もないまま河漢社の最寄り駅に降り立つ。ほっとしながら出社するが、エ

レベータに乗るのを少し躊躇《ためら》っていると、

「おはようございます」

後ろから挨拶《あいさつ》されて、振り向くと北縞詞子がいた。

「お、おはよう」

「どうして乗らないんですか」

怪訝《けげん》そうな彼女に、とっさに彼は嘘を吐いた。

「最近どうも運動不足だから、階段にしようかと思って」

「えぇーっ三間坂さん、ちっとも太ってないじゃないですかぁ。それでエレベータに乗れないって言うなら、私はどうなるんです」

「いや、君は大丈夫だろ」

「そ、そうですか。確かに私って——」

彼女は笑顔になると、今週の自らの体重の推移について話しはじめたが、もちろん彼は満足に聞いていない。エレベータに同乗者がいることだけを感謝していた。

編集部のフロアに着いたところで、北縞を先に行かせると、念のため階段室を覗く。だが、しーん……としているだけで普段と変わりはない。編集部に入室したあとは、問題の衝立の裏を検《あらた》めたが、ここも異状はなかった。

午前中は自分の仕事に集中する。特に急ぎはないものの、そういう姿を見せておくと、ほとんど助っ人の頼みも来ない。彼の読み通りである。

洋食屋で昼食を摂りながら、祖父のノートの続きを読む。普通は食事中に読書はしないのに、ずっとノートから目を離さなかったせいだろうか。ほとんど味わえなかった気がしてならない。好物のエビフライを食べたのに、ほとんど味わえなかった気がしてならない。

口直しに珈琲を飲みに行こうとして、えっ……と彼は驚いた。満席だったはずの客が、一人もいなくなっていた。時計を見ると、まだ一時過ぎである。この辺りはオフィス街のためか、どの店も二時頃まで混んでいるのが当たり前だった。こんな早い時間に客が彼だけというのは、どう考えても可怪しい。

そのうえ会計をしたとき、店員の態度が変ではなかったか。まるで疫病神を見るような視線を、こちらに向けていなかったか。

昔ながらの喫茶店に入って、珈琲を頼んでからノートの続きに目を通す。周りは昼食を済ませたらしい会社員の二人連れ、または三人連れが目立つため、がやがやと賑《にぎ》やかである。いつもなら読書の邪魔になるところだが、今日は違う。むしろ有り難いくらいだった。

彼が睨《にら》んだ通り、語りはループしていた。ただし所々で微妙に描写が異なっている。そこに何か意味があるのではないか……と考えて前の文章を見返すのだが、どれほど比較しても少しも分からない。一人目の祖父が二周目から外れた以外は、他の九人の語り手はそのまましか思えない。個々の怪談の内容にも、ほとんど変化はない。にも拘らず細かい異同が、いくつも認められる。どうしてか。その理由の見当が皆目つかない。それが薄気味悪くて仕方ない。

二周目の終わりまで読んで、三周目があると知り、軽く眩暈《めまい》を覚えた。

ふと見やると、いつの間に運ばれてきたのか、目の前のテーブルに珈琲が置いてある。だが、とっくに冷めているらしい。

……何だよ。

と思いつつ店員を捜そうとして、ぎょっとした。

店には彼しかいなかった。

しかし先程まで、周囲では話し声が確かに聞こえていた。わいわいがやがやと喋っていた。そんな喧騒の中で、彼はノートを読んでいたはずなのだ。

それなのに今は、もう彼だけしか座っていない。がらんとして無気味なほど静かな、他には誰もいない店内が目に入るだけで……。

「すみませーん」

気を取り直して声を上げたが、いくら待っても店員は現れない。

彼は止む無く代金をテーブルに置くと、冷めた珈琲には口をつけずに急いで店を出た。あのまま留まっていれば、そのうち何処からか囁くような話し声が聞こえてきそうで、とにかく逃げ出したかった。

　会社に戻ってからは記憶が薄れる前にと、昨夜の体験をパソコンに記録しておく。もちろんノートの続きは気になった。あのループは果たして何処まで続くのか。最後はどうなっているのか。何度も最終頁を開けようかと考えたが、辛うじて思い留まる。ちゃんと順番に読むべきではないか。そんな気がしたからだ。

　パソコンに専用のファイルを設けて、そこに体験談を綴《つづ》っていると、電話の内線が鳴った。

「はい、三間坂です」

「■■大学の■■先生から、二番にお電話です」

　この四月に入社した女性社員の千登勢《ちとせ》蛍《ほたる》の声がした。肝心の大学名と本人の名前は聞き取れなかったが、電話に出れば分かることなので、

「ありがとう」

　彼は礼を述べてから、二番のボタンを押した。

「お待たせしました。三間坂です」

「………」

　なぜか相手は黙っている。

「もしもし、三間坂ですが？」

「…………」

やっぱり何も言わない。

「もしも――」

さらに呼び掛けようとして、電話の向こうの異様な気配に気づいた。

……ほそほそっ。

遠くの方で複数の人が喋り合っているような、本当に微かなざわめきが響いている。耳を凝っと澄まさないと聞こえないくらいの、ほとんど囁きに近い呟《つぶや》きである。

何を言ってるのか。

どうにか聞き取ろうとして、より強く受話器を右耳に当てていると、

……きくな。

いきなり左耳に息吹がかかり、それから強烈な痛みに襲われたため、三間坂は仰《の》け反りつつ反射的に立ち上がってしまった。

周囲の全員の視線が、ぱっと彼に集中した。だが左の掌《てのひら》で左耳を押さえつつ、何でもないと言わんばかりに右手を振ると、誰もが仕事に戻った。

「どうしたんですか」

幸いにも彼の部署の島には、北縞詞子しかいない。

「何方《どなた》からのお電話です？」

とはいえ好奇心が旺盛な彼女がいたのは、決して幸いではなかったかもしれない。

「あっ、その件なんですが――」

わざとらしいと思いつつも、机の上に放り出した受話器を手に取ると、相手と話している演技をする。しかし案の定、北縞が疑わしげな眼差《まなざ》しを向けてきたので、内心ぎくっとした。

「いえいえ、こちらの誤解でした。はい、申し訳ありません。それでは改めまして、そういうことで、よろしくお願いいたします」

ちなみに電話自体は、とっくに切れている。プーッというお馴染《なじ》みの音しか鳴っていない。それが彼女に――有り得ないことながら――聞こえているのではないかと、実は彼も気が気でなかったのだが、さすがに杞憂《きゆう》だったらしい。

「大丈夫ですか」

彼が受話器を戻した途端、北縞に訊《き》かれた。

「うん。少し行き違いがあっただけで、それは分かってもらえたから、もう何の問題もない」

「でも三間坂さん――」

なおも彼女が追及しようとしたところへ、タイミング良く彼の担当する著者の一人が、本物の電話を掛けてきた。しかも現在進行中の企画について、至急打ち合わせがしたいという用件だった。

三間坂はボードに行先と予定の帰社時間を書き込み、すぐに会社を出た。その間ずっと北縞詞子は何か言いたげな様子だったが、彼は気づかぬ振りを通した。

この著者との打ち合わせは、予想よりも時間がかかった。また仕事の話が済んだあと、そのまま飲みに誘われたため、結局は直帰することになりそうだった。

そのため彼は酒宴の前に、会社に電話を入れた。すぐに出たのは例の謎の電話を取り次いだ、新人の千登勢蛍である。まず予定が変更になったと伝え、それをボードに書き込んで欲しいと頼んだあと、彼は尋ねた。

「さっき取り次いでくれた電話だけど、相手の名前を覚えてるかな」

「……お待ち下さい」

彼女は明らかに不審を覚えたようだが、それを言葉や声音には出さずに、

「何方様からお電話をいただいたのか、すべてメモを取ってあります。ですから、簡単に分かると思います」

「こっちの編集者の名前も？」

「はい、同じメモに書き込みます」

きっと会社の研修で、そうするように習ったのだろう。携帯の向こうでは、がさがさっと紙片の触れ合う物音が小さくしている。

ところが、いつまで待ってもメモを捜す音が止まない。むしろ激しくなっている。

「見当たらない？」

「……すみません。あるはずなんです。絶対にメモしましたから」

「何か覚えてることあるかな」

「三間坂さん宛《あて》のお電話ですよね。何処かの大学の、先生だったと思います」

「大学と相手の名前は？」

「確か――」

と言った切り沈黙があって、

「……あれ？　変です。どうして？　思い出せません」

軽いパニックの気配を彼女に感じたので、彼は慌てて宥《なだ》めてから電話を切った。

それから三間坂は、行きつけの居酒屋に著者を連れて行った。コロナ禍が少し落ち着いたとはいえ、まだまだ飲酒できる店舗は少ない。その店なら常連だけに、こっそりと酒を出してくれる。

しかし、とてもではないが気持好《きもちよ》くは酔えない。著者と飲むのだから、そもそも酔うなど論外ではある。だが付き合いが長くて気心の知れた相手の場合、それなりに楽しい酒になるのは間違いなかった。今夜の著者もそういう人物だったのに。

当然そんな感情を表には出さずに、いつも通り彼は著者の相手をした。幸いだったのはコロナ禍のせいで、閉店時間が早かったことである。

酒は回っているのに気持好く酔えないまま、三間坂は帰宅するとシャワーを浴びた。そのとき、ふと気づいた。

昨夜の帰宅時に覚えたような不安感が、今夜は少しもなかった。

もしも酔いのお陰だとしたら、思わぬ酒の効用ということになる。今後は飲酒をしながらノートを読むか。と半ば本気で考えかけたが、酒によって感覚が鈍ったせいで、異状はあったのに分からなかったのかもしれない。万一そうなら大変である。

下手をしたら命取りになるな。

安易な手段に飛びつきそうになったことを、彼は大いに反省した。

その夜は就寝前まで読書をした。ノートの入った鞄はビニール袋に入れて、あの気色の悪い囁き声に悩まされないように、さっさとバスルームに放り込んである。

これで安眠できれば良いけど。

祈るような気持ちでベッドに入ったが、ちゃんと効果はあったようで、目覚まし時計が鳴るまで熟睡できた。

翌日の水曜、三間坂は出社しようと部屋を出て、扉の郵便受けの紙片に気づいた。各部屋の郵便受けは一階の一隅に纏《まと》めて設置されており、そこに郵便物は届く仕組みになっている。例外は新聞だけで、これは各部屋の郵便受けまで配達される。その日の朝も起床のあと、すでに彼は新聞を取り込んでいた。こんな紙片など、そのときはなかったはずだ。

俺が新聞を取ったあと、誰かが入れた。

新たな怪異の予感に怯《おび》えつつ、彼は二つ折りの紙片を手に取って広げて、そこに記された内容に愕然《がくぜん》とした。

隣室の者です。バスルームで一晩中、携帯で話すのは止めてもらえませんか。

……祖父のノートだ。

怪異は起きていた。ただし彼には無害で、被害は隣の住人に及んだらしい。

それにしても――。

一晩中バスルームで電話をするなど、少し考えれば有り得ない状況だと分かる。でも、そうとでも解釈しなければ、隣室から聞こえてくる微かな声の説明がつかない。

隣人の反応は極めて自然と言えるだろう。

あの声が隣室まで響くとは……。

ちょっと信じられなかったが、この苦情のメモが何よりの証拠である。

三間坂は部屋に戻ると、一切の説明を抜きにして――そもそも書きようがなかった

――謝罪文のみを便箋《びんせん》に記して封入して、それを隣室の扉の郵便受けに入れた。ノートは会社に置いておくしかないか。机の鍵のかかる引き出しに入れておけば、恐らく大丈夫だろう。彼よりも遅くまで残業する編集者に対して、何らかの影響が出ないとも限らないわけだが、こればかりは様子を見るしかない。

この日の三間坂は、仕事のアポイントメントが昼前に一つと午後から二つ入っていた。そのため彼は一日中、ほとんど社外にいた。ノートを編集部の机の引き出しに仕舞ったお陰なのか、外出中は特に何も起きなかった。

夕方に会社へ戻ると、北縞詞子のメモが机にあった。「某社の誰様から何時に電話があり、こういうご用件でした」という連絡である。たまたま新入社員がフロアに一人もおらず、彼女が電話に出たのだろう。

彼は手早く仕事を済ませたあと、ノートの続きを読んだ。やはり予想通りに、語りは三周目に入った。文章に細かい異同があるのも同じだった。四周目に入る手前でノートを閉じて、再び鍵のかかる引き出しに仕舞う。それから「珍しいな」と同僚に声をかけられながら、彼は帰宅した。

その夜は平穏無事に過ぎた。ただし問題は、翌日に待ち受けていた。

三間坂が出社すると机の上に、北縞詞子のメモがあった。もっとも仕事の連絡ではない。「いつでも結構ですから、今日お時間をいただけませんか」と書かれている。

彼女に目を向けると、明らかに表情が強張《こわば》って見える。彼の視線を感じながらも、わざと知らん振りをしてパソコンで仕事をしている。そんな風にしか映らない。

どうも厄介事らしいな。

最初は昼食に誘う心算だったが、店内で話せる内容ではないかもしれない。そこで彼は社内の小会議室を午後から予約した。多分これなら大丈夫だろう。その旨を同じくメモで伝えると、こっくりと彼女が頷《うなず》いた。

昼食を済ませて小会議室に行くと、すでに北縞が待っていた。

「すみません。お時間を取ってもらって……」

「いや、まったく構わないけど、どうしたんだ？」

なるべく彼は軽い口調を心懸けたのだが、返ってきた彼女の声音は暗かった。

「三間坂さんに謝らなければならないことが、実はもう一つあります」

「何か怖いな」

あくまでも三間坂は軽く応《こた》えたが、その内容を聞いて驚いた。

「すみません。勝手にノートを読んでしまいました」

「ええっ？　まさかノートって……」

「……はい。あの怪談ばかりが書かれている、三間坂さんの机の上にあった変なノートです」

　そこで彼は再び驚いた。

「机の上に?」

「電話のメモを置きに行ったとき、ふと目に入って……。前に三間坂さんが熱心に読まれていた、あのノートだって気づいて……」

　ノートは鍵のかかる引き出しに入れたうえ、間違いなく施錠した。仮に鍵を忘れたのだとしても、机の上に出ているはずがなかった。かといって彼女が引き出しを物色したとは、とても思えない。如何に好奇心が旺盛でも、そういう節度はきちんと持っている。それが分かっているだけに、何とも言えない恐ろしさを彼は覚えた。

「どういう状態でノートは、机の上にあった?」

「三間坂さんの机って、整理整頓《せいとん》がされていて綺麗《きれい》ですよね。珍しくゲラが出てましたけど、ちゃんと揃えられてクリップで留められてました。そのゲラの上に、ノートはありました。それも無造作に放り出したのではなく、きっちりと置いた感じでした」

　熱心に説明を聞く三間坂の様子から、何かを察したらしい北縞は不安げに、

「もしかして三間坂さん、ちゃんと仕舞われてた……とか」

「引き出しに入れて鍵をかけてた」

　一拍の間があって、

「わ、私、引き出しなんて――」

「うん、物色したなんて思ってない。好奇心が旺盛過ぎて、何にでも興味を持って、すぐに首を突っ込みたがる性格だとしても、その一方で君には慎み深さがあるから、勝手に他人の物を探し回るなんて、絶対にしないはずだ」

「……褒められてるのか、貶《けな》されてるのか、よく分からないんですけど」

半笑いのような顔を彼女は見せたが、それも一瞬だった。

「あのノートって、やっぱりヤバい代物なんですか」

「そのようだな」

月曜以来の体験を打ち明けようかと彼は考えたが、ここは彼女に何があったのか、それを聞き出すのが先だと思い直した。

「それで、何があった？」

「自分の机で読むのは、さすがに躊躇われました。だから迷った末、トイレに持って行ったんです」

その方が怖いだろ……と言いたかったが、三間坂は黙っていた。

「トイレには誰もいませんでした。一番奥の個室に入ってノートを読み出したら、あっという間に引き込まれてしまって……」

北縞は彼の顔を見詰めつつも、実際はその向こうの遠くの何かを、まるで望むよう

な眼差しで、

「あれって、何なんですか。誰が書いたんです？　何のために、ああやって纏めたのか。どうして三間坂さんが――」

「その説明はあとでするから、先に君の話をしてくれないか」

三間坂が優しく宥める口調で頼むと、こっくりと彼女は子供のように頷いてから、

「ノートに熱中してると、いきなり洗面台で水の流れる音がしました」

女子トイレは扉を入ると短い廊下が延びて、それが左手に折れている。曲がると右手の壁に洗面台が四つ並んで、その向かいに掃除用具入れが一つと、個室が四つ設けられている。そういう間取りになっているらしい。

「一番出入り口に近い洗面台で水が流れたようなので、誰かが手を洗いに来たのだと思いました。でも水道が止まったあと、少ししてまた流れ出したんです。それと同じことが、もう一度あったところで、右端の洗面台から奥へと、一つずつ順番に水が流れては止まってるみたいだと、はっと気づきました。その間に人が出入りした様子なんて、まったくないのに……」

「トイレの洗面台って、センサーだよな」

「水道の蛇口に手を翳《かざ》すと、自動で水が流れる仕組みです」

「君が気づかないうちにトイレへ入った者がいて、一つ目の洗面台から奥へ向かって、

手を洗い続けたと考えるしかないか」

「そんな風に、最初は私も考えました」

するど意外にも北縞が、彼の解釈に同意して、

「明らかに変ですけど、社内には可怪しな人もいますからね」

「例えば誰だよ」

三間坂の突っ込みに、しかし彼女は乗ることなく、

「けど違うって、すぐに分かりました」

「どうして？」

「洗面台の現象のあと、出入り口に近い個室で、まず水が流れました。それから二つ目、さらに三つ目と、同じように個室の水が流れ出したんです」

「き、君がいた――」

彼が皆まで口にする前に、

「隣の個室で水が流れたところで、慌てて外へ出ました。そうしたら『いやっ』って短い悲鳴がして、千登勢さんが真っ青な顔で立ってたんです」

「何処に？」

「短い廊下を曲がった、すぐの辺りです。『いつ来たの？』と尋ねたら、『たった今です』と。『洗面台と個室で、勝手に水が流れる音を耳にした？』って訊くと、彼女は

首を振りました。でも顔色が尋常じゃなかったので、『どうしたの、大丈夫？』と心配したら、トイレの扉を開ける前に中から話し声がしたって……。けど入ってみたら誰もいなくて、いきなり私が奥の個室から飛び出してきたので、それで悲鳴を上げたのだと分かりました」

「その話し声って、どんな感じだったのか、彼女は説明した？」

「二人や三人ではない複数の人たちが、声を潜めながら喋ってる……そういう気配があったらしいです。だから千登勢さんも一瞬、入るのを躊躇ったそうです。先輩の女性社員たちが集団で、内緒話をしているのだとしたら、そんな場にのこのこ姿を現す度胸なんか、新入社員にはありませんからね」

「ごもっとも」

「だから彼女は少しの間ですが、聴き耳を立てました」

「そんな行為をしたこと、よく君に話したな」

「私は新人に人望があるんですよ――っていうのは冗談として、要は嘘を吐けないほど、千登勢さんも怯えていたって証拠でしょう」

そして「千登勢さんも」という表現から、北縞詞子も同じ状態だったと分かる。

「二人で顔を見合わせてたら、私が出てきた奥の個室で、水が流れ出して……。その音が聞こえると同時に、きーんっていう耳鳴りがして……。それは千登勢さんも同じだったようで、両手で両耳を押さえてました。その姿を見た途端、私も耳が物凄《ものすご》く痛くなって……。そのうち今にも千切れるような気がして、必死になって押さえました」

「それから？」

「もちろん逃げ出しましたよ、彼女と一緒に。幸いトイレから出たら、すうっと耳の痛みは消えましたけど……」

「奥の個室を見に行かなかったのか」

「……三間坂さん、鬼ですね」

本気で呆れているらしい顔を彼女は見せたが、すぐに詰問してきた。

「一体あのノートは、何なんですか」

三間坂が実家の蔵で発見した経緯を伝えると、すでに頭三会の「活動」を理解している北縞は、然《さ》もありなんという表情になった。

「できるだけ早くノートを、問題の金庫の中に戻して下さい」

「最後まで読んで——」

「何を言ってるんですか。そもそも三間坂さんは、変な目に遭ってないってこと？」

「いや、そういうわけでは……」

彼女に問い詰められた結果、仕方なくこの数日の体験を簡単に語ったところ、

「……信じられない。そんな訳の分からない現象に見舞われてるのに、まだノートを

読む心算だなんて、三間坂さんが自称してる猟奇者というより、ただの頭の可怪しな変人ですよ」

「それほどの人物だとは、自分でも――」

「褒めてませんから」

ぴしゃっと彼のボケを断ち切ったあと、はっと北縞は察したように、

「まさかノートを最後まで読んでから、例のホラーミステリ作家先生に、それを送り届ける気じゃないでしょうね」

「えっ、だって送るだろ」

「駄目ですよ。これまでも散々、それで酷い目に遭ってきたんでしょ。三間坂さん、いい加減ちゃんと学習して下さい」

「そう言われても、ただの頭の可怪しな変人だからなぁ」

「いいですね。私は忠告しましたからね」

北縞詞子は怖い顔と声音で迫ると、先に小会議室を出て行った。

これには三間坂も、さすがに少し考え込んだ。もっとも「少し」だけである。結局は自分の席に戻って、当たり前のようにノートの続きを読んだ。

語りは四周目に入った。個々の怪談の内容に変化はない。ただし文章に異同はある。という相変わらずの事実しか分からない。ただし妙な感覚は強まっていた。同じ話を

繰り返し読まされれば、普通は飽きてくるのに、このノートの場合はそれがない。

――なぜか。

記憶がリセットされるから……という答えが、ふっと彼の脳裏に浮かんだ。

いや、そんなはずはない。

その証拠に今、三間坂は全部の話を覚えている。四度も目を通しているのだから、それぞれ細部まで語れる自信も結構ある。

……そうではない。

再び脳裏に、今度は否定の言葉が響く。

語りのループがはじまった途端、記憶がリセットされるのではないか。だから読める。いつまでも目を通していられる。

もし、そうだとしたら……。

――永遠に終わらない怪談語りの地獄。

そんな表現が不意に閃《ひらめ》いて、とても厭な気持ちに彼はなった。如何に怪異譚《かいいたん》好きとはいえ、ぞっとしない。悪夢中の悪夢と言える。

いつもより短めの残業をしてから、三間坂は会社を出た。もちろんノートは机の引き出しに入れて、きっちりと施錠してきた。北縞詞子の体験に鑑《かんが》みると無意味かもしれなかったが、他にどうしようもない。

会社から駅までの途中で外食をする。誰か友達を誘おうかと思ったが、このノートのケリがつくまで、できるだけ他人に関わらない方が良いと判断した。下手をすると巻き込んでしまうかもしれない。北縞詞子は気の毒だったが、ノートを読んだのは彼女の意思なのだから、ある意味あれは自業自得だろう。明らかに迸《とばっち》りを食ったのは千登勢蛍である。恐らく例の電話に出たことで、彼女は怪異に触れてしまった。トイレに北縞がいたからこそ、まだ千登勢の被害は少なかったとも考えられる。同じことが北縞にも言えそうだったが……。

電車内で読書をしたが、月曜の帰りと同様あまり集中できない。駅から歩き出したとき、周りには勤め帰りらしい者が何人もいた。それが次第に少なくなっていく淋《さび》しい光景も、いつも通りだった。ただし、そこからが違った。

十数メートル先の角を左手に曲がれば、Ｉメゾンが面する細い道に入るという地点で、不意に彼の足取りが鈍った。

曲がり角の先から、こちらへ歩いて来る人影がある。それが子供のように見える。しかも小学校の低学年くらいではないか。そういう年齢の子供が、こんな時間に独りで外にいる。まさか塾ではないだろう。仮にそうだとしても、普通は親が送り迎えをする。どう考えても不自然に思えてならない。

……大丈夫かな。

ここは声を掛けるべきだと、彼は大人の判断をした。にも拘らず足取りは鈍ったままである。なぜか先に進みたくない。あの子供に近づきたくない。

そのとき曲がり角の側にある街灯の明かりの中に、すうっと人影が入ってきた。

次の瞬間、三間坂は回れ右をして、一気に駆け出していた。かなり遠回りになるが、別の町内を迂回《うかい》してIメゾンまで帰るために。

あれは……。

女の子だった。ちらっとしか目にしていないのに、ぞくっと胸が震えるほど妙な色香に当てられて、場違いにも倒錯的な気分になるほどの美少女だった。ただし美しさを覚える前に、まず妖《あや》しさに魅せられる。あの年齢からは考えられない、そんな女の子だった。

あの子の眼は……。

と思い出し掛けたところで、彼は慌てて首を振った。

あとは頭の中をできるだけ空っぽにして、ひたすらIメゾンまで走った。集合住宅が面する細い道に逆側から入るとき、あの少女が待ち伏せているのでは……と恐怖したが、幸いにも杞憂に終わった。それでも彼は自分の部屋に駆け込むまで、決して気を緩めなかった。

すぐさま三間坂はシャワーを浴びた。走ったお陰で汗を掻《か》いたせいもあるが、身体に湯を流すことが一種の「祓《はら》い」になると考えたからだ。

ところが、シャワーを浴びている最中、何とも妙な気配を覚えた。

……ざわわっ。

耳元で何やらざわめいている。水音かと思ったが、それなら普段からするはずだろう。急いでシャワーを止めてみたが、聞こえるのは換気扇が回っている物音くらいである。

……気の迷いか。

再びシャワーを出すと、またしても耳の周囲がざわつく。

……ざわわわっ。

慌ててシャワーを止めるも、途端に何も聞こえなくなる。

やっぱり気のせいか。

自らの体験と北縞詞子の話によって、間違いなく物音に対して敏感になっている。だから「本当は聞こえていない音」を、きっと脳が勝手に造り出しているのだ。

そう冷静に考えた彼は、三たびシャワーを浴びはじめて――、

……またらしぬめのねたりこいかなともらせしてめろろむならいきひろつ。

という訳の分からない囁き声を耳にして、適度な温水を流しているにも拘らず、ぞわっと身体に鳥肌が立った。と同時に気づいた。

それはシャワーヘッドの穴から、聞こえてる……。

シャワーを止めると、ぴたっと止む。再び出すと……という試みを、もちろんやる心算などない。あとは蛇口から水を出して、どうにかシャワーの代わりとした。

しかし、しばらくするとまた聞こえ出した。

……ざわわっ。

今度は蛇口かと思ったが、どうも違う。

……ざわわわっ。

もしかすると換気扇の中からかもしれない。

いったんバスルームから出て、廊下にある換気扇のスイッチを切る。そして戻って耳を澄ましたが、もう何も聞こえない。

ノートは会社なのに……。

身体を拭いて落ち着くと、当然の疑問が浮かんだ。そのお陰で水曜の夜は、この部屋で何も起きなかったのではないのか。

どうにも彼は腑《ふ》に落ちなかったが、そのうち恐ろしい可能性が浮かんだ。

……ここまで読んでしまうと、もう関係ないのかも。

あとはベッドに入って眠気を覚えるまで、ずっと心が休まらなかった。こうなった以上、いつ何時あの囁きが何処から聞こえるか分からない。ふと危惧した中で最も厭だったのは、あれが枕の中から聞こえる……という最悪の想像だった。

その夜、当たり前のように彼は悪夢を見た。いや、単に見たというより酷く苛《さいな》まれた。朝になって目覚めたとき、ぐっしょりと寝汗を掻いていた。起床と共に夢の記憶は急激に薄れていったが、相変わらず怪談を延々と聞かされていたような気がした。

金曜のその日、三間坂は出社すると、早速ノートの残りに目を通した。そして最後の頁に辿り着いたのだが、冗談としか思えない結末が待っていた。

語りのループは五周目で終わった。しかし、それは本当の意味での終わりではなかった。六周目に入ったところで、ついに分厚いノートの頁が尽きてしまったから……という理由で途切れていただけだった。

……まさか、二冊目があるのか。

仮にそうだとしても、これでは切りがない。何処までも延々と続く。何冊も何冊もノートが必要になる。この語りの繰り返しに一体どんな意味があるのか。

いや、そもそも怪異に概念などないか。

この無間地獄を想像して、彼は心底ぞっとした。

三間坂はノートを封筒に入れると、そこに簡単な手紙を同封して、例のホラーミステリ作家に送った。手紙の最後には、ノートに対する警告も書いておいた。ただし自分が体験した「怪異」については、敢えて記さなかった。予断を与えるのは良くないと考えたせいと、もう一つ確固たる理由があった。

あの先生なら、きっと何とかするだろう。

当の作家にとっては迷惑千万でしかないだけの、そんな三間坂秋蔵の見立てによって、手紙には抽象的な注意喚起しか書かれなかった。

# 終章

　三間坂秋蔵が自らの体験を話している間、ずっと僕は「耳栓をしてノートを読んだのは正解だった」と思っていた。それを口に出さなかったのは、もちろん彼の心情を慮《おもんぱか》ってである。

「偉い目に遭ったなぁ」

　僕は三間坂に同情しつつも、それ以上に北縞詞子と千登勢蛍が気の毒になった。

「しかし君の場合は仕方ないにしても、とんだ迸《とばっち》りを彼女たち二人は受けたわけだ」

「千登勢はそうですが、北縞は自業自得です」

「好奇心は猫をも殺す――か」

　彼の厳しい意見に、僕は思わず苦笑いしながら、

「けど君がノートを会社に置いておかなければ、北縞さんも読む危険はなかった」

「鍵《かぎ》の掛かる引き出しに仕舞ったのに、それが勝手に机の上に出ているなんて、とても想定できません。それに万一、私が仕舞い忘れたのだとしても、何の断りもなくノ

ートを読んだのは、彼女の責任でしょう」

「うん、それは間違いない。でも、やっぱり巻き込んでしまった……と見るのが、この場合は正しくないかな」

「……少なくとも半分は、責任がありますか」

自分が当事者の場合でも客観的な判断ができるのは、三間坂秋蔵の良いところの一つである。

「君たちの体験は、ほぼ間違いなくノートのせいだと思うけど……」

「はい、そうでしょうね」

僕の口調に何かを感じ取ったのか、彼は肯定の返事をしながらも、その一方で怪訝《けげん》な顔をしている。

「このノートは、それだけではないのかもしれない」

「と言いますと？」

「つまり本来は何の関係もない、別の怪異まで呼び寄せる……のではないかな」

一瞬の間のあと彼は、

「あの少女ですか」

「……うん」

「あれって、やっぱり――」

「駄目だ。口に出すんじゃない」

いきなり僕が険しい表情で遮ったところ、はっと三間坂は身構えるような反応を見せてから、

「でも、これまでの頭三会では何度か、あの名前が出ていませんか」

「確かに。けど今は君が、あれに遭ったかもしれないあとだ。そんなとき不用意に、あれの名を口にするべきではないと思う」

「……呼び寄せるようなものですか」

「お岩様の名前は口にするだけで、その者の背後に彼女が立つと、昔は恐れられたものだ。それに近いような気が、個人的にはしている」

僕が例に出した「お岩様」とは、もちろん『四谷怪談』に登場する彼女である。

「特に今の状況では、用心するに越したことはない」

「そうですね」

三間坂は理解を示したあと、

「ところで――」

急に改まった顔になると、

「これまでと同様に、このノートも一つの作品として、まさか先生は発表なさるお心算《つもり》ではないでしょうね」

「これを読んでいる最中、正直その考えは皆無だった」

「……今は違うと？」

彼は不安と期待が半々のような、かなり複雑な表情をしている。

「実は前々から、ある考えを持っていた」

「……どんなアイデアですか」

そこで僕が『のぞきめ』を第一作とした「五感」シリーズの案を話したところ、彼は大いに興奮したのだが、すぐに編集者らしい心配をはじめた。

「ただ、そうなると版元がKADOKAWAになります。例の『幽霊屋敷』シリーズは、すべて中央公論新社の刊行でした。そこは大丈夫なんですか」

「おいおい、三間坂家の魔物蔵は中央公論新社が所有しているのか」

「あっ、いや、違います」

「だったら何の気兼ねもいらない」

「それもそうですね」

三間坂は納得したようだが、すぐに別の問題に思い当たったらしく、

「いえ、それよりも大変な懸念があります」

「この『五感』シリーズに？」

「シリーズのアイデアは面白いと思います。その『聴覚』に祖父のノートを当てるの

も、ちょっと穿《うが》っていて良い気がします。ただし今の状態で、このノートを取り上げることが、果たして相応《ふさわ》しいのかどうか……」

　怪訝そうな僕の顔を見て、彼はストレートな物言いをした。

「先生は『のぞきめ』でも『幽霊屋敷』シリーズでも、取り上げたテキストに対して何らかの解釈を、最終的に行なっておられます。その是非はともかくとして、一応の『解決編』が用意されているわけです。けど、このノートはどうでしょう。一切そういった試みがなされていません。いえ、いつものように検討はされましたが、肝心の解釈ができていない」

「うん、まさにその通り。完全に認めます」

　僕は高らかに敗北宣言をしてから、

「別に言い訳する心算はないけど、こんな訳の分からないもの、誰がどう挑んでも意味づけなんか絶対に無理だ。こじつけさえも恐らくできないだろう」

「私が懸念するのは、そこです」

「というと？」

「つまり『商品』にならない。そう思うのですが……」

　三間坂の心配は普通に理解できた。文芸書を扱っていないとはいえ、やっぱり編集者である。本として売物になるかどうか、その問題が真っ先に浮かんだらしい。

「僕も同じ不安が、ちらっと脳裏を過《よぎ》った」

「……ですよね」

「だから『序章』で、早々と断りを入れようかと……」

「そういう問題ではありませんよね」

「やっぱりそうか」

溜息《ためいき》を吐く僕に、彼は力強く頷《うなず》きながら、

「もちろん『のぞきめ』も『幽霊屋敷』シリーズも、ミステリとして上梓《じょうし》されたわけではありません。ホラーであるなら『解決編』は必ずしも必要ではない。しかし愛読者の多くは、先生ならではの『謎解き』を期待しています。それがないとなると……」

「うん、君の懸念はよく分かる」

今度は僕が大きく首を縦に振りつつ、

「そこで判断するのは、KADOKAWAの編集者に任せようと考えた」

「はっ？」

「つまり『商品』になるかどうか、まず根本的な問題を検討してもらう。そのうえで次に、どういう構成にするかなど編集の話に入る」

「うーん、どうでしょうか」

かなり躊躇《ちゅうちょ》する素振りを彼は見せている。

「あまり先生らしくない気がします」

「他人に責任を委《ゆだ》ねてしまうのは、確かに心苦しい。それが版元の人間であれば、余計にそうだと僕も感じる」

「にも拘《かかわ》らず――という理由が、何かあるのですか」

三間坂にしては珍しく探るような、そんな眼差《まなざ》しを向けてきた。

「実は君に話していない、ある事情が本件にはあって……」

「……思いもしませんでした」

ややショックを受けたような彼の顔を目にして、僕は申し訳ない気持ちになった。

「いつもの君なら、僕が何か隠していると、とっくに見抜いていたかもしれない。しかし今回のテキストは、お祖父《じい》さんが残したノートになる。さすがの君も、そんな余裕はなかった。だから気づけなくても当然だよ」

「……何だかお聞きするのが、ちょっと怖くなってきました」

「相変わらず鋭いなぁ」

しきりに感心する僕とは裏腹に、ぎょっとした表情に三間坂はなると、

「どういう意味です？」

「いや、心配はいらない。怖いのは僕であって、君ではないから……」

「……えっ」

「このノートを世に出すことで、これまでと同じく読者に何らかの障りが降り掛かる懼《おそ》れが、少しもないとは言えない」

「……やっぱり、そうですか」

「君ほどではないにしても、何処からか訳の分からない物音が、こそこそっと聞こえてくる……くらいの怪異なら、ひょっとするとあるかもしれない」

「それが予測できるのに、わざわざ本にしようとしますか」

彼の半ば呆《あき》れた顔を見て、僕は少し笑った。

「いやいや、君に言われたくない」

「まぁ先生の愛読者なら、それくらいの覚悟はあるでしょう」

僕は「序章」でも引用した『のぞきめ』の「怪談奇談を欲して求めた段階で、その人は責任を負っている」という指摘を繰り返してから、

「それに重要なのは、本書を刊行することで危険かもしれないのは、君や読者よりも間違いなく僕である――という事実だよ」

「ええっ……事実と仰《おつしや》いましたか」

三間坂は戸惑いも露《あら》わに、僕に詰め寄った。

「ちゃんと説明して下さい」

「僕とはじめて会ったときに、君が何をしたか、覚えているかな」

そう尋ねると、きょとんとした顔に彼はなって、

「先生の作品について、とにかく喋《しゃべ》り捲《まく》ったと思うのですが……」

「それは間違ってないけど、会って結構すぐの段階で、君はあることをしただろ」

「……待って下さい」

彼は必死に記憶を探っているようだった。

「先生とお会いして……」

当時のことを順番に思い出そうとしているらしく、ぶつぶつと色々な呟《つぶや》きがしばらく続いた。それから急に声を上げて、朗々と語りはじめた。

「そうか！　これですね──『百物語という名の物語』という私の作品らしい小説が、日本ホラー小説大賞に応募されていると祖父江耕介に知らされたのは、早くも夏の火《ほ》照《て》りが治まりかけた九月の半ばだった」

なんと今でも三間坂は、『忌館《いかん》　ホラー作家の棲《す》む家』の冒頭の文章を暗記していたのには驚いた。

「暑さに弱いため、早々と夏の気配が去ったことを喜びながら、それでもすぐにぶり返しがくるのだろうと、取り留めもない思いに耽《ふけ》っていたある夜、彼からその奇妙な連絡があった」

作者である僕でも、この芸当はできない。

「耕介とは大学の同窓で——」

「ありがとう。もう充分だから」

こちらが止めなければ、いつまでも引用しそうな勢いである。

「作者ご本人に対して、いきなりデビュー作の冒頭を朗読するなど、これは完全に若気の至りってやつですね」

「いいや、純粋に嬉《うれ》しかったよ」

場違いにも、ほっこりとした雰囲気になった。だが、それも束の間だった。

「あのときの朗読が、何か……」

と言い掛けて、ふと彼の顔が強張《こわば》った。どうやら勘の良さが戻ったらしい。

「……分かったようだな」

「ま、まさか……」

三間坂が何も言わないうちから、僕は頷いていた。

「お祖父さんのノートを読んでいるうちに、僕は思い出した。耕介から聞いた例の『百物語という名の物語』の内容を……。そして気づいた。このノートに記されている話が、あの作品と非常に似ているのではないか……と」

「当時の祖父江耕介さんは、日本ホラー小説大賞の応募原稿の下読みをなさっていた。すると先生の名前での投稿があった。自分に黙って先生が応募されたのかと当初は考えたが、どうにも怪しい感じがした。原稿の下読みをしている者が、その作者に連絡を取るなど、本当なら絶対にしてはならない行為です。でも胸騒ぎを覚えた祖父江さんは、敢《あ》えて禁を破った。その結果、そんな原稿など先生は書いていないと分かった。もちろん応募もしていない……」

「あれほど驚いたのは、これまでの人生でもそうないと思う。しかも驚愕《きょうがく》と同時に、何とも言えない恐怖まで覚えたんだからな。どんな内容なのかと耕介に訊いて、彼も教えてくれた」

「それが祖父のノートと、同じだった……」

「いや、そう断言できるほど、今でも覚えているわけではない。ただ、冒頭が寺の本堂を舞台にした怪談会で、そこから語り手が次々に代わりながら、ひたすら怖い話が語られ続けて……やがて物語が『お話の中』で閉じる。そんなメタ的な作品だった……というのは合っているはずだ。だから今回、すぐさま耕介に連絡したんだが、さすがに彼の記憶も曖昧《あいまい》だった。もう二十年以上も前の話だからな」

「KADOKAWAに問い合わせて、当時の応募原稿を――」

はっと彼は思いついたように言ったが、僕は力なく首を振って、

「いくら何でも無理だよ。去年の原稿でさえ、もう破棄されているんじゃないかな。まして二十年以上も前では、完全に絶望的だろう」

「祖父江さん以外の、当時の下読みの方たちを捜し出して尋ねても、やっぱり覚えていないでしょうね」

「かなり望み薄だと思う」

ここで三間坂は、俄《にわか》には信じられない可能性に思い至ったらしい。

「まさか謎の応募者が、祖父だったということは……」

「……いや、有り得んだろ」

「そうですよね。その当時の祖父と先生には、まったく何の繋《つな》がりもなかったはずですから……」

「そもそも萬造氏には、そんなことをする動機がない」

「だったら、この気味の悪い暗合は一体、何なのですか」

「……分からない」

と言った切り僕が黙ると、同じように彼も口を閉ざしてしまった。

かなり夜も更けている中で、三間坂家は恐ろしいほど深閑としている。二人の会話が急に止んだことで、その静けさが強調されたらしい。

……ほそほそっ。

囁《ささや》くような虫唾《むしず》の走る小さな声が、今にも何処かから聞こえてきそうである。

「先生、止めましょう」

唐突に彼が口にした否定の言葉の意味を、もちろん僕は理解していた。だけど敢えて、問い掛けるような眼差しを向けた。

「うん？」

「祖父のノートを『五感』シリーズの一冊として、KADOKAWAから出すことです。いえ、この際シリーズは関係ありません。とにかく、このノートを小説化することと。それ自体です」

「どうして？」

「……輪が閉じる」

まさに適切な表現を三間坂はした。

「デビュー作から先生が書き続けられてきた『世界』の大きな輪が、このノートを発表することで閉じてしまう。それはノートの中で繰り返されている語りのループと、何処か妙に似ている気がしてなりません」

「つまり？」

「こんな不吉なこと申し上げたくないのですが、この一冊が先生の最後の著作になる。そういう懼れに今、私は囚《とら》われています」

「僕も同じように考えた」

「ええっ、だったら尚更《なおさら》……」

驚きつつも呆れた表情を彼は見せたあと、不意に怖い顔になると、

「如何《いか》に猟奇の徒であっても、手を出すべきではない行為が、この世にはあると思います」

「一般の読者を巻き込むかもしれない本を刊行するのは、そこに含まれないのか」

「そういう書籍は、別に過去にもありました。そして対象になるのも、あくまでも不特定多数の人たちです。けど、この場合は……」

「同じく不特定多数の読者――」

「――と先生個人になります。しかも前者より、どう考えても後者の方が危険です」

「だからこそ確かめたい」

「なぜです？」

「ホラーミステリ作家だから……」

どうやら三間坂の理解を、とっくに僕の返答は超えてしまっているらしい。

「い、意味が……」

「これは作家の業だよ。創作者の業と表現すべきかな」

「……………」

「萬造氏のノートの内容は、実際には有り得ない記述と言える。そんな代物が日本ホラー小説大賞の応募原稿という現実となって、まずこの世に出そうになった。それは

叶《かな》わなかったけど、お陰で拙作『忌館　ホラー作家の棲む家』を書くことができた。そして二十年以上が過ぎ、僕は問題のノートを読む羽目になった。そこに記された怪談のループと同じ現象が、このノートを小説化することで現実になるかもしれない。我々は今、この時点にいるわけだ」

「……ええ、その通りです」

「創作という大いなる虚構が、自分たちの現実に影響を与える——その瞬間を体験できる可能性があるのに、それを放棄することなど僕にはできない。こんな機会など一生に一度あるかないかだろ。しかも問題のテキストは怪談だぞ。躊躇《ためら》う理由が何処にある？」

「…………」

「読者に対して『責任を負っている』と迫るのなら、作家自身は『覚悟を負う』べきではないだろうか」

「…………」

しばらく彼は俯《うつむ》いていたが、ゆっくりと顔を上げて僕を見詰めると、これまで一度も口にしたことのない話をはじめた。

「私は学生時代に、先生の『作家三部作』と呼ばれる『忌館　ホラー作家の棲む家』『作者不詳　ミステリ作家の読む本』『蛇棺葬』『百蛇堂　怪談作家の語る話』を読んで、この作者はこんな風に自分自身をネタにして、まったく怖くないのか、少しでも不安を覚えないのだろうか……と思って、作品の内容以上に先生の創作姿勢に対して、ふと気づくと実は恐怖を覚えていました」

「はじめて聞くな」

「下手にお伝えしたら誤解され兼ねない、そんな感想です」

「でも今なら言える……か」

「学生時代に私が感じ取った以上に、先生の創作姿勢は恐ろしいのかもしれません」

「褒め言葉と受け取っておくよ」

「こうなったからには私も、ぜひ協力させて下さい。先生の愛読者の一人として、きっちりと見届けたいと思います」

——という経緯があったうえで、本書の刊行に向けて我々は動き出した。そこにKADOKAWAの編集者Nと中央公論新社の編集者Yを巻き込む恰好《かっこう》で、この企画は進んだ。

もしも今、あなたが「終章」を読んでいるのなら、本書は無事に刊行されたことになる。

あとは予測通りに、拙作の大きな虚構の輪が閉じるのか、その現象が僕に影響を与えるのか、そして本書が最後の著作になるのか、それを一緒に見届けて欲しいと思う。

その過程でもしも、あなたを巻き込む羽目になったとしたら……ただ申し訳ないとしか、僕には言えないけれど。

――という文章で僕は、単行本『みみそぎ』の「終章」を閉じた。そして現在、この加筆を文庫版で行なっている。つまり「輪」は閉じずに、なおも僕は作家活動を続けているわけだ。幸いにも今のところは……。

# 主な参考文献


井之口章次『日本の葬式』筑摩書房／1977

杉浦日向子『大江戸観光』ちくま文庫／1994

須藤功『葬式　あの世への民俗』青弓社／1996

川村善之『日本民家の造形　ふるさと・すまい・美の継承』淡交社／2000

ロベール・ド・ラ・クロワ『海洋奇譚集』知恵の森文庫／2004

新谷尚紀『お葬式　死と慰霊の日本史』吉川弘文館／2009

佐々木喜善『遠野奇談』河出書房新社／2009

田中瑩一『伝承怪異譚　語りのなかの妖怪たち』三弥井書店／2010

筒井功『日本の地名　60の謎の地名を追って』河出書房新社／2011

岡田喜秋『定本　日本の秘境』ヤマケイ文庫／2014

筒井功『殺牛・殺馬の民俗学』河出書房新社／2015

白日社編集部 編、鬼窪善一郎 語り『新編 黒部の山人　山賊鬼サとケモノたち』山

と渓谷社／2016
高岡弘幸『幽霊 近世都市が生み出した化物』吉川弘文館／2016
工藤隆雄『マタギ奇談 狩人たちの奇妙な語り』山と渓谷社／2016
村田久『新編 底なし淵』ヤマケイ文庫／2017
山村民俗の会 編『山の怪奇 百物語』河出書房新社／2017
大島廣志 編『怪異伝承譚 やま・かわぬま・うみ・つなみ』アーツアンドクラフツ／2017
田中貢太郎『日本怪談実話〈全〉』河出書房新社／2017
山の怪と民俗研究会 編『山の怪異譚』河出書房新社／2017
宇江敏勝『呪い釘』新宿書房／2018
伊藤正一『定本 黒部の山賊 アルプスの怪』ヤマケイ文庫／2019
高橋文太郎『山びとの人生 神秘と不思議の民俗を訪ねて』河出書房新社／2019
室井康成『日本の戦死塚 増補版 首塚・胴塚・千人塚』角川ソフィア文庫／2022
原本遠野物語編集委員会 編『柳田國男自筆 原本 遠野物語』岩波書店／2022

# 解説

澤《さわ》村《むら》伊《い》智《ち》（作家）

一体、この三姉妹とは何者なのか。彼女たちは何を行うのか。彼女たちの姿と佇《たたずま》い
を描いてみよう。たとえ姿といっても、その輪郭は常に変動してやまず、佇いといっ
ても、それは常に前面に進み出たかと思うと、再び常に闇の中に引き退いて行って仕
舞うものであるとしても。

——トマス・ド・クインシー　野島秀勝訳『深き淵よりの嘆息』より

『ぼぎわんが、来る』と後に改題される『ぼぎわん』という私の書いた長編ホラー小説が、日本ホラー小説大賞を受賞したと編集者から連絡があったのは、二〇一五年、葉桜が鮮やかな四月下旬のことだった。そこから先の出来事や、私と当時の妻・霧香《きりか》を襲った悲劇については、拙作『恐怖小説キリカ』に細かく書かれているので、ここでは繰り返さない。

右記は場違いな自分語りではない。本書『みみそぎ』の序章にも引用されている、

三津田信三《みつだしんぞう》さんの記念すべきデビュー作『ホラー作家の棲む家』（文庫化に際して『忌館《いかん》　ホラー作家の棲む家』に改題）の書き出しをもじって、最小限の自己紹介をしたものだ。かつて存在した公募、日本ホラー小説大賞への応募原稿に関する記述でデビュー作を書き始めた三津田さんの著作の文庫版解説を、日本ホラー小説大賞への応募原稿でデビューした私のような人間が、こうしたオマージュめいた書き出しから始めるのは当然のことだ。一種の礼儀だとすら思っている。……などと理屈を並べ立てたが、本当は敬愛する先輩作家の作品に解説を書くことになって浮かれているだけだ。

だが、『恐怖小説キリカ』に言及したことには、一つの明快な理由がある。『恐怖小説キリカ』には、私が霧香とともに第二十二回日本ホラー小説大賞の受賞式とその後のパーティに出席し、著名な先輩作家の方々と遣《や》り取りしたことを明け透けに書いたが、ある方と初めてお会いしたことと、そこでの会話は、紙幅の都合でまるごと割愛した。もうお分かりだろう。ある方とは勿論《もちろん》、三津田信三さんのことだ。

パーティの終盤だったと記憶している。編集者が隣にいたこともうっすら覚えている。三津田さんはお酒を飲まれていたのか、ニコニコと上機嫌でいらっしゃった。そしてご自身が専業作家になった当時のことについて、とても現実的な話をしてくださった（要するに金と生活の話だ）。私は「小説家稼業って大変なんだなあ」と思うと同時に、「意外だなあ」とも思った。失礼な言い草だが、デビュー作から三作連続で

「作者自身を主人公にしたメタホラーミステリ」を書くという、私の感覚では商売として成立しにくい、アーティスティックな姿勢で作家活動をスタートされた三津田さんから、そうした話が聞けるとは想像していなかったからだ。

> 長篇『のぞきめ』を第一作とする「五感シリーズ」の残りの四作『みみそぎ』『ざわはだ』『ふしゅう』『いやあじ』を一気に脱稿する。今月から7月まで毎月一冊ずつ連続刊行する予定です。
> ——三津田信三@shinsangenya　2022年4月1日午前8：21のX（旧Twitter）投稿より
> ※傍点は引用者による

アーティスティック、という表現が曖昧《あいまい》に過ぎるなら「作家性が強い」「こだわりが強い」と言い換えるのが妥当だろうか。二十数年の作家生活において、三津田さんは同じ題材、同じ趣向を繰り返し小説に書いていらっしゃる。加えて作品は全てホラー／ホラーミステリ／ミステリの範疇《はんちゅう》だ。氏の著作を数冊読めば、その傾向は一目瞭《いちもくりょう》然《ぜん》だろう。

もっとも、どんな作り手も人間である以上、好き嫌いや得手不得手、無意識の癖は必ず存在する。なので彼ら彼女らの作品群にも当然、何らかの傾向は生じてしまう。

だが、そうした一般論を加味しても、三津田さんのこだわりは尋常ではない。誤解を恐れずに言えば偏執的とすら言える。パッと思い付く範囲でも、

①メタフィクション
②幽霊屋敷
③蛇の怪異
④人型（主に女性型）の怪異
⑤少年
⑥足音の恐怖（≒何者かに追いかけられる恐怖）
⑦民俗（学）
⑧多重推理
⑨無限反復の恐怖
⑩英米怪奇小説への言及
⑪海外ホラー映画への言及

……といった手法、要素が多くの作品に共通する。そして本書『みみそぎ』には、右に並べたうち主に①④⑤⑥⑦⑨が書かれている。

『みみそぎ』は作者である三津田さん自身を語り手にした長編で（①）、乱暴に要約

すれば「謎の怪談を読んだ三津田さんと、読んだことが原因で恐ろしい体験をした担当編集者が、その怪談を分析、推理して事態を解決しようとする」という話だ。

謎の怪談は「あるノートに書かれていた、ノートの記述者が怪談会で人から聞いた怪談」の中に「別の人から聞いた怪談」が挿入され、さらにその中に「また別の人から聞いた怪談」が含まれ……という、作中作、怪談内怪談の趣向が凝らされている。加えて、そうして何層も何層も潜っていった先の怪談は、何故か冒頭の怪談に戻ってしまい……というループ構造も持っている（⑨）。本文で三津田さんも言及するとおり、この怪談の異様さはあの有名な「牛の首」にも通じる。その構造上、怪談の核心たり得る部分が永久に明かされないからだ。


「怪談」についての「物語」。

「物語」についての「怪談」。

そして……「物語」という異形についての「物語」。

——井上雅彦《いのうえまさひこ》編『物語の魔の物語』「館長挨拶《あいさつ》」より

怪談内怪談、怪談の入れ子構造は、例えば岡本綺堂《おかもときどう》の怪談においてお約束と言っていいほど多用されるもので、決して斬新なものではない。だが、綺堂怪談の構造が「伝聞の伝聞にすることで信憑性《しんぴょうせい》の追求を無効化する」「敢《あ》えて一次情報にしない（怪しいモノを直接書かない）ことで恐怖を醸成する」といった意図のもとに採用されているのに対し、本作では怪談内怪談内怪談内怪談内……という無限の構造それ自体がもたらす恐ろしさが書かれている。フラクタル図形を延々と拡大した時に感じる、あの不安を何倍も増幅させたもの、と喩《たと》えれば、本文を未読の方にも通じるだろうか。肉体損壊の恐怖、死の恐怖、得体の知れないものに追いかけられる恐怖といったものとはまた異なる、観念的で抽象度の高い恐怖。これこそが『みみそぎ』の主題である、と言っていいだろう。

驚くべきことに、この無限反復の恐怖は、デビュー作『忌館』に、既にサブの要素として登場するのだ。「ある館にいる少年が館そっくりのドールハウスを覗《のぞ》き込んだところ、小さな自分の背中が見え、自身も背後の窓から巨人に覗き込まれたような視線を感じる」（要約）くだりがそうだ。自分を背後から覗く自分を背後から覗く自分を背後から覗く自分を背後から……という無限を想像した少年は、その果ての無さに怯《おび》える。同書文庫化に際して収録された後日譚「西日」に登場する謎の原稿用紙に至っては『みみそぎ』の怪談と酷似した構造を持っていることが仄《ほの》めかされている。このこだわり。この執拗《しつよう》さ。自分の「怖い」「好き」を心から信じていなければ（そして読者を信じていなければ）、これほど長期的に同じ題材を書くことはできないだろう。何をどうすればここまで自分と他人を信じ続けられるのだろう？　すげえ！　同じホラー／ホラーミステリ／ミステリに括《くく》られる小説を書いて商売している私にとって、三津田さんのスタンスはもはや畏怖《いふ》の対象である。

「この本を最後まで読んだ人間はいないんです」

――森見登美彦《もりみとみひこ》『熱帯』より

『みみそぎ』のメインの趣向は先述したとおりだが、構造上その「振り」に過ぎないはずの各怪談、およびそこで語られる怪しい存在も、それぞれが充分に不気味で恐ろしい。

怪談会で語られた鏡の怪。耳を塞《ふさ》ぐ仕草をする少年（⑤）。湯治場で出会った男が語る、夜な夜な湯に浸《つ》かりに来る「人ではないもの」と、男が語る近所のお姉さんの話。山小屋の二階から聞こえる足音（⑥）。そこに残されたノートに書かれた、不可解な野辺送りの話（⑦）と、真っ白な女の話（④）……。

大盤振る舞いである。これもまた「執拗」と表現したいほどだが、一方で私はこれを「奇を衒《てら》ったもの」「此末《さまつ》なディテール」とは決して感じない。「百物語」を愚直に小説化すれば、これに近いものになるのでは？　と思うからだ。いや、それどころか「百物語」「怪談会」などといった言葉がまだ存在しなかった大昔から人々が行っていたであろう「怖い話、奇妙な話を語り合う」行為に近しいのでは？　とすら思う。三津田作品はその過剰さも特徴の一つだが、決して徒《いたずら》に飾り立てたものではなく、むしろ「怖い話」の本質を追究している。あるいは始原に迫っている。そう感じるのは私だけではないはずだ。

本作でもう一つ過剰なまでに書かれているのが、シリーズや出版社の枠組みを超えた、他の三津田作品との結び付きだ。そもそも本作は『のぞきめ』の続編というより、内容的には中央公論新社の幽霊屋敷シリーズの続編なのだ（厳密にはシリーズ三作目『そこに無い家に呼ばれる』の続編）。ただ、これを安易にクロスオーバーと言ってしまうと語弊があるだろう。別個に聞き集めた無関係な怪談、あるいは創作物である小説に見出される、あるはずのない符合。それらの隙間に仄見える、人でない「四姉妹」の存在。本作で語られるのはそうしたものだ。つまりこれもまた「物語の魔」だ。あらゆる手段で、三津田さんにしかできないこだわりで「物語の魔」を多層的に書いたもの――『みみそぎ』の特徴を端的に説明するとしたら、こんなところだろうか。

ホラーの実作者として、そしていちホラー愛好家としての私の理解では、人間の作為を超えた（かのような）物語の魔を書く「メタフィクション」と、一個人の作為の産物である「作家性／こだわり」は本来相容《あいい》れないもので、それゆえ「メタフィクションを作家的こだわりで継続し、物語の魔を題材にした小説を書くこと」はとてつもない難行に思えるのだが、それを実行している作家がいること、その集大成とも言える『みみそぎ』が世に出ていることには素直に驚いてしまう。繰り返しになってしまうが、すげえ！　と言わざるを得ない。

ちなみに三津田作品群の符合から仄めかされる「四姉妹」については、シンプルに不気味に思うのと同時に、三津田さんが愛好するダリオ・アルジェント監督の「魔女三部作」が想起されて愉《たの》しい。アルジェント監督も「黒手袋の殺人鬼」「執拗な殺人描写」といったジャーロ映画の様式的表現に固執する、作家性の強い監督である。

「ぼくが怪奇小説の連載をひきうけたのは、合理的に解決される推理小説ってものに、疑問を持ちだしたからなんだぜ。推理小説というやつは、合理的に解決されるとたんに、なんだかむなしくなってしょうがないんだ。書いてても、読んでても――」

「でも、推理小説は現実を映すものじゃないでしょう？　そういう意味では、老年むき、中年むきの小説よ」

――都筑道夫《つづきみちお》『怪奇小説という題名の怪奇小説』より

この仕事をしていると「ホラーとミステリは相性が悪い」という主張をしばしば見聞きする。個人的には「そうだったとして、何？」としか思わないし、またディクスン・カーの『火刑法廷』（一九三七年）といった、両者の魅力を体現した傑作が九十年近く前に世に出ていたりもする。なので、少なくとも実作者にとって、あるいは作品単位で考えて、価値のある主張だとは思えない。しかし、ここで話を終わらせるのは本意ではないので、一旦《いったん》はその主張に真面目に耳を傾けてみよう。

ホラーとミステリは相性が悪い、とする主張の最大の根拠は「両者が相反するから」というものだ。不合理で不可知（≒謎）を是とするホラーと、謎を合理と知性で解き明かすミステリは水と油である、と。個人的にはこの根拠も極めて貧しいホラー観、ミステリ観に根差したものだと切り捨てたいところだが、これも一旦、額面どおり受け取ってみよう。そしてそのうえで引っ繰り返してみよう。

混じり合わない。相性が悪い。だとすれば「相性が悪いからこそ、両者を扱ったホラーミステリはそれらの対立、拮抗《きっこう》を正面から書くことができる」と言えるのではないか。これは決して屁理屈《へりくつ》、揚げ足取り、言葉遊びの類ではない。何故なら、そういった対立と拮抗のホラーミステリ作品を――それも傑作を――いくつも書き続けていらっしゃるのが、誰あろう三津田信三さんだからだ。

三津田作品において、怪現象全てに現実的な解決が提示されることはない。だが「探偵役が長大な推理の果てに大きな謎の真相（らしきもの）に到達する」といった言わばミステリが勝利する作品から、「探偵役が解決の糸口すら見付けられず、むしろ怪現象の異様さばかりが明らかになる」といったホラーが勝利する作品まで、その振り幅は広い。『みみそぎ』がどの辺りに位置付けられるかは勿論ここでは明かさないが、それを知りたくて本作を手に取った三津田ファンは確実に存在するだろう。ホラーとミステリの相性の悪さを指摘する主張は、往々にしてホラーミステリを（よく知らないまま）全否定する意図で為《な》されることが多いが、一作家から生み出されたこれら幅広いホラーミステリ作品群を前に、同じことが言えるだろうか。

もっとも、こうした振り幅は、三津田さんの意図によるものではないようだ。とある対談イベントで直接ご本人に聞いたことだが、三津田さんは小説を書く際、明確なプロットを作らないという。「ホラーになるかミステリになるかは書いてみるまで分からない」「今書いている長編はホラーだが、元々編集者にはミステリを依頼されていた」という意味のことを仰《おっしゃ》っていた記憶もある。後者に関しては「編集者が完成原稿を読んだら啞然《あぜん》とするんじゃないかなあ」と心配になったが、この創作姿勢は言い換えれば小説本位、物語本位ということだろう。つまり執筆からして「物語の魔」に委《ゆだ》ねるスタイルなのだ。

ホラーが勝つか。ミステリが勝つか。三津田さんの作家活動はそのまま、両ジャンルの果てなき戦いの記録だ。そして「次」はどっちが勝つだろう？　と私は三津田さんの新作を心待ちにするのである。

「頭文字にSのつく人は蛇（snake）の化身よ」

――ダリオ・アルジェント『サスペリア』より

※引用は省略されている場合があり、必ずしも原典の記述に忠実ではありません。

本書は、二〇二二年十一月に小社より刊行された単行本を加筆修正のうえ、文庫化したものです。

みみそぎ
三《み》津《つ》田《だ》信《しん》三《ぞう》

角川ホラー文庫　24470

令和６年12月25日　初版発行

発行者――山下直久
発　行――株式会社KADOKAWA
〒102-8177　東京都千代田区富士見2-13-3
電話 0570-002-301（ナビダイヤル）
印刷所――株式会社暁印刷
製本所――本間製本株式会社
装幀者――田島照久



●お問い合わせ
https://www.kadokawa.co.jp/（「お問い合わせ」へお進みください）
※内容によっては、お答えできない場合があります。
※サポートは日本国内のみとさせていただきます。
※Japanese text only



ISBN978-4-04-114723-8　C0193

# 角川文庫発刊に際して

角川源義

　第二次世界大戦の敗北は、軍事力の敗北であった以上に、私たちの若い文化力の敗退であった。私たちの文化が戦争に対して如何に無力であり、単なるあだ花に過ぎなかったかを、私たちは身を以て体験し痛感した。西洋近代文化の摂取にとって、明治以後八十年の歳月は決して短かすぎたとは言えない。にもかかわらず、近代文化の伝統を確立し、自由な批判と柔軟な良識に富む文化層として自らを形成することに私たちは失敗して来た。そしてこれは、各層への文化の普及滲透を任務とする出版人の責任でもあった。

　一九四五年以来、私たちは再び振出しに戻り、第一歩から踏み出すことを余儀なくされた。これは大きな不幸ではあるが、反面、これまでの混沌・未熟・歪曲の中にあった我が国の文化に秩序と確たる基礎を齎らすためには絶好の機会でもある。角川書店は、このような祖国の文化的危機にあたり、微力をも顧みず再建の礎石たるべき抱負と決意とをもって出発したが、ここに創立以来の念願を果すべく角川文庫を発刊する。これまで刊行されたあらゆる全集叢書文庫類の長所と短所とを検討し、古今東西の不朽の典籍を、良心的編集のもとに、廉価に、そして書架にふさわしい美本として、多くのひとびとに提供しようとする。しかし私たちは徒らに百科全書的な知識のジレッタントを作ることを目的とせず、あくまで祖国の文化に秩序と再建への道を示し、この文庫を角川書店の栄ある事業として、今後永久に継続発展せしめ、学芸と教養との殿堂として大成せんことを期したい。多くの読書子の愛情ある忠言と支持とによって、この希望と抱負とを完遂せしめられんことを願う。

一九四九年五月三日